# EL TERCER CÍRCULO

Amor y Aventura

# EL TERCER CÍRCULO

## Amanda Quick

Traducción de Pablo M. Migliozzi

**VERGARA**
GRUPO ZETA **Z**

Barcelona • Bogotá • Buenos Aires • Caracas • Madrid • México D.F. • Montevideo • Quito • Santiago de Chile

Título original: *The Third Circle*

Traducción: Pablo M. Migliozzi

1.ª edición: abril 2009

© 2008 by Jayne Ann Krentz
© Ediciones B, S. A., 2009
   para el sello Vergara
   Bailén, 84 - 08009 Barcelona (España)
   *www.edicionesb.com*

Printed in Spain
ISBN: 978-84-666-3944-6
Depósito legal: B. 9.211-2009

Impreso por LIBERDÚPLEX, S.L.U.
Ctra. BV 2249 Km 7,4 Polígono Torrentfondo
08791 - Sant Llorenç d'Hortons (Barcelona)

*Para Michele Castle.*
*Gracias por ser una cuñada excepcional.*
*Estoy esperando el próximo crucero en familia.*

# 1

*A finales del reinado de la reina Victoria...*

La sombría galería del museo estaba llena de objetos extraños y perturbadores. Sin embargo, ninguna de las antigüedades era tan espeluznante como la mujer tendida en un oscuro charco de sangre sobre el suelo frío de mármol.

La figura inquietante de un hombre se cernía sobre el cadáver. Los candelabros de pared iluminaban con la mínima intensidad, pero había suficiente luz para distinguir la silueta del abrigo largo que le llegaba hasta las botas. Tenía el cuello levantado alrededor de la nuca, ocultando parte de su perfil.

A Leona Hewitt le llevó sólo una fracción de segundo registrar aquella escena aterradora. Acababa de dar la vuelta a la enorme estatua de piedra de un mítico monstruo alado. Vestida como un sirviente, el pelo sujeto bajo una peluca de hombre, se movía con rapidez a punto de echar a correr en su frenético intento por localizar el cristal. Un impulso la llevó hacia el hombre que vigilaba el cadáver de la mujer.

Él se volvió hacia ella, batiendo su abrigo como una enorme ala negra.

Desesperadamente, ella quiso cambiar de rumbo, pero ya era

9

demasiado tarde. Él la apresó sin ningún esfuerzo, como si fuera una amante que deliberadamente había echado a volar hacia sus brazos; una amante que él había esperado ansioso.

—Silencio —le susurró suavemente al oído—. No se mueva.

No fue la orden lo que la inmovilizó por completo, sino el sonido de la voz. La energía latía en cada palabra, anegando sus sentidos como una elevada ola del océano. Era como si un psiquiatra le hubiese inyectado a la fuerza una droga exótica directamente en sus venas, una pócima que tenía el poder de paralizarla. Y sin embargo el miedo que la había embargado segundos antes desapareció como por arte de magia.

—Tiene que permanecer quieto y en silencio hasta que le dé más instrucciones.

La voz de su captor entrañaba una fuerza natural escalofriante, curiosamente cautivadora, que la transportó a una extraña dimensión. Las risas sordas de los borrachos y la música festiva que llegaba desde dos pisos más abajo se desvanecieron en la noche. Ahora ella estaba en otro sitio, un reino donde nada tenía importancia salvo esa voz.

La voz. Era lo que la había sumergido en un extraño estado de sueño. Y ella sabía todo acerca de los sueños.

Una súbita comprensión la iluminó como un relámpago, sacándola del trance. Su captor estaba utilizando alguna especie de poder paranormal para controlarla. ¿Por qué ella permanecía tan inmóvil y pasiva? Debería estar peleando por su vida. Y así lo haría.

Invocó su voluntad junto con sus sentidos, tal como lo hacía cada vez que encauzaba la energía a través de un cristal onírico. Aquella vaga sensación de irrealidad se rompió en un millón de trozos relucientes. De pronto se vio liberada del extraño hechizo, pero no del hombre que la tenía sujeta. Era como estar encadenada a una roca.

—Maldita sea —murmuró él—. Si es una mujer.

La realidad junto con el miedo y la algarabía de la fiesta retornaron en una avalancha aterradora. Ella empezó a forcejear con violencia. La peluca se deslizó hacia delante cubriéndole un ojo, cegándola parcialmente.

El hombre le tapó la boca con la mano y la sujetó con fuerza.

—No sé cómo ha hecho para salir del trance, pero será mejor que guarde silencio si quiere sobrevivir a esta noche.

Ahora su voz era diferente. Seguía estando impregnada de un timbre profundo e irresistible, pero sus palabras ya no sonaban con esa energía electrizante que por un momento la había convertido en una estatua. Era evidente que él había desistido de utilizar sus poderes mentales para dominarla. Ahora en cambio lo hacía de una manera más tradicional: usando la fuerza física superior que la naturaleza había conferido a la especie masculina.

Ella intentó darle una patada en la espinilla, pero su zapato patinó sobre la capa de una sustancia. «¡Cielos, es sangre!» Si bien no acertó, alcanzó con la puntera un pequeño objeto posado sobre el suelo junto al cadáver. Y lo escuchó volar rozando ligeramente las baldosas de piedras.

—Maldita sea, alguien está subiendo —susurró él con tono de urgencia—. ¿No escucha los pasos? Si nos descubren ninguno de los dos saldrá de aquí con vida.

La cruda certeza de estas palabras la hicieron sentirse insegura.

—Yo no la maté —añadió él en voz baja, como si hubiera leído sus pensamientos—. Pero es probable que el asesino todavía esté rondando por el edificio. Puede que sea él que viene a limpiar las huellas del crimen.

Ella le creyó, y no porque la hubiera inducido otra vez a un trance. Era una cuestión de pura lógica. Si él fuese el asesino no habría dudado en cortarle el cuello. Y ahora ella estaría tendida en el suelo junto a la mujer muerta rodeada por un charco de sangre. Dejó de forcejear.

—Por fin, signos de inteligencia —murmuró él.

Entonces ella oyó los pasos. En efecto alguien subía por las escaleras hacia la galería; en caso de no ser el asesino, podía tratarse de uno de los invitados. Y en cualquier caso las probabilidades de que estuviera borracho eran absolutas. Aquella noche lord Delbridge había invitado a una gran cantidad de amistades masculinas. Sus fiestas eran famosas, no sólo por la abundancia de buen vino y excelente comida, sino también por los grupos de prostitutas elegantemente vestidas que acudían para prestar sus servicios.

Con cuidado su captor le quitó la mano de la boca. Una vez que ella renunció a los intentos de gritar, él la soltó. Ella se acomodó la peluca para ver mejor.

Él aún la tenía cogida por la muñeca, los dedos ceñidos como esposas. Antes de que ella se diera cuenta él la apartó del cadáver de la mujer para llevarla consigo hacia una sombra proyectada por lo que parecía ser una enorme mesa de piedra dispuesta sobre un pedestal inmenso.

A mitad de camino él se inclinó lo justo para recoger el objeto que ella había pateado un momento antes. Se lo guardó en el bolsillo sin reparar en lo que era e hizo que ella se metiera en el espacio que había entre aquella pesada mesa y la pared.

Al rozar una de las puntas de la mesa ella sintió un escozor de malas energías que la estremecieron. Se apartó en un acto reflejo, dando un ligero respingo. Bajo la tenue iluminación alcanzó a distinguir extraños tallados sobre la roca. Un escalofrío la recorrió al darse cuenta de que no era una mesa cualquiera, sino un altar antiguo, uno utilizado para fines profanos. Ella ya había sentido salpicaduras parecidas, de una energía ácida y siniestra, procedentes de otras reliquias cobijadas en el museo privado de lord Delbridge. Toda la galería desprendía emanaciones perturbadoras que le ponían la piel de gallina.

Los pasos se oían cada vez más cerca, desplazándose desde lo alto de la escalera principal en dirección a la silenciosa galería.

—¿Molly? —Era una voz de hombre con una pronunciación ebria—. ¿Dónde estás, querida? Perdona mi retraso. Me demoré en la partida de póquer. Pero no pienses que me he olvidado de ti.

Leona sintió los brazos de su compañero que la estrechaban con fuerza. Supo que él había percibido sus escalofríos involuntarios. Sin asomo de cortesía la empujó detrás de la mesa de piedra para guarecerla.

Agazapado detrás de ella, sacó un objeto del bolsillo de su abrigo. Ella deseó con toda su alma que fuese una pistola.

Los pasos se acercaban. Seguramente el recién llegado se encontraría al instante con el cadáver de la mujer.

—¿Molly? —La voz del hombre se volvía más aguda, con un dejo de irritación—. ¿Dónde diablos te has metido, tonta? Esta noche no estoy de humor para juegos.

La mujer muerta había acudido a una cita en la galería. Su amante había llegado con retraso y ahora estaba a punto de encontrarla.

Los pasos se detuvieron.

—¿Molly? —El hombre parecía perplejo—. ¿Qué estás haciendo ahí en el suelo? Te aseguro que en una cama estaríamos mucho más cómodos. Créeme, no me apetece... ¡Maldita sea!

Leona oyó un grito ahogado y horripilante, seguido de una estampida frenética. El candidato a amante había echado a correr, emprendiendo la fuga de regreso a la escalera principal. Al pasar por delante de los candelabros, Leona vio su silueta temblorosa reflejada en la pared, como en una proyección de linterna mágica.

De repente el hombre del abrigo negro se puso de pie. Leona enmudeció por un instante. ¿Qué diablos estaba haciendo? Leona intentó cogerle de la mano para darle un tirón y hacer que volviera a agacharse junto a ella. Pero él ya se había puesto en marcha saliendo del escondite de aquel altar horripilante. Y entonces ella supo que iba tras los pasos del fugitivo.

Pensó que estaba loco. El amante escurridizo no dudaría en pensar que tenía enfrente al asesino. Se pondría a gritar, consiguiendo así que lord Delbridge y sus invitados y todo el personal subieran a la galería. Ella se preparaba para una huida desesperada por la escalera de servicio. Pero en el último momento se le ocurrió otro plan. Quizá fuera mejor esperar y mezclarse con el gentío una vez que hubieran arribado.

Se hallaba todavía intentando decidirse cuando escuchó hablar al hombre del abrigo negro. Empleaba la misma voz extraña con que la había congelado por completo durante un instante.

—¡Alto! —ordenó esa voz grave y profunda que resonaba con una energía invisible—. No se mueva.

La orden tuvo un efecto inmediato sobre la carrera del fugitivo, quien luchó por detenerse y permaneció inmóvil.

Hipnosis, comprendió Leona finalmente. El hombre del abrigo negro era un poderoso hipnotizador que de algún modo incrementaba su dominio por medio de la energía.

Hasta ahora ella no le había hecho mucho caso a la hipnosis. En términos generales, era el campo de actores y charlatanes que afirmaban ser capaces de tratar la histeria y otros trastornos nerviosos mediante sus habilidades. El mesmerismo era a su vez objeto de mucha especulación morbosa y de un ansioso interés público. En la prensa aparecían con frecuencia inquietantes advertencias sobre las numerosas y diabólicas maneras en que la hipnosis podía aplicar su misterioso talento a objetivos criminales.

Más allá de las intenciones de la hipnosis, se decía que la práctica requería de un ambiente tranquilo y de un sujeto predispuesto y relajado. Ella nunca había oído hablar de un practicante del arte en cuestión que pudiera interponerse en el camino de un hombre y congelarlo con apenas unas palabras.

—Se encuentra usted en un estado de absoluta quietud —prosiguió el hipnotizador—. Está dormido. Seguirá dormido hasta que el reloj marque las tres. Al despertar recordará que encontró a Molly asesinada, pero no recordará haberme visto, ni tampoco a la mujer que está conmigo. Nosotros no tenemos nada que ver con la muerte de Molly. No tiene que darnos ninguna importancia, ¿lo ha comprendido?

—Sí.

Leona se fijó en el reloj que reposaba sobre una mesa cercana. A la luz de un candelabro próximo apenas podía distinguir la hora. Las dos y media. El hipnotizador había conseguido un plazo de media hora para que ambos pudieran escapar.

A la misma distancia que el hombre congelado, el hipnotizador se dio la vuelta y la miró.

—Sígame —le dijo—, ya es hora de irnos. Tenemos que salir de aquí antes de que alguien más decida subir por esas escaleras.

De inmediato ella apoyó una mano sobre la superficie del altar para ponerse de pie. En el instante en que su piel tomó contacto con la piedra otra sensación desapacible, algo así como una descarga eléctrica, recorrió todo su cuerpo. Era como si hubiese tocado un viejo ataúd, uno cuyo ocupante no descansaba en paz.

Retiró la mano violentamente, se irguió y se apresuró a salir de detrás del altar. Miró fijamente al caballero aún petrificado como una estatua en el centro de la galería.

—Por aquí —dijo el hipnotizador y se dirigió con prontitud hacia la puerta que conducía a la escalera de servicio.

Ella apartó la vista del hipnotizado y siguió al hipnotizador por un pasillo lleno de extrañas estatuas y vitrinas con misteriosos objetos. Su amiga Carolyn la había puesto al corriente de algunos rumores sobre la colección de lord Delbridge. Incluso otros coleccionistas tan obsesionados y extravagantes como él consideraban de una rareza extrema las piezas de su museo privado. Nada más poner un pie en el museo ella comprendió los motivos de tales habladurías.

No era el diseño ni la forma de los objetos lo que parecía peculiar. Pese a la escasa luz del ambiente ella pudo observar que la mayoría eran bastante comunes. La galería estaba atiborrada de un surtido de jarrones antiguos, teteras, joyas, armas y estatuillas. La clase de cosas que cualquiera espera encontrar en una gran colección de reliquias. Lo que le ponía los pelos de punta era más bien un miasma casi imperceptible pero perturbador de energía malsana que se arremolinaba en el ambiente. Emanaba de las antigüedades.

—Usted también lo siente, ¿no es cierto? —preguntó el hipnotizador.

La delicadeza de la pregunta la sobresaltó. Parece interesado, pensó ella. No, parece intrigado. Ella sabía a qué se refería. Teniendo en cuenta sus propios dones no era de extrañarse que él fuera tan perceptivo como ella.

—Sí —dijo ella—, lo siento. Y no es nada agradable.

—Me han dicho que cuando se acumula una gran cantidad de reliquias paranormales en la misma habitación los efectos son reconocibles incluso para quienes carecen de nuestra sensibilidad.

—¿Todos estos objetos son paranormales? —preguntó ella asombrada.

—Quizá sea más preciso decir que cada cual tiene una larga historia asociada con lo paranormal. Con el tiempo absorbieron parte de la energía que se generaba cada vez que eran usados por quienes poseían poderes psíquicos.

—¿De dónde sacó Delbridge todas estas reliquias extrañas?

—Si me pregunta por la colección completa no sabría decirle, pero sé que algunas son robadas. No se quede atrás.

Ella no necesitaba órdenes. Estaba tan ansiosa como él por salir de allí. Tendría que regresar en otra ocasión para recuperar el cristal.

El hipnotizador avanzaba con pasos tan rápidos que ella tenía que correr para alcanzarle. Sólo la ropa de hombre lo hacía posible. Ella nunca podría haber conseguido esa movilidad llevando un vestido de mujer, con las capas de tela gruesa superpuestas y las combinaciones.

Sus sentidos se estremecieron. Más energía. Emanaba de alguno de los objetos que había a su alrededor, aunque esta vez la corriente era claramente distinta. La reconoció en el acto. Era la energía del cristal.

—Espere —susurró aminorando el paso hasta detenerse—. Tengo que ocuparme de algo.

—No hay tiempo. —El hipnotizador se detuvo y se volvió hacia ella, el abrigo negro batió contra sus botas—. Tenemos media hora, tal vez menos si a alguien se le ocurre subir esas escaleras.

Ella dio un tirón, procurando liberar su mano.

—Entonces váyase. Si me sucede algo no es asunto suyo.

—¿Ha perdido el juicio? Tenemos que salir de aquí.

—He venido para recuperar una reliquia. Está por aquí. No me iré sin ella.

—¿Acaso es una ladrona profesional?

No parecía sorprendido. La razón más probable era que él también se dedicara al negocio del robo. Era la única explicación lógica de su presencia en aquella galería.

—Delbridge tiene una reliquia que me pertenece —explicó ella—. Se la robaron a mi familia hace varios años. Esta noche ya había perdido las esperanzas de encontrarla, pero ahora sé que está cerca y no puedo irme sin echar un vistazo.

El hipnotizador se quedó completamente inmóvil.

—¿Y cómo sabe que esa reliquia está por aquí?

Ella dudó un instante, sin estar muy segura de cuánto debía revelarle.

—Eso no podría explicarlo, pero sé que está muy cerca.

—¿Dónde?

Ella se volvió suavemente, tratando de detectar el origen de los ligeros pulsos de energía. A escasa distancia había un armario de madera grande, minuciosamente tallado.

—Allí —dijo.

Y dio un último tirón de muñeca.

Esta vez él la soltó. Ella corrió hasta el armario y lo examinó con detenimiento. Tenía dos puertas cerradas con llave.

—Lo que suponía —dijo ella.

Hurgó en un bolsillo, sacó la ganzúa que le había dado Adam Harrow y se puso manos a la obra.

El proceso no era ni con mucho tan sencillo como cuando Adam había supervisado sus prácticas. Esta vez el cerrojo no cedía.

El hipnotizador la observaba en silencio.

Ella tenía la frente húmeda de sudor. Orientó la ganzúa en un ángulo ligeramente distinto y volvió a intentarlo.

—Algo me dice que no tiene mucha experiencia —observó el hipnotizador en un tono neutro.

Su condescendencia le afectó.

—Todo lo contrario, tengo mucha práctica —respondió entre dientes.

—Pero no en la oscuridad, evidentemente. Hágase a un lado. Déjeme que lo intente.

Sintió ganas de discutir, pero prevaleció el sentido común. Lo cierto era que su entrenamiento con la ganzúa se reducía a dos días de prácticas apresuradas. Ella creía haber demostrado aptitudes de sobra, pero Adam le había advertido que forzar un cerrojo bajo presión era algo totalmente distinto.

El tictac del reloj que estaba sobre la mesa retumbaba en el silencio de la galería. Se acababa el tiempo. Ella desvió la vista hacia la figura del hombre congelado que aguardaba para salir del trance.

A regañadientes se apartó del armario. Sin decir nada le ofreció la ganzúa.

—He traído la mía —dijo el hipnotizador.

Extrajo una pequeña y delgada lámina de metal del bolsillo de su abrigo, la introdujo en el cerrojo y procedió a desbloquearlo. Casi al instante Leona oyó un ligero chasquido.

—Ya está —musitó él.

Para Leona el chirrido de la bisagra sonó con la estridencia de un tren. Con ansiedad miró hacia atrás en dirección a la escalera principal, sin advertir cambios de sombras en el aquel extremo de la sala; tampoco oyó pasos en la galería.

El hipnotizador se asomó a las profundidades del armario.

—Al parecer esta noche ambos hemos venido hasta aquí por lo mismo.

Ella sintió un escalofrío nuevo y distinto.

—¿Ha venido para robar mi cristal?

—Sugiero que dejemos el tema de su propiedad legítima para otra ocasión.

La indignación se desató, aplacando todo su temor.

—Ese cristal me pertenece.

Avanzó dispuesta a coger el cristal, pero el hipnotizador le cerró el paso.

Él alargó la mano hacia el interior del armario. Era difícil tantear en la oscuridad, y ella supo inmediatamente que había ocurrido un desastre. Le oyó exhalar de manera súbita y cortante, y luego prorrumpir en una tos débil y sorda. Al mismo tiempo ella percibió un olorcito a compuesto químico desconocido.

—¡Atrás! —dijo él.

La vehemencia de la orden hizo que ella obedeciera sin pararse a pensar.

—¿Qué es? —preguntó retrocediendo unos pasos—. ¿Qué ocurre?

Él se apartó del armario. A ella le impresionó verle tambalearse, como si tuviera problemas para mantener el equilibrio. En una mano sostenía una bolsa de terciopelo negro.

—Es probable que Delbridge esté muy ocupado con la policía una vez que hayan descubierto el cadáver de la mujer —dijo en voz baja—. Con suerte pasará un tiempo antes de que empiece a buscar la piedra. Usted tendrá tiempo de escapar.

Sus palabras estaban ligadas por un tono apagado y sombrío.

—Usted también —añadió ella al instante.

—Yo no —dijo él.

Leona advirtió que un miedo terrible brotaba en su interior.

—¿De qué habla? ¿Qué ocurre?

—Ya no queda tiempo. —Volvió a agarrarla de la muñeca y la arrastró por la escalera de servicio—. No podemos perder ni un segundo más.

Hacía sólo un instante ella se había sentido furiosa, pero ahora era el pánico lo que hacía latir sus venas. Le palpitaba el corazón.

—¿Qué ha ocurrido? —insistió ella—. ¿Se encuentra bien?

—Sí, pero no por mucho tiempo.

—¡Por el amor de Dios, dígame qué ocurrió cuando cogió el cristal del armario!

Él abrió una puerta que conducía a una escalera caracol.

—Había una trampa.

—¿Qué clase de trampa? —Ella escudriñó sus manos de cerca—. ¿Se ha hecho daño? ¿Está sangrando?

—El cristal estaba dentro de una caja de vidrio. Al abrirla brotó una especie de vapor nocivo que me dio en toda la cara. He aspirado una buena bocanada. Supongo que es un veneno.

—Dios mío, ¿está seguro?

—Segurísimo. —Encendió una lumbre y le dio a ella un firme empujón que la hizo bajar en picado por los antiguos peldaños de piedra—. Ya empiezo a sentir los efectos.

Ella miró hacia atrás por encima del hombro. Bajo la luz llameante pudo observarle por primera vez con total nitidez. Tenía el pelo negro azabache, largo y anticuado, peinado hacia atrás desde su frente elevada y con mechones detrás de las orejas que rozaban el cuello de su camisa. Sus rasgos habían sido tallados sin piedad por un escultor más preocupado por la fuerza de su retrato que por su hermosura. El rostro del hipnotizador armonizaba con su voz: hechizante, misterioso y peligrosamente fascinador. Si una mujer se pasaba mucho tiempo mirando sus insondables ojos verdes corría el riesgo de caer bajo un hechizo del que nunca podría escapar.

—Tiene que ver a un médico —dijo ella.

—Si ese vapor es lo que pienso que es, ningún médico sabrá cómo contrarrestar sus efectos. No se conoce la cura.

—Tenemos que intentarlo.

—Escúcheme bien —dijo él—. Si sigue mis órdenes estará a salvo. De aquí a un rato, quince minutos como mucho, yo empezaré a enloquecer.

Ella luchaba por comprender el terrible significado de lo que él decía.

—¿Es por el veneno?

—Así es. Produce alucinaciones infernales que abruman mentalmente a las víctimas, haciéndoles creer que están rodeadas de demonios y monstruos. Cuando todo eso se apodere de mí, usted no debe estar cerca.

—Pero...

—Me convertiré en una grave amenaza para usted y cualquiera que esté cerca. ¿Comprende lo que digo?

Ella se atragantó y bajó de prisa algunos peldaños más.

—Sí.

Estaban casi llegando al pie de la escalera. Ella alcanzó a ver la luz de la luna que asomaba por la rendija de la puerta que conducía a los jardines.

—¿Cómo piensa usted salir de aquí? —preguntó el hipnotizador.

—Me están esperando en un carruaje —dijo ella.

—Una vez que estemos en los jardines usted debe alejarse lo antes posible de mi lado y de esta maldita mansión. Aquí tiene el cristal.

Ella se detuvo en uno de los erosionados peldaños de piedra y se dio media vuelta. Él le entregó la bolsa de terciopelo. Ella la recibió pasmada, consciente de la ligera comezón que aquella energía le producía. Con un gesto más claro que sus palabras él dio a entender que no esperaba sobrevivir a aquella noche.

—Gracias —dijo ella vacilante—. No esperaba que...

—No tengo más remedio que entregárselo. Yo ya no puedo hacerme responsable.

—¿Está completamente seguro de que no hay un antídoto para ese veneno?

—Nada que conozcamos. Ahora présteme mucha atención. Comprendo que crea tener un derecho sobre ese condenado cristal, pero si tiene algo de sentido común, si le preocupa su seguridad personal, se lo devolverá a su verdadero dueño. Le daré su nombre y dirección.

—Le agradezco su preocupación, pero le aseguro que Delbridge no me encontrará. Es usted el que corre peligro esta noche. Ha dicho algo sobre alucinaciones. Por favor, dígame exactamente qué le ocurre.

Con un movimiento impaciente, él se pasó el dorso de la manga por los ojos y sacudió la cabeza para aclararse.

—Estoy empezando a ver cosas que no están aquí. De momento soy consciente de que son sólo fantasías, pero pronto se convertirán en imágenes reales. Entonces me volveré una amenaza.

—¿Cómo puede estar tan seguro?

—Creo que en los últimos dos meses usaron el mismo vapor en dos ocasiones. Las víctimas fueron unos ancianos coleccionistas. Ninguno de ellos era propenso a los arrebatos de violencia, pero bajo la influencia de la droga atacaron a otras personas. Uno de ellos mató a puñaladas a un criado. El otro intentó quemar a su sobrino. ¿Comprende ahora a qué me refiero, señora?

—Cuénteme más sobre esas alucinaciones que está empezando a ver.

Él apagó la luz agonizante y abrió la puerta al pie de la escalera. Sintieron un aire frío y húmedo. La luz de la luna todavía iluminaba los jardines, pero se avecinaba una lluvia.

—Si los informes son precisos —dijo él tranquilamente—, estoy a punto de vivir una pesadilla. Puede que pronto esté muerto. Las otras dos víctimas murieron.

—¿Cómo?

Él salió y la llevó consigo.

—Uno se arrojó desde una ventana. El otro sufrió un ataque al corazón. Ya está bien de tanta charla. Tengo que sacarla de aquí.

Hablaba con una fría indiferencia que resultaba tan inquietante como su predicción. Ella supo que él se había resignado a su destino, y sin embargo estaba haciendo planes para salvarla. De repente la invadió una sensación de asombro que la dejó sin aliento. Él ni siquiera sabía su nombre y estaba dispuesto a ayudarla a escapar. Nunca nadie había hecho algo tan heroico por ella.

—Venga conmigo, señor —le dijo ella—. Algo entiendo de pesadillas.

Sin molestarse siquiera en responder, él descartó sin más aquella promesa de esperanza.

—Baje la voz —le dijo— y no se aleje.

# 2

«Soy un hombre muerto», pensó Thaddeus Ware.

Era extraño cuán poco le afectaba saberlo. Tal vez ya se hallaba bajo los efectos de la droga. Se creía capaz de mantener a raya las pesadillas, pero no estaba del todo seguro. La convicción de que era lo bastante fuerte para resistir el veneno durante algunos minutos más podía ser en sí misma una ilusión.

Sin embargo, en su desesperada esperanza de poder controlar aquellas extrañas imágenes, se concentraba en la mujer y la necesidad de verla a salvo. Ahora ése era su único objetivo. Parecía que las imágenes que se congregaban en el límite de su conciencia tendían a alejarse cada vez que él se abstraía pensando en salvar a su compañera. Lo que decía mucho a favor de tantos años dedicados al aprendizaje de la hipnosis. No carecía de la auténtica fuerza de voluntad. Presentía que ese don era todo lo que se interponía entre él y el mundo onírico fusionado que pronto lo devoraría.

Enfiló por los jardines, siguiendo el mismo sendero que había cogido antes al ingresar en la mansión. Por una vez la dama le obedeció y no se alejó de él.

En su camino surgió un seto alto y extenso. Alargó la mano y cogió a la mujer del brazo con la intención de conducirla hacia la verja, pero nada más ceñirla su concentración se hizo pedazos como un jarrón de porcelana al caer sobre un suelo de mármol. Sin previo aviso sintió un acceso de euforia. Apretó la empuñadura de su arma, saboreando un excitante arrebato de placer.

Escuchó un grito flojo y ahogado, pero no le dio importancia. De pronto se vio intensamente cautivado por la redondez suave y exquisita del brazo que sostenía. La mujer despedía un perfume embriagador que ahuyentaba todos los pensamientos racionales.

Demonios y monstruos se asomaban debajo del seto. Se reían burlones con sus colmillos centelleantes a la luz de la luna. «Tráela aquí ahora mismo. Nada te detendrá. Es tuya.»

«Ella tiene que ser consciente del erotismo que despierta vestida de hombre», pensó él. Le divertía y le complacía creer que la mujer se había vestido así expresamente para provocarle.

—Tiene que controlarse, señor —dijo ella con tono de urgencia—. No estamos lejos del carruaje. En unos minutos ambos estaremos a salvo.

A salvo. Aquellas palabras fueron el detonante de un recuerdo ilusorio. Hizo un esfuerzo de concentración para recordar lo verdaderamente importante, lo que tenía que hacer antes de llevarse a la mujer. Finalmente el recuerdo acudió a su mente, como un trozo volátil de conocimiento arrojado al aire por vientos invisibles. Cogió ese pedacito de realidad y se aferró a él con firmeza. Tenía que salvar a esa mujer. Era eso, sí. Era ella quien estaba en peligro.

Por momentos los demonios y monstruos remitían, volviéndose transparentes.

«Son alucinaciones. Cuidado. Mantente alerta o harás que la maten.» Aquello le sentó como un cubo de agua fría. Se apartó del borde del seto.

—Tenga cuidado o tropezará con él —dijo.

—¿Es un demonio? —preguntó ella con recelo.

—Es un hombre, está debajo del seto.

—Pero qué es esto... —Bajó la vista sobresaltada, y al ver el pie calzado que asomaba por debajo del espeso follaje se quedó sin aliento—. Pero él... —No pudo terminar la frase.

—Lo hipnoticé a él y al otro guardia cuando me disponía a entrar en la mansión —explicó él apremiándola para que siguiera—. No se despertarán hasta el amanecer.

—Oh... —Ella hizo una breve pausa—. No sabía que Delbridge tuviera guardias.

—Podría tenerlo en cuenta la próxima vez que intente cometer un robo.

—Entré disfrazada como uno de los sirvientes que contrató para esta noche, pero pensaba escapar por los jardines. Si usted no se hubiera ocupado de los guardias me habría topado con ellos. Ha sido una casualidad que nos encontráramos.

—La noche rebosa fortuna, de eso no hay duda.

Él no se molestó en ocultar su sarcasmo. La actitud positiva de la que ella hacía gala era tan exasperante como las malditas alucinaciones.

—Le noto tenso —susurró ella acercándosele otra vez—. ¿Se están haciendo más intensas esas visiones?

Él deseaba gritarle, sacudirla hasta que comprendiera el horror que estaba viviendo. Las alucinaciones no arremetían, estaban al acecho en los rincones oscuros, esperando a que su voluntad flaqueara como hacía un instante. En el momento en que él perdiera el control las pesadillas se le echarían encima y tomarían posesión de su cerebro. Lo que más deseaba era besarla antes de que eso ocurriera.

Pero la pura verdad era que no tenía tiempo para nada. Tenía el tiempo contado. Todo lo que podía hacer era intentar salvarla. Unos minutos más. Era todo lo que necesitaba para llevar a la mujer hasta el carruaje y verla partir. Sólo unos pocos minutos más. Tenía que contenerse durante ese breve lapso de tiempo. Tenía que hacerlo por el bien de ella.

Abrió la pesada verja. La mujer salió a toda prisa. Él la siguió.

La mansión Delbridge estaba en las afueras, a unos pocos kilómetros de Londres. Más allá de los elevados muros del jardín se extendía una ancha hilera de árboles. El bosque parecía impenetrable, él podía advertir la presencia de los monstruos ocultos entre las sombras.

—El carruaje no está muy lejos —dijo la mujer.

Él sacó la pistola del bolsillo de su abrigo.

—Quédesela.

—¿Por qué cree que necesito un arma?

—Porque las alucinaciones son cada vez peores. Hace un instante estuve a punto de importunarla. No sé lo que soy capaz de hacer.

—Tonterías. —Ella parecía realmente sorprendida—. No creo ni por asomo que pudiera usted importunarme, señor.

—Pues entonces no es usted ni la mitad de inteligente de lo que creía.

Ella se aclaró la voz.

—Sin embargo, dadas las circunstancias, comprendo su preocupación.

Ella cogió la pistola con cautela, empuñándola torpemente. Se dio la vuelta y lo guió por un camino estrecho y lleno de baches, lánguidamente iluminado por la luna.

—Doy por hecho que no sabe cómo usar esa pistola —dijo él.

—No, pero mi amigo está familiarizado con las armas.

Ella tenía un amigo: masculino. La novedad le sentó como una bofetada. En su fuero interno sintió los arañazos de la indignación y de una inexplicable reacción posesiva.

Una vez más estaba siendo presa de las alucinaciones. En cualquier caso lo más probable era que estuviera muerto al amanecer. No, no tenía ningún derecho sobre esa mujer.

—¿Quién es ese amigo suyo? —preguntó pese a todo.

—En un instante le conocerá. Me está esperando en el bosque.

—¿Qué clase de hombre le ha permitido exponerse al peligro como lo ha hecho usted esta noche?

—Adam y yo pensamos que sería más fácil que entrara una persona en lugar de dos —respondió ella—. En todo caso alguien tenía que quedarse a cuidar del carruaje y los caballos.

27

—Su amigo debería haber entrado en la mansión, dejando que usted vigilara el carruaje.

—Mi amigo es un hombre con aptitudes de sobra, pero carece de la habilidad necesaria para detectar el cristal. Yo era la única que podía encontrarlo.

—No merecía la pena que corriera semejante riesgo por ese maldito cristal.

—De verdad, señor, no creo que éste sea el mejor momento para un sermón.

Ella tenía razón. Las imágenes escalofriantes volvían a rondarle. Podía ver de reojo a los espíritus malignos. Demonios que merodeaban al costado del camino. Una enorme serpiente de ojos rojos que se deslizaba entre las ramas sobresalientes de un árbol cercano.

Guardó silencio y volvió a concentrarse en la misión de acompañar a la mujer hasta el carruaje para que su buen amigo se la llevara lejos de toda pesadilla.

Siguiendo el sendero de baches tomaron una curva. Un carruaje pequeño, aparentemente veloz y con las portezuelas cerradas apareció en medio del camino. No había nadie en la cabina. Los dos caballos dormitaban serenos.

Leona se detuvo y miró con ansiedad a su alrededor.

—¿Adam? —llamó sin levantar la voz—. ¿Dónde estás?

—Aquí estoy, Leona.

Una excitación así como una desconocida sensación de asombro cobraron vida en el interior de Thaddeus. Por fin sabía el nombre de la mujer: Leona. Los antiguos creían que los nombres contenían poder. Y así era. El nombre Leona le infundía fuerza.

«Estás alucinando. Ten cuidado. Contrólate.»

Un hombre delgado enfundado en un gabán con capa de cochero surgió de entre los árboles. Llevaba un sombrero calado a la altura de los ojos. Empuñaba una pistola que lanzaba destellos a la luz de la luna.

—¿Quién es éste?

Tenía la voz de un caballero joven y culto, y no el acento tosco de un cochero.

—Un amigo —dijo Leona—. Corre peligro de muerte, y nosotros también. No hay tiempo para explicaciones. Tengo la piedra. Larguémonos de aquí ahora mismo.

—No lo comprendo. ¿Cómo es que te encuentras con un conocido en la mansión Delbridge? ¿Se trata de un invitado? —La última pregunta llevaba implícita una fría desaprobación.

—Adam, por favor, ahora no. —Leona se apresuró a abrir la portezuela del coche—. Te lo explicaré más tarde.

A todas luces Adam estaba poco convencido, pero evidentemente sabía que no era el momento para discutir el asunto.

—Muy bien. —Adam guardó el arma y trepó ágilmente a lo alto de la cabina.

Leona entró en el coche a oscuras. Thaddeus la vio desaparecer en la profunda negrura interior. En la creciente niebla de sus pesadillas súbitamente pensó que ya nunca volvería a ver a esa mujer y que jamás conocería sus secretos. Ella estaba a punto de esfumarse sin que él la hubiera estrechado ni una sola vez entre sus brazos.

Se acercó a la portezuela abierta.

—¿Adónde irá? —le preguntó deseoso de oír su voz por última vez.

—Regresaré a Londres, por supuesto. ¿Qué hace allí fuera? ¡Por el amor de Dios, entre!

—Ya se lo he dicho, no puedo acompañarla. Las pesadillas se avecinan rápidamente.

—Y yo le he dicho que algo entiendo de pesadillas.

Adam la miró desde arriba.

—Está poniendo nuestras vidas en peligro —le regañó en voz baja—. Suba al coche, señor.

—Váyanse sin mí —ordenó Thaddeus tranquilo—. Hay algo que debo hacer antes de que las visiones se apoderen de mí.

—¿De qué se trata? —preguntó Adam.

—Tengo que matar a Delbridge.

—Oh... —Adam se mostró repentinamente atento—. No es mala idea.

—Ni hablar. —El rostro de Leona asomó desde el interior de la cabina—. No puede arriesgarse a volver a la mansión, señor, no en su estado actual.

—Si no mato a Delbridge, él intentará recuperar el cristal —explicó Thaddeus.

—Ya se lo he dicho antes, él nunca me encontrará —le aseguró Leona.

—Tu nuevo amigo tiene razón —opinó Adam—. Sugiero que sigamos su consejo y le dejemos aquí. ¿Qué hay de malo en dejar que intente matar a Delbridge? Si lo consigue nos ahorrará problemas en el futuro.

—No lo entiendes —insistió Leona—. Este hombre está bajo los efectos de un veneno terrible que le provoca alucinaciones. No sabe lo que dice.

—Otra buena razón para dejarle aquí —dijo Adam—. Lo último que necesitamos esta noche es que un loco nos haga compañía.

Thaddeus miró fijamente a Leona, tratando de vislumbrar un último destello de su rostro a la luz de la luna.

—Tiene razón. Deben irse sin mí.

—Ni hablar. —Leona alargó la mano y lo cogió de la manga—. Confíe en mí, señor, le doy mi palabra, hay muchas probabilidades de que pueda ayudarle. No vamos a irnos sin usted.

—Maldita sea —murmuró Adam. Pero ya parecía resignado—. Puede subir si así lo desea, señor. Es difícil ganarle a Leona cuando está convencida de que tiene razón.

No era la terquedad de Leona lo que le hacía dudar, pensó Thaddeus; era su convicción de que ella podía salvarle.

—Concéntrese en lo positivo, señor —sugirió Leona con firmeza—. No es que vaya a salir ganando si se aferra a lo negativo.

—También es muy aficionada a los poderes del optimismo y la mentalidad positiva —refunfuñó Adam—. Es un rasgo excesivamente molesto, se lo aseguro.

Thaddeus se quedó mirando con anhelo la portezuela abierta del coche, incapaz de apagar la pequeñísima llama de esperanza que Leona había encendido.

Si ella lo salvaba, él podría protegerla de Delbridge como así también cortejarla.

La lógica inclinó la balanza. Se encorvó para entrar en el coche y tomó asiento enfrente de Leona.

El vehículo se puso en marcha enseguida. Los caballos avanzaban a un trote veloz. En algún lugar impreciso y todavía cuerdo de su cerebro Thaddeus advirtió que Adam no había encendido las farolas. Se guiaba por la luz de la luna para seguir el camino sinuoso. Era una locura, pero formaba parte de todo lo que venía sucediendo aquella noche.

En la cabina apenas distinguía la silueta de Leona recortada contra la almohadilla oscura. Y sin embargo era tremendamente consciente de su presencia. La atmósfera del coche parecía relucir con su esencia femenina.

—¿Cómo se llama, señor? —preguntó ella.

—Thaddeus Ware.

Cuán extraño era que habiendo compartido una aventura angustiosa con esta mujer no tuviera aún una visión diáfana de su belleza. De momento sólo la había visto bajo la tenue luz de la galería del museo, y a la luz de la luna en el jardín. Si al día siguiente se cruzara con ella en una calle de Londres no la reconocería.

A menos que ella hablara.

El sonido de su voz, grave y cálida y de una sensualidad intrigante le había quedado grabado a fuego en su memoria. También la reconocería por su perfume y por ciertas líneas de su silueta. Él se había percatado claramente de sus curvas irresistibles cuando ella se apretó contra él. Y había algo más, un rumor casi imperceptible de un poder seductor que sólo podía emanar de su aura.

Oh, claro que sí, la reconocería en cualquier parte.

«Porque es tuya», le susurró uno de los demonios.

«Mía.»

Una de sus últimas defensas se desintegró sin previo aviso. Los monstruos fueron liberados. De las penumbras de su mente saltaron directamente al interior del coche.

En un demoníaco abrir y cerrar de ojos la cabina se transformó en un oscuro lugar de ensueño. Una criatura del tamaño de un perro gigante apareció encaramada a su lado en el asiento. Pero dicha monstruosidad no era un perro. Ocho patas plumosas brotaban de su brillante cuerpo bulboso. Sus ojos desalmados y multifacéticos brillaban amenazantes a la luz de la luna. El veneno goteaba de sus colmillos.

Un fantasma se asomó por la ventanilla. Las cuencas de sus ojos eran agujeros negros vacíos. La boca abierta en un grito silencioso.

A su izquierda percibió un indicio de movimiento. No necesitaba girar la cabeza para saber que lo que permanecía allí agazapado estaba cubierto de escamas y poseía garras y antenas que se retorcían como gusanos atormentados.

Las ventanillas de la cabina ya no ofrecían una vista nocturna de los bosques. En ellas se proyectaban escenas sobrenaturales pertenecientes a otra dimensión. Ríos volcánicos fluían entre los árboles de hielo glaseado. Extrañas aves con cabeza de serpiente se posaban sobre las ramas congeladas.

Aún conservaba un ápice de conciencia para reconocer que había sido un tonto al pensar que su fuerza de voluntad le bastaría para ahuyentar las pesadillas. El veneno de Delbridge llevaba por lo menos quince minutos contaminando su sangre, haciendo el trabajo sucio. Y ahora se había expandido por completo.

Lo más sorprendente era que ya no le importaba.

—¿Señor Ware?

La voz de Leona, la voz que reconocería en cualquier circunstancia, surgió en medio de la oscuridad.

—Demasiado tarde —respondió él complacido por el tono de preocupación con que ella le había hablado—. Bienvenida a mi pesadilla. No es tan desagradable una vez que uno se acostumbra.

—Señor Ware, tiene que escucharme.

Surgió en él un tórrido deseo de lujuria. Ella estaba a escasos centímetros; ya era prácticamente suya. A ninguna mujer había deseado más que a ella, y ahora nada podía detenerle.

—Puedo ayudarle a combatir las alucinaciones —dijo ella.

—Pero yo no quiero combatirlas —replicó dulcemente—. De hecho las estoy disfrutando. Y usted también disfrutará.

Impaciente, ella se quitó la peluca de un tirón, hurgó en su abrigo y sacó un objeto. Él no podía ver lo que era, pero a los pocos segundos resplandeció entre sus manos como la luz de la luna.

Entonces él la vio por primera vez. Su pelo moreno estaba sujeto con alfileres en un moño apretado a la altura de la coronilla, revelando facciones que sólo podían describirse como impresionantes, aunque no en el sentido que generalmente se asocia a una gran belleza. En lugar de eso, él vislumbró en su rostro cierta inteligencia, determinación y una exquisita sensibilidad. Su boca parecía muy suave. Sus ojos de ámbar líquido brillaban con un poder femenino. Nada más seductor.

—Hechicera —susurró fascinado.

Ella se sobresaltó como si hubiera recibido una bofetada.

—¿Qué?

Él sonrió.

—Nada.

Intrigado, bajó la vista hacia el cristal.

—¿Qué es esto? ¿Otra de mis alucinaciones?

—Es la piedra de aurora, señor Ware. Le acompañaré en sus sueños.

# 3

No la tenía en sus manos desde el verano de sus dieciséis años, y sin embargo la piedra de aurora respondió de inmediato a la energía que ella le transmitía. Tras perder su color blanco, sucio y apagado, se iluminó con un leve brillo interior anunciando que ahora estaba llena de vida y poder. Ella la sostenía en la palma de su mano mientras la observaba en profundidad con sus cinco sentidos. La piedra fulguraba visiblemente.

Ella no podía explicar cómo era capaz de acceder a la energía de ciertos cristales. Era un don heredado a través de generaciones de mujeres de su familia. Su madre había poseído el talento para hacer que los cristales surtieran efecto. Como así también su abuela y varios antepasados femeninos anteriores a ella desde hacía por lo menos doscientos años.

—Mire dentro del cristal, señor Ware —dijo ella.

Él no le hizo caso. En la boca se le dibujó una sonrisa lenta y sensual, se acercó a ella y recogió hasta el último cabello que caía sobre su nuca.

—Preferiría mirar dentro de ti —dijo empleando la misma voz misteriosa e irresistible con que anteriormente había intentado hipnotizarla.

Ella se estremeció. El ambiente se había alterado. Un momento antes Thaddeus se hallaba librando una feroz batalla para conservar su cordura frente a la marea creciente de alucinaciones, pero ahora parecía estar gozando del sueño fantástico en el que se encontraba.

Ella luchó por recobrar el control de la situación.

—Dígame qué ve en el interior del cristal.

—De acuerdo, esta noche estoy dispuesto a complacerla. Al menos por ahora. —Volvió a mirar la piedra—. Veo la luz de la luna. Un truco ingenioso, señora.

—La luz que ve es la energía natural del cristal. Es un poder muy especial que influye en la energía de los sueños. Todos los sueños nacen en el lado paranormal de nuestra naturaleza, incluso en aquellas personas que no creen poseer sensibilidad alguna. Si es posible alterar los flujos generados por los sueños, es posible alterar la naturaleza de los mismos.

—Lo que dice me recuerda a un científico que conozco. Se llama Caleb Jones. No para de hablar de los aspectos científicos de lo paranormal. Yo siempre he creído que sólo sirve para hacer más aburrida una conversación.

—Procuraré no aburrirle explicándole las razones por las que el cristal surte efecto —dijo ella reprimiendo su inquietud—. Preste atención, por favor. Está soñando despierto. Vamos a reducir la fuerza y el poder de ese sueño. No podemos borrarlo del todo, pero podemos debilitarlo hasta el punto en que ya no parezca real o convincente. Pero para eso necesito su cooperación, señor.

Él esbozó una vez más su sonrisa lenta y peligrosa.

—No estoy de ánimo para jugar al juego del cristal. Esta noche prefiero otra clase de diversión.

—Señor Ware, le pido que confíe en mí como yo confié antes en usted.

En la luz del cristal ella vio los ojos fríos y brillantes de Ware ligeramente entrecerrados. Él se inclinó hacia delante y le acarició la parte inferior de la mandíbula con la yema del dedo. Ella sintió un ligero escalofrío.

—Te salvé porque me perteneces —dijo él—. Protejo lo que es mío.

Poco a poco se iba sumergiendo en las alucinaciones a mayor profundidad.

—Señor Ware —insistió ella—, esto es muy importante. Mire la luz de la luna y concéntrese en sus alucinaciones. Descríbame lo que ve.

—Muy bien, si eso es lo que quieres. —Volvió a penetrar el cristal con la mirada—. ¿Empiezo por el demonio de la ventana? Quizá sea más interesante la víbora adherida a la manija de la puerta.

El poder emanaba intensamente del corazón de la piedra. La luz de la luna llameaba. Finalmente él se hallaba centrado en el cristal, tal como ella le había indicado. Pero ella no había tenido en cuenta la fuerza del don que él poseía. Y ahora debía concentrarse sobremanera para mantener los flujos bajo control.

—Ninguna de las criaturas que ve es real, señor Ware.

Él alargó la mano hacia ella y con el pulgar le frotó el labio inferior.

—Tú eres real. Eso es todo lo que importa.

—No le conozco muy bien, señor, pero es evidente que posee un poder de voluntad formidable. No se halla totalmente perdido en sus pesadillas, señor. Hay una parte de usted que aún es consciente de las alucinaciones.

—Tal vez, pero eso ya no me preocupa. De momento lo único que me interesa eres tú.

La luz del cristal se desvaneció. Thaddeus ya no estaba concentrado.

—No puedo ayudarle si no colabora, señor —dijo ella con firmeza—. Debe concentrarse más. Juntos usaremos la energía del cristal para disolver las fantasías de su mente.

—Tu terapia no funcionará conmigo —afirmó risueño—. Parece ser una variante del hipnotismo y yo soy tan inmune a la hipnosis como tú.

—No pretendo hipnotizarle, señor. El cristal es sólo una herramienta que nos permitirá sintonizar las ondas de su energía onírica. En el momento en que la energía esté produciendo alucinaciones.

—Te equivocas, Leona —dijo con ternura—. Las víboras y los demonios no son alucinaciones; son reales y están aquí para obedecerme, son los sirvientes que me han sido destinados por las fuerzas del infierno. Tú también estás destinada a mí. Pronto lo comprenderás.

Por primera vez ella empezó a temer que fuera a perderle. Sacudida por la ansiedad perdió la concentración. Él bajó la vista hacia el cristal y lanzó una carcajada.

De repente la luz de la piedra se tornó opaca y cambió de color. Leona la miraba fijamente, conmocionada. En el corazón del cristal se anunciaba una tormenta. La luz de la luna había mudado en extrañas corrientes oscuras que se arremolinaban amenazantes. Thaddeus estaba vertiendo su propio poder en el interior de la piedra, avasallando a las ondas energéticas que ella manejaba con suma cautela.

La tormenta se fusionaba haciendo acopio de energía. Con pavor acumulado, ella observaba cómo aquellas fuerzas perturbadoras emergían en una erupción. Nunca había conocido a nadie capaz de provocar lo que Thaddeus Ware estaba provocando. Y ella dudaba de que él fuese siquiera consciente de lo que ocurría, ya que se hallaba completamente poseído por el sueño.

Un insecto monstruoso, con los ojos compuestos de miles de espejos pequeños, apareció sentado junto a Thaddeus. Los dientes de la criatura brillaban de humedad.

Ella estaba paralizada de espanto. No había escapatoria. Ni un sitio donde esconderse. Sentía un hormigueo punzante tanto en las manos como en los pies y picores producidos por el miedo. Tenía la camisa humedecida de sudor. Hacía todo lo posible por gritar, pero la voz quedaba atrapada en su garganta.

—Tranquilízate, mi cielo —dijo Thaddeus—. No te hará daño. Es una de mis criaturas. Yo te protegeré.

El instinto la llevó a coger la manija de la puerta. Pero retiró la mano justo antes de asir la cabeza de la víbora de ojos rojos.

—Ahora tú también puedes verlos, ¿no es así? —preguntó Thaddeus satisfecho—. Ya has entrado en mi mundo.

Entonces ella cayó en la cuenta de que de algún modo él conseguía extraer el poder del cristal para que sus alucinaciones se volvieran visibles a ojos de ambos. De no haber contemplado aquella escena pasmosa con sus propios ojos, ella nunca habría creído que alguien fuera capaz de semejante logro.

De repente le vino a la mente uno de los consejos del tío Edward: «Recuerda, Leona, debes controlar a tu público desde el instante en que subes al escenario. Nunca dejes que ellos te controlen.»

Ahora tenía que recuperar el control del cristal, o acabaría absorbida por el mundo onírico de Thaddeus Ware, ambos completamente perdidos.

Invocando toda su fuerza de voluntad se obligó a apartar la vista de aquel insecto espantoso para concentrarse en las corrientes rabiosas que se agitaban dentro del cristal.

—Mire en el interior de la piedra, señor —dijo reforzando la orden con toda la autoridad de la que era capaz—. Es su única esperanza. Las alucinaciones han tomado el control. Debe usted combatirlas.

Él sonrió.

—Preferiría que te sumaras a mi sueño. Juntos podríamos gobernar nuestro pequeño rincón en el infierno.

Antes de que ella pudiera evitarlo, él la cogió por los hombros. La atrajo hacia sí.

—Señor Ware, suélteme ahora mismo. —Se esforzó para alejar el miedo de su voz, pero enseguida supo que él podía percibirlo.

—¿Por qué habría de hacerlo? —preguntó Thaddeus con una voz rasposa y peligrosamente sensual—. En este mundo tú eres mía. Es el momento de saborear tus poderes y de que tú pruebes los míos.

Ella intentó quitarse sus manos de encima, pero él la apretó con más fuerza. Entonces se calmó, su intuición le advertía que si se resistía sólo conseguiría provocarle. Desesperadamente pensó en las pocas salidas que tenía a su disposición. Si gritaba pidiendo ayuda seguramente Adam la oiría y vendría a socorrerla. Pero Adam lo arreglaría metiéndole una bala a Thaddeus Ware en el cerebro. No sólo le parecía excesivo, sino extremadamente injusto, teniendo en cuenta el hecho anterior de que Ware con toda seguridad le había salvado la vida al dejar inconscientes a los dos guardias.

Ahora era su misión salvarlo. Tenía que reunir fuerzas por los dos.

—Usted no me forzará —dijo con una calma que no sentía—. Esta noche usted me salvó. Tratar con violencia a una mujer no forma parte de su naturaleza.

Él se acercó más a ella. A la luz de la piedra sus ojos exhibían un brillo siniestro.

Se quedó estudiando su boca como si fuera una fruta rara, exótica, en su punto de madurez.

—No sabes nada de mi naturaleza. No de momento. Pero pronto, mi cielo, muy pronto comprenderás el vínculo que existe entre nosotros.

—Sé que no me hará daño porque es usted un hombre de honor —dijo ella con serenidad.

Él respondió a eso desabrochándole el cuello de la camisa. Ella estaba sumamente pendiente de cómo sus dedos le rozaban la garganta.

—En un estado como el mío el honor es un concepto complicado —dijo él.

—No hay nada complicado y usted lo sabe bien —susurró ella—. En este momento sus pesadillas le controlan.

—Nada ni nadie me controla, ni siquiera tú, mi hermosa Leona.

—No soy yo la que lo está manipulando. Es Delbridge, con su veneno. Usted no le concederá la victoria, estoy segura.

Thaddeus vaciló un instante, los ojos entrecerrados.

—Delbridge. Si descubre que te has llevado su cristal no parará hasta encontrarlo.

Ella cayó en la cuenta de que en alguna parte de su mundo de ensueño acababa de abrirse una puerta a la racionalidad. No dejó pasar la ocasión.

—Tiene usted razón, señor —dijo gentilmente—. Ahora comprendo que Delbridge es una temible amenaza para mi persona. Pero usted no podrá enfrentarse a él mientras se encuentre bajo los efectos del veneno. Debe recobrar sus sentidos para poder protegerme.

—Juro que te mantendré a salvo de él y de cualquier otro hombre que se atreva a alejarte de mí. —Sacó uno de los alfileres que sujetaban su pelo—. Eres mía.

—Sí, por supuesto —dijo ella convencida—. Le pertenezco, y por eso debe usted combatir el veneno de Delbridge esta misma noche. Tiene que hacerlo por mí, señor. No permita que le haga perder el juicio, porque entonces no estará en condiciones de velar por mí.

—Por ti —repitió Thaddeus, como si estuviera prestando un juramento—. Cruzaré las puertas del infierno para protegerte, Leona.

La energía titilaba invisible en todos los rincones del carruaje, y no ya sólo en el interior del cristal. Ella reaccionaba con sentido común ante el halo oscuro y narcótico que él desprendía. Pero aquello le atraía como un perfume embriagador. Un estado febril empezó a ganar intensidad en su fuero interno. De pronto una parte de ella ardía en deseos de entrar en su mundo onírico y compartirlo con él.

Él quitó otro alfiler de su pelo. Luego, muy lentamente, como marcando un territorio, le rodeó la nuca con la mano y comprimió los labios de ella bajo los suyos.

Fue un beso posesivo y de un poder apasionante. Ella sintió cómo su aura en llamas se encontraba con la de él. Los flujos energéticos de ambos entraron en colisión y se fusionaron, para finalmente empezar a componer una misma resonancia. Con ojos entornados ella apreció los destellos luminosos en el fondo del cristal.

Thaddeus bebía de su boca como si ella le ofreciera un néctar exótico. Dondequiera que las corrientes oníricas pudieran llevarle, ella estaba deseando seguirle.

Thaddeus levantó la cabeza emitiendo un jadeo ronco y suave, y se dispuso a tumbarla sobre el asiento.

—Mía —susurró.

Era ahora o nunca. Ella debía actuar por el bien de ambos o todo estaría perdido. Un nuevo consejo de su tío le vino a la memoria: «Procura ofrecer siempre un espectáculo.»

Agarró el cristal con ambas manos.

—Mire en el interior, Thaddeus —susurró ella con la misma entonación con que le hubiera invitado a la cama—. Mire cómo se ha encendido con su energía.

Él cedió a la tentación y observó el cristal al rojo vivo.

Era todo lo que ella esperaba que hiciera. Una vez segura de que él tenía toda su atención puesta en el cristal, ella arremetió por sorpresa capturando hasta la última pizca de energía contenida en el interior de la piedra. No había tiempo para manipular con sutileza sus propias corrientes energéticas como lo habría hecho con cualquier otro cliente. En esta ocasión no podía permitirse el lujo de ser sutil o cautelosa. La única esperanza para doblegar la energía convulsa de Thaddeus consistía en utilizar todo su poder en estado puro.

En el interior del cristal la tormenta se desató salvajemente por última vez, y luego fue amainando de a poco.

En cuestión de segundos ya había pasado. Thaddeus temblaba mientras se hundía en la almohadilla del asiento.

—La pesadilla ha terminado —dijo aturdido.

—Así es —coincidió ella.

—Me has salvado de la locura y sin duda has salvado mi vida. No sé cómo agradecértelo.

—Estamos en paz, señor. Yo estoy agradecida de que me ayudara a huir de la casa de Delbridge.

—Delbridge. Es cierto. —Con gesto cansado él encendió una de las lámparas—. Ese hombre va a ser un problema, Leona.

—No tiene que preocuparse por Delbridge, señor Ware. Ahora necesita descansar.

—No creo que pueda hacer otra cosa. —Recogió la peluca que ella llevaba y la examinó como si no la hubiera visto antes—. Nunca me he sentido tan agotado.

—Esta noche ha consumido una enorme cantidad de energía. Necesita dormir todo lo que pueda.

—¿Estarás aquí cuando despierte?

—Ajá.

Se metió la peluca en el bolsillo del abrigo y sonrió perezoso.

—Estás mintiendo.

—Créame, señor, no es el momento de empezar una discusión. Tiene que descansar.

—No tiene sentido que huyas de mí, Leona. Ahora tú y yo estamos más unidos que nunca. No importa adónde vayas, te encontraré.

—Duérmase, señor Ware.

Él no discutió. Se arrellanó en el extremo del asiento, con las piernas tan estiradas que sus muslos rozaban los de ella. Ella se quedó observándole durante un largo rato.

# 4

Una vez convencida de que realmente se había quedado dormido, ella se levantó, se arrodilló sobre la almohadilla y abrió la trampilla para hablar con Adam.

—¿Cómo está tu paciente? —preguntó Adam por encima del hombro.

—Duerme. El veneno era muy fuerte. Por un momento temí que no pudiera salvarle.

Una ráfaga de viento fresco que traía las primeras gotas de lluvia penetró en el carruaje.

—¿Qué clase de veneno produce esas pesadillas? —preguntó Adam.

—No lo sé. El señor Ware asegura que Delbridge lo utilizó para inducir a dos hombres a la locura. Las dos víctimas murieron en cuestión de horas.

Adam sacudió las riendas, instando a los caballos a apresurar el paso.

—Evidentemente Delbridge es más peligroso de lo que creemos. Todo el mundo piensa que no es más que un coleccionista excéntrico.

—Es mucho peor de lo que te imaginas. Antes no tuve ocasión de decírtelo, pero en el museo de la mansión había una mujer muerta. Tenía un corte en la garganta. Era un cuadro... horroroso.

—Maldita sea. —Adam estaba tan conmocionado que tiró de las riendas despistando a los caballos en el galope. Rápidamente corrigió la maniobra—. ¿Quién era?

—No lo sé. Tiene que haber sido una de las mujeres que Delbridge contrató para divertir a sus invitados. Es evidente que ella subió a la galería para encontrarse con un hombre. Y el asesino la encontró primero.

—Por favor, dime que nuestro pasajero no es el asesino.

—No lo es.

—¿Cómo puedes estar segura?

—Por dos razones. La primera, no intentó asesinarme cuando lo encontré junto al cadáver. Si fuera culpable estoy segura de que no querría dejar testigos con vida.

—Dios mío. ¿Le encontraste junto al cadáver?

—La segunda razón por la que estoy convencida de que no es el asesino es que no mató a los guardias de los jardines.

—¿De qué guardias estás hablando? Se suponía que esta noche no tenía que haber guardias.

—Pues parece que la información del señor Pierce era incorrecta en varios aspectos.

—Maldita sea —repitió Adam, esta vez más sereno—. Leona, esto se perfila como un verdadero desastre.

—Tonterías. Reconozco que ha habido complicaciones, pero finalmente todo ha salido bien.

—Confías en tu mentalidad positiva cuando cualquier persona en su sano juicio estaría comprando un billete a América o a algún lugar remoto.

—Limítate a considerar los hechos, Adam. Estamos a salvo lejos de la mansión y no hay modo de que Delbridge descubra quién se llevó el cristal.

—Estás olvidando una complicación grave —dijo Adam con un dejo de misterio.

—¿De qué se trata?

—El hombre que ahora mismo está durmiendo ahí detrás. ¿Qué sabes de él?

—Poca cosa, aparte del hecho de que es un hipnotizador con un poder mental increíble —admitió ella.

—¿Un hipnotizador?

—Se las arregló solo con los dos guardias y con un invitado de Delbridge, induciéndolos a un trance inmediato. Fue impresionante. Nunca había visto a nadie hacer algo semejante por medio de la hipnosis.

—¿Y ahora le llevamos con nosotros de regreso a Londres? —Adam estaba horrorizado—. Debes de estar loca, Leona. Todo el mundo sabe que los hipnotizadores, incluso los que carecen de poderes paranormales, son tipos peligrosos. Tenemos que deshacernos de él ahora mismo.

—Tranquilo, Adam. No hay que dejarse llevar por el pánico. Todo saldrá bien.

—Debo advertirte que al señor Pierce no le gustan los hipnotizadores, menos aún los que tienen poderes mentales, y a mí tampoco —dijo Adam con total seriedad.

—¿Así que conociste a un hipnotizador con poderes paranormales? Santo cielo, no tenía ni idea. ¿Y qué ocurrió?

—Basta con decir que murió. Se suicidó. Quizá lo leíste en el periódico. Se llamaba Rosalind Fleming.

—Ahora que la mencionas, creo recordar su nombre. Pero en los periódicos no decía nada sobre sus poderes. Era una mujer que se movía en la alta sociedad, ¿no es cierto?

—Antes de medrar en los elevados círculos sociales se ganaba la vida como médium. Utilizaba sus poderes para chantajear a sus clientes.

—Saltó de un puente, si mal no recuerdo.

—Pues sí.

La perfecta neutralidad de la respuesta sonó como una advertencia. Leona supo que aquello pretendía poner fin a la conversación. Y que al mismo tiempo, probablemente, revelaba que el tema en cuestión suponía la amenaza de una indagación demasiado a fondo en los misterios que envolvían al señor Pierce, un muy buen amigo de Adam.

—Ahora la cuestión es qué hacemos con el señor Ware —dijo Leona.

—¿Dices que está dormido? —preguntó Adam.

—Sí.

—¿Tiene un sueño profundo?

—Muy profundo.

—En ese caso sugiero que lo dejemos en el bosque a un lado del camino.

—No estarás hablando en serio. Esta noche este hombre me salvó la vida. Además está empezando a llover. Pillaría un resfriado de muerte.

—No puedes llevarlo a tu casa como si fuera otro perro extraviado —masculló Adam exasperado.

—Quizá tú podrías alojarlo por esta noche.

—Ni hablar. El señor Pierce no lo consentiría. Como recordarás, desde el principio tenía serias dudas sobre nuestro plan. Si se entera que cargo a cuestas con un hipnotizador...

—De acuerdo, déjame pensar en algo.

—¿Qué hacía Ware en el museo?

Leona dudó en responder.

—Estaba buscando el cristal.

—¿Tu cristal?

—Bueno, sí, fue una casualidad.

—¡Maldición! En ese caso hay algo más que deberías tener en cuenta mientras decides qué hacer con tu hipnotizador.

—¿Qué?

—Digo que será mejor que des por sentado que cuando se despierte querrá recuperar la maldita piedra.

Leona sintió que su estado de ánimo, por lo general resistente, caía por los suelos. Adam tenía razón. Si Thaddeus se había acercado a ella era únicamente porque tenía interés en el cristal, no en ella. El beso electrizante de hacía un momento había sido producto de sus alucinaciones, parte de sus pesadillas. No habían tenido más que esa clase de encuentro fortuito que inspiraba el deseo en el corazón de un caballero.

—Por lo poco que antes he podido observar —continuó Adam—, sospecho que no tendrá la decencia de renunciar a su búsqueda y dejar que te quedes con la piedra.

—Tienes razón —dijo Leona—. Debemos deshacernos del señor Ware. Tengo una idea.

# 5

El reloj dio las tres.

Richard Saxilby se despertó en la galería y miró a su alrededor. Primero sobrevino la confusión. ¿Qué estaba haciendo allí? Había acompañado a los demás en la visita vespertina que Delbridge había insistido en encabezar, pero sin llegar a disfrutar de aquella experiencia. Su interés por las antigüedades era escaso y había previsto que se aburriría sobremanera. Pero el aburrimiento no había sido el problema. Más bien la colección de reliquias exhibidas en la galería, que le habían causado una sensación realmente desapacible.

¿Por qué había regresado?

La memoria resurgió en una ráfaga revulsiva. Estaba allí por Molly. La bruja descarada había sugerido que se encontrarán allí después del baile. Ella le había asegurado que a nadie se le ocurriría buscarles en ese sitio.

Pero la realidad era que Molly había muerto, salvajemente asesinada.

Él daba vueltas sin cesar, el corazón le palpitaba. No, no había sido un sueño. Ella aún estaba tendida en el suelo. «Cuánta sangre», pensó. Le habían rebanado la garganta. La habían sacrificado brutalmente.

Se le revolvieron las tripas. Durante un instante horrible pensó que iba a vomitar. Le dio la espalda al cadáver.

Alguien debía avisar a Delbridge para que llamara a la policía.

La policía. El pánico le oprimió el pecho. No podía permitirse estar vinculado a un asesinato. El programa de inversión que con tanto esfuerzo venía preparando se hallaba en una situación extremadamente delicada. Gente muy importante estaba a punto de decidir si financiaban o no su proyecto. En el ambiente de los clubes los rumores corrían rápido.

Y lo que era peor, la policía podría pensar que él había matado a la bella prostituta. ¿Cómo iba a explicar a los tipos de Scotland Yard su presencia en aquella dichosa galería? Y luego estaba la arpía de su mujer, otra cosa a tener en cuenta. Helen se pondría furiosa si por su culpa el nombre de la familia se viera implicado en la investigación de un asesinato. Y se enfadaría aún más en caso de descubrir que él había acudido a una cita secreta con una prostituta.

Tenía que salir de allí antes de que llegara alguien más. Bajar por las escaleras y mezclarse con los invitados; asegurarse de que le vieran bailando con alguna de las mujeres que Delbridge había puesto a disposición de todos esa noche.

Dejaría que otro encontrara el cadáver.

# 6

*Dos horas más tarde...*

Delbridge se paseaba por la larga galería, ignorando el cuerpo ensangrentado de Molly Stubton. En ese momento ella era el menor de sus problemas. Estaba furioso. Y también muy preocupado.

—¿Qué demonios les ocurre a los guardias? —le preguntó a Hulsey.

El doctor Basil Hulsey movía la cabeza con gesto incrédulo y jugueteaba inquieto con sus gafas. No había forma de saber cuándo se había lavado su flequillo de pelo canoso por última vez, y mucho menos si se lo había cortado. Sus mechones andrajosos sobresalían en una aureola de mal gusto, como si se hubiera electrocutado al entrar en contacto con una máquina. Su chaqueta eternamente arrugada y sus pantalones anchos colgaban de su figura esquelética. Debajo de la chaqueta llevaba una camisa que seguramente alguna vez había sido blanca. Ahora, sin embargo, era de un marrón grisáceo, el resultado de años de manchas de productos químicos nocivos.

Con todo, Hulsey tenía el aspecto de lo que realmente era: un científico excéntrico y brillante al que le habían sacado a rastras de su laboratorio —un laboratorio en el que Delbridge había puesto dinero— a altas horas de la noche.

—No tengo la menor idea de lo que les ocurre a los gu-guardas —tartamudeó Hulsey nervioso—. El señor Lancing los llevó a la co-cocina como usted ordenó. Entre los dos intentamos despertarles. Vertimos un cubo de agua fría sobre ellos. Ninguno de los dos reaccionó.

—Yo diría que se desmayaron después de pasarse con la ginebra —dijo Lancing. Parecía elegantemente aburrido, un estado de ánimo muy frecuente en él cuando que no estaba practicando su deporte favorito—. Pero lo cierto es que ninguno de ellos apesta a alcohol.

Hulsey se obsesionaba con la limpieza de sus lentes. Siempre que se encontraba fuera de su laboratorio parecía ansioso, pero mucho más cuando se veía obligado a permanecer en el mismo recinto con Lancing. Delbridge no lo culpaba. Era como forzar a un ratón a compartir la jaula con una víbora.

Delbridge contemplaba a esa criatura llamada Lancing, disimulando el recelo que este hombre le provocaba. A diferencia de Hulsey, sin embargo, él sabía que había que ocultar el miedo. O quizá fuera simplemente un experto en reprimir las reacciones instintivas.

Estaba a punto de estallar de rabia, pero era perfectamente consciente de que había que ser prudente. A la luz brillante de un candelabro de pared cercano, Lancing parecía un ángel de una pintura renacentista. Era un hombre de una hermosura exquisita, con ojos de un azul vivo como el zafiro y un cabello dorado de un tono tan claro que casi parecía blanco. Atraía a las mujeres como el fuego a las mariposas. Pero en el caso de Lancing la belleza era muy engañosa; él era un asesino a sangre fría. Vivía para dar caza y matar, y sus presas favoritas eran los humanos, sobre todo de sexo femenino. Era espantosamente bueno en su trabajo. De hecho, la naturaleza lo había bendecido con un don para perseguir y aniquilar a sus víctimas que sólo podría describirse como sobrenatural. Cada vez que se activaba su paranormal olfato de cazador, era capaz de detectar la espora psíquica de su víctima.

También estaba dotado de un talento que le permitía ver en la noche más oscura con absoluta claridad. En el momento de atacar podía moverse con una rapidez muy superior a la del soldado o el boxeador más hábil. Su velocidad no era la de un hombre normal, sino la de un depredador.

Delbridge era miembro de la Sociedad Arcana, una organización secreta dedicada al estudio de lo paranormal, cuyos miembros en su inmensa mayoría poseían cuando menos algunos talentos demostrables. En los últimos años la Sociedad había emprendido un esfuerzo conjunto para investigar, estudiar y catalogar los diversos tipos de dones conocidos hasta el momento. Gracias a ese catálogo cada vez más amplio ahora había un nombre para aquellos que poseían el peculiar y extremadamente peligroso síndrome de aptitudes de Lancing: paradepredadores.

Muchos miembros de la Sociedad, especialmente aquellos que suscribían las teorías de Darwin, estaban convencidos de que los cazadores psíquicamente dotados representaban, a decir verdad, un resurgimiento de lo primitivo. Delbridge tendía a darles la razón. Lancing, sin embargo, adoptaba otro punto de vista. La víbora elegante se consideraba a sí mismo un hombre altamente evolucionado y superior. En cualquier caso, resultaba de utilidad.

Delbridge lo había localizado tras las noticias que empezaron a aparecer en la prensa sensacionalista acerca de un asesino salvaje obsesionado con las prostitutas. Atraer fuera de su escondite al Monstruo de la Medianoche, así le había bautizado el *Flying Intelligencer*, había sido más que fácil. Molly Stubton, con su pelo rubio y su cara bonita, daba el perfil de las víctimas del Monstruo. Ella había posado en una calle de la ciudad por la que el Monstruo acostumbraba salir de cacería, haciéndose pasar por una pobre meretriz que ejerce su profesión. Delbridge se había quedado rondando en la sombra, con dos pistolas cargadas en el bolsillo y una pócima de Hulsey en la mano.

Durante años él se había visto frustrado por su propio talento.

Era de una fuerza gratificante, pero al mismo tiempo de una utilidad sumamente limitada. Él podía distinguir claramente a quienes poseían dotes paranormales. Además, era capaz de identificar la naturaleza de sus poderes particulares. Finalmente su aptitud le había servido para algo la noche en que detectó a Lancing.

Una vez que el Monstruo de la Medianoche había emergido de la niebla, vestido como un caballero elegante y esbozando su sonrisa angelical, hasta Molly, dueña de unos instintos callejeros bien afilados, había caído en la trampa.

Los sentidos para la caza que Lancing poseía estaban completamente despiertos, y Delbridge enseguida había identificado la naturaleza del aura inquietante que le rodeaba. Aunque el talento del Monstruo careciera de nombre, Delbridge le había reconocido por lo que era: un asesino.

Había atraído al paradepredador ofreciéndole empleo y algo que, según su propia intuición, sería infinitamente más importante para Lancing: la admiración y el reconocimiento de sus extraordinarios poderes.

Pronto Delbridge se había dado cuenta de que Lancing tenía una segunda debilidad, una que se veía obligado a satisfacer a fin de mantener al Monstruo bajo control. Lancing venía de las calles pero anhelaba codearse con la gente de un estatus superior en un mundo que, debido a las circunstancias de su nacimiento, siempre le había rechazado. El bastardo reclamaba aceptación entre los miembros de la elite a la manera de un hombre hambriento que clama por un trozo de pan. Estaba claro que no soportaba que él, una especie de hombre «superior», careciera de estatus social y los contactos requeridos para ser invitado a los círculos exclusivos.

Delbridge lamentaba muchísimo haberse visto obligado a presentarle la víbora a su sastre, y más aún invitarle a una celebración social esporádica como la de aquella noche, pero no había manera de evitarlo. Permitir que Lancing rondara los márgenes de su mundo de clase alta era el precio que tenía que pagar por hacer negocios con el Monstruo de la Medianoche.

Delbridge lo miraba fijamente.

—¿Qué ha pasado esta noche? Librarse de la señorita Stubton era un plan más que sencillo. Después de la fiesta ibas a acompañarla a su casa para ocuparte de ella una vez que estuvierais allí. ¿Por qué diablos la has matado en mi casa? ¿No te das cuenta del riesgo que corres?

Molly Stubton había sido una mujer extraordinariamente atractiva. Su ardiente sensualidad combinada con sus habilidades en la cama le habían valido para convertirse en una seductora. Delbridge la había contratado para averiguar los secretos de algunos de sus rivales. Ella había representado su papel de manera brillante. Últimamente, sin embargo, se había vuelto una mujer complicada. Había empezado a incordiar con exigencias, llegando incluso al extremo del chantaje. El momento de deshacerse de ella había llegado, pero Lancing había hecho un mal trabajo.

Lancing se encogió elegantemente de hombros.

—Subió aquí por algún motivo. Sospecho que planeaba encontrarse con uno de los invitados. La seguí para ver qué hacía. El miedo que sintió al verme olía tanto como un perfume. —Los labios de Lancing se curvaron en una sonrisa evocadora—. Ella ya se imaginaba lo que iba a ocurrir. De ningún modo habría consentido que la acompañara a su casa. No tuve más remedio que silenciarla de inmediato.

—Aun sabiendo que debías proceder en el acto, hay métodos más pulcros —señaló Delbridge—. ¿Por qué diablos tuviste que cortarle el cuello y dejarla aquí? ¿Y si uno de los invitados hubiese subido a la galería, descubierto el cadáver y echado a correr para dar la alarma? En ese caso no habría tenido otra opción que llamar a la policía.

—Había mucha sangre —dijo Lancing todavía risueño—. Mi chaqueta se había echado a perder por completo y mis pantalones estaban salpicados. Fui a una de las habitaciones para asearme y cambiarme de ropa.

Delbridge tuvo una sospecha.

—¿Trajiste un segundo traje para cambiarte?

—Por supuesto. Siempre llevo ropa para cambiarme cuando sé que voy a divertirme con uno de mis numeritos.

Es decir, desde el principio tenía pensado matar a Molly allí mismo y no en casa de ella. Sin duda la bestia había saboreado la emoción que le producía actuar a su antojo en una casa repleta de aristócratas que se creían socialmente superiores a él. Delbridge reprimió un suspiro. Hulsey tenía razón, Lancing no estaba del todo cuerdo y no era del todo controlable. Aun así, era sumamente provechoso.

—¿Cuánto tiempo te llevó asearte y cambiarte de ropa? —preguntó Delbridge impaciente.

Lancing volvió a encogerse de hombros con delicadeza.

—Probablemente unos veinte minutos.

Delbridge apretaba los dientes con fuerza.

—Y sin embargo hasta las tres y media no viniste a decirme que el cristal había desaparecido y que los dos guardias estaban inconscientes.

—Nancy Palgrave vino a buscarme —Lancing sonrió satisfecho—. Al salir de la habitación la encontré en el descansillo de la primera planta. Naturalmente la invité a entrar en una de las habitaciones. ¿Qué otra cosa puede hacer un caballero en esas circunstancias?

Eso debería contar como otra de las debilidades de Lancing, pensó Delbridge. La caza y el asesinato le excitaban sexualmente. El encuentro con una mujer que le esperaba había supuesto para él una tentación irresistible.

Más tiempo aún se había perdido debido a la imposibilidad de ocuparse del asunto hasta que se hubiera ido el último invitado. Además de que también había sido necesario aguardar a que se retirara todo el personal contratado para aquella noche. Entonces Delbridge había mandado a dormir al ama de llaves y a su marido, los únicos dos sirvientes que habitaban en la mansión. Ambos le habían servido fielmente durante años; sabían muy bien que no se debía cuestionar sus órdenes.

De pronto se le ocurrió algo. Dejó de pasear de un lado al otro y frunció el entrecejo.

—Tal vez robaron la piedra antes de que tú siguieras a la señorita Stubton hasta aquí arriba —sugirió.

—Tal vez. —A Lancing, como de costumbre, los detalles menores no le preocupaban.

—¿Estás seguro de que no puedes darme ninguna pista sobre el ladrón? —preguntó Delbridge por tercera o cuarta vez.

Lancing se colocó delante del armario en el que había estado el cristal.

—Te he explicado que sólo puedo detectar la espora liberada bajo emociones intensas. Miedo. Furia. Pasión. Esa clase de cosas. Aquí no percibo nada de eso.

—Pero el ladrón tiene que haber experimentado una emoción muy fuerte al coger el cristal e inhalar el vapor —insistió Delbridge—. ¿Un susto? ¿Miedo? Algo tiene que haber sentido.

Lancing sostenía el cerrojo en su mano de dedos largos.

—Te lo he dicho, esto está demasiado sucio para hacer interpretaciones. En los últimos días todo el mundo ha pasado la mano por aquí, incluido tú. —De repente hizo una pausa, inusitadamente reflexiva—. Aunque si me concentro creo poder sentir un flujo de poder todavía fresco que lo impregna.

Delbridge percibió una oleada de energía alrededor de Lancing cuando el asesino dio rienda suelta a sus sentidos a fin de examinar el cerrojo. Pese a estar perfectamente preparado para la experiencia, le resultó desconcertante. Una clara sensación de escalofrío le recorrió toda la espalda. Hasta Hulsey, cuyos talentos se situaban en el campo de la ciencia, debió de advertir el aura siniestra que rodeaba al asesino. Y enseguida dio un paso atrás.

—¿Ni rastro de emoción? —insistió Delbridge.

—No, sólo un vestigio de energía —dijo Lancing—. Es extraño. Nunca antes me he encontrado con una espora similar. Quienquiera que haya estado aquí, tiene que ser un hombre muy resistente, eso seguro.

—¿Otro cazador, quizá?

—No lo sé. —Lancing parecía intrigado—. Pero donde hay mucho poder, hay capacidad para la violencia. Sea quien sea tiene que ser peligroso.

—¿Tanto como tú? —preguntó Delbridge en voz baja.

Lancing enseñó una sonrisa beatífica.

—Nadie lo es tanto como yo, Delbridge. Eso ya lo sabes.

Hulsey se aclaró la garganta.

—Disculpe, señor, pero hay algunas explicaciones lógicas respecto a la ausencia de esa clase de espora a la que el señor Lancing es sensible.

Delbridge y Lancing se quedaron mirándole.

—¿Y bien? —le apremió Delbridge con la impaciencia que siempre dedicaba al científico.

—El vapor podría haberse esparcido en la cara del ladrón cuando cogió la bolsa que contenía el cristal —dijo Hulsey—. Tal como yo lo veo, puede que ni siquiera haya tocado el armario o el estante. Sólo la bolsa.

Lancing asintió con la cabeza.

—Tiene sentido. En el caso de que no hubiera habido contacto físico con el armario tras haber activado la trampa, no habría dejado rastros de su espora.

Delbridge frunció el ceño.

—Pero más allá de que dejara o no pistas sobre su estado emocional en el momento del robo, tendría que haber sucumbido a los efectos del vapor poco después. En diez o quince minutos como máximo.

—Tiempo suficiente para escapar de la mansión —apuntó Lancing.

—Pero no habría podido llegar muy lejos.

—Podría haber recibido ayuda —sugirió Lancing—. Quizás un compañero que le ayudara a salir de aquí.

—Maldita sea —murmuró Delbridge. La idea de que pudiera haber intervenido un segundo hombre era sumamente preocupante.

Hulsey tosió algo cohibido. Miró a Delbridge.

—Si me permite que se lo recuerde, señor, en caso de que la droga hubiera surtido efecto el ladrón se habría convertido en una seria amenaza para su compañero.

—Sí, sí, entiendo —replicó Delbridge en un tono brusco—. Probablemente habría atacado a cualquiera que se hubiera cruzado en las inmediaciones, lo mismo que hicieron Ivington y Bloomfield, según dicen. —Frustrado, le dio una bofetada a una estatua que tenía a su lado—. Maldita sea, ahora debería estar muerto como los otros dos. Su cuerpo tiene que estar afuera, en alguna parte del bosque.

—Si había alguien más con él —dijo Lancing sonriendo una vez más— y si el otro hombre tuvo la presencia de ánimo para matar a su socio al desatarse la locura, es más que probable que dejara el cuerpo tirado en el bosque y se llevara el cristal.

Delbridge y Hulsey lo miraron fijamente.

Lancing barrió el aire con la mano trazando un pequeño arco.

—Eso es lo que yo habría hecho en el lugar de ese segundo hombre.

—Sin duda —dijo Delbridge con aspereza.

—Qué diablos —prosiguió Lancing más animado—, si yo hubiera estado en el lugar del segundo hombre quizás habría liquidado a mi socio nada más conseguir el cristal, sin tener en cuenta si mostraba o no indicios de locura. ¿Por qué compartir algo tan valioso?

Delbridge reprimió el impulso de coger un jarrón y arrojarlo contra la pared. Tenía que recuperar el dichoso cristal y tenía que hacerlo cuanto antes. Ya había enviado un mensaje al líder del Tercer Círculo diciendo que había hallado la reliquia. En pocos días estaba prevista una demostración de sus poderes. Si todo iba bien, cuando le presentara la piedra de aurora a los miembros, le aceptarían formalmente en la Orden. Sin ella le negarían la admisión.

Tenía que encontrar el cristal. Se había esmerado sobremanera, invertido mucho tiempo y dinero, asumido infinidad de riesgos para cometer un fallo en el último momento.

Lancing ladeó su refinada barbilla hacia el cadáver.

—¿Me deshago de ella?

Delbridge arrugó la frente.

—No tenemos tiempo de cavar una tumba. Y además está lloviendo. Estará todo lleno de barro.

Hulsey parecía consternado.

—No estará pensando en dejar el cuerpo allí.

Delbridge giró sobre sus talones y estudió su colección de sarcófagos de piedra.

—La pondremos en uno de éstos. Estará a buen recaudo hasta que podamos enterrarla en el bosque. Los sirvientes saben que no deben poner un pie en la galería a menos que reciban instrucciones por mi parte.

De hecho a los sirvientes no les gustaba entrar en la galería. Ninguno de ellos poseía dones paranormales perceptibles, pero Delbridge sabía que todos los individuos estaban dotados de cierto grado de sensibilidad, fueran concientes de ello o no. Esa sensibilidad se manifestaba en ellos en forma de sueños o intuiciones. Los contenidos del museo, amontonados como estaban, irradiaban una energía perturbadora que afectaba incluso a las personas más insensibles en menor o mayor medida. Durante la velada él se había divertido observando cómo los invitados procuraban disimular la aversión inspirada por las reliquias.

Cuando Lancing apartó la pesada losa del sarcófago se oyó un ruido áspero y rechinante, provocado por el roce entre las piedras. Miró al Hulsey con una sonrisa.

—Échame una mano —le dijo.

Hulsey reaccionó con violencia. Lancing rara vez le dirigía la palabra. Se vio desconcertado. Se acomodó las gafas en lo alto de la nariz y luego, con suma reticencia, se dispuso a ayudar.

Lancing se acercaba pausadamente al cadáver de la mujer. Sus pasos bordeaban el altar. Distraídamente alargó el brazo para tocarlo. Delbridge tomó nota del movimiento. Había observado a Lancing tocar otras reliquias de la galería con el mismo aire afectuoso, como si estuviera acariciando un gato. A diferencia de la mayoría que entraban en el museo, el Monstruo se deleitaba con la oscura energía que desprendían las reliquias.

«En ese sentido nos parecemos», pensó Delbridge. Y al pensarlo sintió un escalofrío desagradable. No le hacía gracia la idea de tener algo en común con ese individuo de humilde cuna.

Lancing hizo un alto repentino, con la mano aún apoyada en el altar.

—¿Qué pasa? —preguntó Delbridge de inmediato—. ¿Percibes algo?

—Miedo. —Lancing pronunció la palabra como si fuera la más rara del vocabulario—. El miedo de una mujer.

Delbridge frunció el entrecejo.

—¿Es Molly?

—No. Su miedo sabe diferente. —Lancing recorrió la superficie de piedra con las yemas de sus dedos—. Esta mujer no estaba atontada por el pánico, no estaba histérica como Molly. Se mantenía bajo control. Aun así estaba espantada.

—¿Estás seguro de que era una mujer? —preguntó Delbridge con aspereza.

—Oh, ya lo creo que sí —contestó Lancing casi cantando—. Es el dulce miedo de una mujer.

Delbridge dudó un instante.

—Quizá se trate de una de las prostitutas que estuvieron aquí esta noche. Todas ellas acompañaron a mis invitados en la visita.

—También estaba yo —le recordó Lancing—. Ninguna de ellas estaba espantada, no como esta mujer. Créeme, lo habría notado.

—¿Qué demonios está pasando aquí? —quiso saber Delbridge.

—¿No lo entiendes? —dijo Lancing, los ojos ardientes de salvaje lujuria—. Esta noche aquí hubo dos ladrones. Uno de ellos era una mujer.

—¿Una mujer vino hasta aquí para robarme el cristal? —Delbridge estaba atónito—. Te aseguro que ninguna tendría el valor, mucho menos la destreza para entrar a robar en mi mansión.

Hulsey frunció el entrecejo.

—No olvide que la ayudaba un hombre.

—¿Y por qué iba a traer a una mujer consigo? —interrogó Delbridge perplejo—. No tiene sentido. Ella sólo aumentaría el riesgo de que le descubrieran.

Hulsey se quitó las gafas y empezó a lustrarlas, ahora más pensativo.

—Tal vez la necesitaba.

—¿Con qué propósito? —disparó Delbridge.

—De acuerdo con mis investigaciones, casi todos los que han poseído el talento para acceder al poder del cristal han sido mujeres —dijo Hulsey adoptando el tono de un conferenciante—. Puede que esta noche el hombre haya traído a una de esas mujeres para que le ayude a encontrar la piedra.

—Es el hombre cuyo rastro de energía aún puede detectarse en el armario —dijo Lancing convencido—. Me imagino que ahora estará muerto o atrapado en la locura de una pesadilla.

Hulsey volvió a ponerse las gafas y se las ajustó con el índice. Fijó su mirada en Delbridge.

—Me da la impresión de que tendrá que ir tras la pista de una mujer.

—Pero no sabemos nada de ella —se lamentó Delbridge.

—Eso no es del todo cierto, señor. —Hulsey arrugó sus cejas pobladas—. Sabemos con total probabilidad que es capaz de hacer funcionar el cristal.


Al cabo de un rato Delbridge estaba con Hulsey en la cocina. Todavía llovía, pero el cielo encapotado empezaba a clarear a medida que amanecía dejando surgir un gris apagado.

Delbridge miraba hacia abajo, observando a Paddon y Shuttle, los dos guardias que había contratado para la velada y que ahora yacían sobre una lona que cubría el suelo.

Delbridge rara vez visitaba la cocina de su mansión. Era un aristócrata; y los aristócratas no se involucraban en las cuestiones de mantenimiento. Esa mañana se vio ligeramente sorprendido por la cantidad de manchas de grasa sobre la lona. Lo que le llevó a preguntarse por las condiciones de higiene de la comida que servía su mayordomo.

—Los intrusos deben de haberles drogado —dijo a Hulsey—. Es la única explicación.

Hulsey, visiblemente más tranquilo ahora que Lancing no estaba cerca, aguijoneó a uno de los guardias con la punta del pie.

—Puede ser.

—Sólo nos queda esperar a que se les pase el efecto. Si se mueren puede que nunca obtengamos ni la menor respuesta. Hulsey, tenemos que recuperar ese cristal.

—Créame, señor, estoy tan preocupado como usted.

—Y ya puedes estarlo, maldita sea. Me costó una fortuna instalarte en ese laboratorio. Si no recupero ese cristal, no tendré motivos para seguir financiando tus experimentos, ¿no te parece?

Hulsey retrocedió. A Delbridge esa reacción le causó cierta satisfacción. La debilidad de Hulsey era tan manifiesta como la de Lancing. Para un científico lo único que importa son sus investigaciones.

—Lo encontraremos, señor —se apresuró a decir Hulsey.

—Tenemos apenas unos días hasta que me manden llamar para que le lleve la piedra al líder del Tercer Círculo. Si no acierto en mi cometido no tendré una segunda oportunidad de ser aceptado como miembro. El líder es terriblemente implacable respecto a eso.

—Comprendo, señor.

La frustración volvió a manar en el interior de Delbridge.

—He llegado tan lejos. He corrido tantos riesgos. Meses de planificación. Dos caballeros de alto rango muertos. El cristal por fin estaba en mis manos. —Entrelazó los dedos en un puño—. Y ahora ya no está.

Hulsey no respondió. Estaba observando a los dos hombres en el suelo.

—Creo que el señor Shuttle se mueve —dijo.

Delbridge bajó la vista. En efecto, Shuttle se estaba moviendo y abriendo los ojos.

También se abrieron los ojos de Paddon. Se quedó con la mirada vacía clavada en el techo.

—Interesante —dijo Hulsey—. No conozco ninguna droga que permita a su víctimas despertarse de esta manera. Es como si ambos hubieran recibido instrucciones de abrir los ojos justo al amanecer.

Shuttle y Paddon se sentaron en el suelo y miraron a su alrededor, abarcando con la vista la cocina de hierro, el cubo de madera, la palangana de zinc, la mesa larga y el escurridor de cuchillos como si nunca antes hubiesen visto nada parecido.

—¿Qué demonios...? —murmuró Paddon.

—De pie, los dos —ordenó Delbridge.

Shuttle y Paddon se levantaron pesadamente. Parecían lo que eran, un par de tipos duros y violentos de la calle que se ganaban la vida ofreciendo sus servicios como guardaespaldas y vigilantes. Ninguno de los dos era especialmente inteligente. Al contratarlos Delbridge había pensado que contaba con hombres valiosos. Ahora tenía sus dudas.

—¿Qué diablos ocurrió anoche en los jardines? —preguntó.

—Nada en particular, señor —dijo Shuttle pasándose una mano fornida por el pelo—. Fue una noche tranquila. Ningún problema. —Frunció el ceño—. Aunque no recuerdo haber venido hasta aquí.

—Tiene que haber sido que vinimos a pedirle un poco de café al cocinero para mantenernos despiertos —añadió Paddon. Pero parecía y sonaba confundido.

—Ninguno de vosotros vino aquí voluntariamente —afirmó Delbridge—. Os encontramos dormidos en vuestros puestos. Mientras echabais un sueñecito, una pareja de intrusos se llevó un objeto particularmente valioso. Fuisteis contratados para evitar que cosas como éstas ocurrieran mientras yo recibía a mis invitados. ¿Qué tenéis que decir al respecto?

Los dos se habían quedado mudos, le miraban fijamente. Entonces Paddon contrajo el rostro.

—Como le hemos dicho, señor, no ocurrió nada. No sabemos de qué está hablando, señor.

Delbridge miró a Hulsey en busca de orientación.

Hulsey concentró su atención en Paddon.

—¿Qué es lo último que recuerdas antes de despertar hace un instante?

Paddon se encogió de hombros.

—Estaba caminando por el jardín, haciendo mis rondas de vigilancia. Recuerdo que estaba pensando en que probablemente llovería por la mañana cuando de repente... —Se detuvo, sacudió la cabeza—. Me desperté aquí.

Shuttle asintió con la cabeza.

—Lo mismo me ocurrió a mí.

—¿No recordáis haber visto a alguien en los jardines? —indagó Delbridge.

—Una pareja de invitados salió a la terraza durante unos minutos, pero hacía demasiado frío para lo que ellos tenían en mente, así que volvieron a entrar —expresó Paddon.

—Es una pérdida de tiempo —dijo Delbridge—. Largo de aquí, los dos.

Paddon y Shuttle intercambiaron miradas.

—¿Qué hay de nuestros honorarios? —preguntó Shuttle. Su voz había perdido ese filo imponente.

—Se os pagará antes de que os vayáis —aseguró Delbridge impaciente.

Los dos hombres salieron de la cocina. Delbridge aguardó a que dejara de oírse el ruido sordo de sus pesadas botas.

—¿Crees que son cómplices? —preguntó.

—Tal vez —dijo Hulsey—. Pero tengo mis dudas. Había algo en la calma y la pereza con que despertaron justo al amanecer que me lleva a contemplar otra posibilidad.

—¿De qué se trata?

—Me pregunto si fueron hipnotizados.

Un escalofrío hizo tiritar a Delbridge.

—¿Mesmerismo?

—Eso explicaría el estado en que les encontramos.

—¿Cuál de los ladrones era el hipnotizador? —preguntó Delbridge—. ¿El hombre o la mujer?

—Si he acertado al concluir que la mujer es la que manipula el cristal, cabe deducir que el hombre es el que hipnotiza. Como usted ya sabe, cuando se trata de talentos paranormales realmente poderosos, los individuos sólo poseen uno. Puede que uno de ellos tenga el poder para el cristal o la hipnosis, pero no ambos.

—Quienquiera que sea, morirá esta mañana.

—Quizá —dijo Hulsey.

A Delbridge no le gustaba la expresión en el rostro de Hulsey. El científico lo miraba como si estuviera considerando otras posibilidades.


Lancing volvió a presentarse una hora más tarde. Estaba empapado y de mal humor.

—Nada —dijo lacónicamente.

—¡Maldición! Quienquiera que sea no puede haber sobrevivido a los efectos del vapor —insistió Delbridge.

Lancing se encogió de hombros fiel a su estilo elegante e irritante.

—Tendrás que asumir que la mujer de algún modo consiguió llevárselo en un carruaje.

—En ese caso pronto se habría visto en compañía de un loco violento —señaló Hulsey—. A menos que...

Delbridge y Lancing le miraron.

—¿A menos qué? —preguntó Delbridge.

Hulsey sacó un pañuelo de su bolsillo y se puso a limpiar los cristales de sus gafas.

—A menos que ella supiera cómo rescatarle de las alucinaciones.

—Imposible —dijo Delbridge.

Hulsey volvió a colocarse las gafas sobre el caballete de su nariz. Sus ojos centelleaban detrás de las lentes.

—Más bien interesante.

# 7

Thaddeus abrió los ojos bajo la espesa luz gris de un día in-
movilizado por la niebla. Se quedó quieto un instante, tratando
de orientarse. Nada le resultaba familiar en aquella pequeña habitación de paredes verdes deslucidas y cristales sucios.

Desde la cama alcanzó a ver su abrigo colgado en un perche-
ro de pared. En la esquina había un lavamanos que parecía es-
tropeado junto a una pequeña cómoda magullada. Las sábanas
de la cama no olían a fresco.

Le asaltó una ráfaga de recuerdos: la mujer fascinante de ojos
dorados, el veneno de Delbridge, la huida precipitada en el carruaje, el conocimiento de que probablemente no sobreviviera a
la noche, no al menos en su sano juicio.

*Leona.* La noche anterior su nombre había sido un talismán.
Recordaba el cristal que irradiaba la luz de la luna y la certeza apasionante de su voz. «Le acompañaré en sus sueños.»

Se incorporó despacio, apartando la manta andrajosa. Cuidadosamente se dispuso a recordar los detalles de la lucha contra el mundo infernal de siniestras fantasías que había amenaza-
do con devorarle. Por fortuna ahora las imágenes no eran más
que fragmentos difusos, algunos inquietantemente nítidos, pero
nada más terrible que los recuerdos de cualquier otra pesadilla.

La misteriosa Leona se había valido del cristal para salvarle de un descenso a los infiernos del que jamás habría regresado.

Hechicera, pensó, dejando asomar una sonrisa.

Y él le había correspondido tratando de importunarla.

Se le borró la sonrisa. El recuerdo pasmoso hizo que se levantara. Tenía las cejas húmedas de sudor. Nunca antes había perdido el control como la noche anterior. Nunca. Los poderes de autocontrol que había perfeccionado a fin de manejar su don para la hipnosis le habían servido en todos los aspectos de su vida, incluso en el campo del deseo sexual. Pero la noche anterior el veneno había despertado en él una lujuria febril irrefrenable.

La indignación se propagó en su fuero interno. Ni siquiera había intentado controlar su apetito voraz. Poseído por las alucinaciones se había convencido de que tenía todo el derecho a hacerla suya, de que ella era su compañera ideal, la única mujer de todas las que había conocido cuyos poderes estaban a la altura de los suyos. La única mujer que había detectado el secreto de su don sin mostrarse temerosa.

Afortunadamente, el don que ella poseía la había salvado de él y su deseo predatorio. Ella había logrado detenerle. Y sin embargo, la comprensión de cuán cerca había estado de hacerle daño lo torturaba. Tendría que vivir con ello el resto de su vida.

Mientras se contemplaba a sí mismo cayó en la cuenta de que estaba completamente vestido, con la excepción de que no llevaba las botas puestas. Las encontró debajo de la cama junto a un orinal desconchado.

Se sentó en el borde de la cama y se calzó las botas. ¿Dónde demonios estaba? Hizo un esfuerzo por recordar.

Después de la sesión del cristal le había vencido una fatiga irresistible. Estaba semidormido cuando el carruaje se detuvo, pero demasiado atontado para darse cuenta de dónde se encontraba. Entre Leona y su amigo habían cargado con él, le habían sacado a rastras del vehículo para meterle en un salón. Allí había una chimenea apagada. Lo recordaba muy bien. También un hombre

68

y una mujer a quienes al parecer habían sacado de la cama. Y un tramo estrecho de escaleras de madera.

En un momento había descubierto que sus brazos no rodeaban un par de hombros delicados, sino dos, y finalmente había comprendido que Leona no era la única mujer vestida de hombre. Su amigo, el cochero, también era una mujer. ¿Cómo era el nombre que usaba? Ah, sí, Adam.

Recordó las palabras de Adam mientras ella y Leona atravesaban la entrada con él a cuestas. «Te lo advierto, nos vamos a arrepentir. Tendríamos que haberle dejado tirado.»

Tenías razón, Adam, pensó. Ninguna de vosotras ha visto lo que queda por ver de mí.

Un suave y tímido golpe en la puerta lo sacó de sus meditaciones. Se le ocurrió que no tenía ni idea de quién podía ser.

Caminó hasta donde estaba colgado su abrigo. Metió la mano en uno de los bolsillos sin demasiadas esperanzas. Había un objeto, pero no era su pistola. Al sacarlo vio que se trataba de un pequeño pote de colorete. Se acordó de haberlo recogido del suelo junto al cadáver.

Volvieron a llamar a la puerta.

Hurgó en el otro bolsillo. Esta vez sí encontró la pistola. Con el arma en la mano se alegró de que aún estuviese cargada.

La pistola no era todo lo que había en ese bolsillo. Enganchada en el cañón del arma había una peluca de color castaño con un corte de estilo masculino, greñudo y desalineado.

—¿Sí? —respondió.

—El cocinero pensó que quizá ya estaba despierto y le apetecía un poco de café y el desayuno, señor. —Era la voz de una persona joven.

Volvió a guardar la peluca en el bolsillo del abrigo. Con la pistola oculta y pegada a la pierna abrió la puerta unos pocos centímetros. Afuera había una niña de unos doce años. Llevaba un pulcro gorro blanco y un delantal encima de un sencillo vestido gris. El aroma del café y la visión de un plato con huevos, tostadas y salmón ahumado le recordaron que estaba muy hambriento.

—Gracias —dijo abriendo un poco más la puerta—. Ponlo en la mesa, por favor.

—Sí, señor.

La criada entró con la bandeja en la habitación. A espaldas de ella, él se asomó fuera para asegurarse de que no hubiera nadie más. Contento de no hallar moros en la costa guardó la pistola en el bolsillo del abrigo.

La criada se volvió e hizo una pequeña reverencia.

—¿Desea algo más, señor?

Él le sonrió.

—¿Te importaría responderme a unas preguntas? Confieso que los recuerdos de mi llegada a esta casa son algo vagos.

—Sí, señor, mi padre dijo que usted iba borracho como una cuba. Él tuvo que ayudar a su amigo y el cochero a subirle por las escaleras. Su amigo dijo que cuando usted despertara por la mañana probablemente estaría... —la niña hizo una pausa contrayendo el rostro en un gesto pensativo— muy confundido. Pero dijo a mi padre que no fuese a pensar que era usted un lunático. Dijo que usted era una persona muy importante con amigos en las altas esferas.

En otras palabras, la mujer del cristal había advertido al posadero que no intentara aprovecharse de él.

—Con respecto a mi confusión, no se equivocaba —dijo él con debilidad—. ¿Cuál es la dirección de este sitio?

—Kilby Street, señor. Está usted en el Blue Drake.

Eso respondía a la cuestión más urgente. Las dos mujeres le habían dejado en un hotel situado en un vecindario londinense decente, aunque no demasiado próspero.

—Una cosa más —añadió—. ¿Por casualidad mi amigo le dijo a tu padre adónde irían él y el cochero después de depositarme aquí?

Ella negó con la cabeza.

—No, señor.

Claro que no, pensó. La pareja no había querido dejar pistas. Su plan era desaparecer.

—Gracias por el desayuno —dijo—. Tiene buena pinta.

La niña sonrió radiante.

—De nada, señor. Su amigo dijo que nos ocupáramos de alimentarle bien esta mañana, ya que había tenido una mala noche. Pagó la comida y la habitación por adelantado, y por si fuera poco dejó a mi padre una buena propina.

Eso explicaba el plato desbordante que reposaba en la bandeja.

—Supongo que este buen amigo mío no dejó un mensaje para mí.

—No, señor. Sólo nos pidió que le despidiéramos de usted y dijo que le deseaba lo mejor. Luego se marchó en el carruaje. —La niña se mostró vacilante.

—¿Qué ocurre? —inquirió él.

—Nada importante, señor. Es sólo que...

—Dilo, qué.

Ella carraspeó.

—Escuché a mi padre y a mi madre hablando esta mañana. Mi padre dijo que su amigo parecía abatido cuando se largó. Dijo que era como si él le estuviera diciendo adiós para siempre, como si supiera que no volvería a verle nunca más.

—En ese caso mi amigo se equivocaba. —Pensó en la peluca en el bolsillo de su abrigo—. Sin duda tendremos otro encuentro, tan pronto como pueda fijarlo.

# 8

—¿Dices que tú y Adam dejasteis al señor Ware dormido en un hotel? —Detrás de los cristales de sus gafas con montura dorada, los expresivos ojos de Carolyn Marrick se entrecerraron en una mirada desaprobatoria—. ¿No crees que fue extremadamente arriesgado?

—No es que tuviéramos muchas opciones —respondió Leona. Extrajo un montón de camisolas de un cajón y las guardó con cuidado en un baúl—. No podíamos arrojarlo fuera del carruaje y dejarlo a un costado del camino.

Carolyn la interrumpió con una mirada vacía.

—¿Por qué no? Yo diría que habría sido una manera excelente de librarse de él.

—Confieso que Adam me lo sugirió como una forma de abordar el problema —dijo Leona—. Me negué a dar mi consentimiento. Después de todo me salvó la vida, Carolyn. ¿Qué otra cosa podía hacer?

La conversación no iba sobre ruedas. Buscando aliviar su decepción se detuvo en el camino de regreso a la cómoda para darle una palmadita a *Fog*. El enorme perro levantó la cabeza y enseñó su sonrisa lobuna.

Era temprano por la tarde. Los tres estaban en la habitación de Carolyn. Dos grandes baúles de viaje, uno lleno de libros y libretas, el otro lleno de ropa doblada con esmero, permanecían abiertos. Carolyn se preparaba para salir de luna de miel. Por la mañana se casaría con George Kettering, un apuesto egiptólogo que compartía su pasión por las antigüedades.

Ni la novia ni el novio tenían familiares cercanos, y ninguno de los dos quería esperar un minuto más de lo necesario para emprender juntos su viaje a Egipto. Iba a ser una ceremonia pequeña, una reunión privada a la que sólo asistiría Leona y un amigo del novio. La pareja tenía pensado partir inmediatamente después. Pasarían meses antes de su regreso y una vez que volvieran, pensaba Leona, ya nada sería igual.

Ella se sentía feliz por Carolyn, que literalmente brillaba de amor y emoción. Sin embargo, en lo más íntimo de su ser, sentía una punzada de incipiente soledad. Lo cierto es que ella nunca hubiera imaginado que su relación con Carolyn daría este giro inesperado.

Se habían conocido hacía dos años, dos pobres solteronas completamente solas en el mundo, y desde el principio había sido como si estuviesen destinadas a convertirse en grandes amigas, cada cual dedicada a su profesión, compartiendo una casa y una amistad perdurable de por vida. Pero todo había cambiado desde que Carolyn había conocido a George, un viudo con una pasión por las antigüedades egipcias equiparable a la suya.

«Mañana por la noche —pensó Leona—, todo será diferente.» En realidad ya todo era diferente. No quería alarmar a Carolyn más de la cuenta, de modo que no le había contado todos los detalles de la aventura nocturna. Entre otras cosas, no había mencionado a la mujer muerta en la galería. No tenía sentido. Carolyn se habría sentido aterrada. Probablemente la angustia le habría arruinado el día de su boda y la felicidad que sentía mientras se disponía a empezar una nueva vida.

«Otra vez guardando secretos —pensó Leona—. Ya me estoy acostumbrando de nuevo a la soledad. Como en los días en que tío Edward se fue a América y nunca más regresó.

»Ya está bien de tonterías. Estás contenta por Carolyn y no sentirás compasión de ti misma. Recuerda el consejo de tío Edward: nunca te aferres a lo negativo. ¿Qué sentido tiene? Concéntrate en lo positivo. Tienes una profesión, un techo y un perro fiel. Y lo que es más, no estás totalmente despojada de amigos. Tienes a Adam Harrow.

»Sí, muy bien, pero la prioridad de Adam siempre será el señor Pierce.

»¿Y eso qué importa? Harás nuevos amigos.»

*Fog* levantó la cabeza de entre sus patas y la miró fijamente con sus ojos insondables y sus orejas levantadas. Era muy sensible a sus cambios de ánimo. Ella se agachó y le dio otra palmadita, acariciándole en silencio.

—A mí me parece que hiciste más que suficiente salvando al señor Ware de las alucinaciones provocadas por ese vapor —dijo Carolyn, ocupada con sus peines y cepillos—. Adam tenía razón. Os tendríais que haber librado de él lo antes posible. Todo el mundo sabe que los hipnotizadores son muy peligrosos.

Otro secreto, pensó Leona. No le había dicho nada a Carolyn sobre el carácter paranormal de las aptitudes que Ware poseía para la hipnosis.

—Reconozco que los periódicos han publicado una gran cantidad de noticias morbosas relacionadas con los peligros de la hipnosis y la manera en que el don se utiliza con fines delictivos, pero todas se basan en una especulación descabellada —dijo Leona—. Son muy pocas las que se apoyan en pruebas reales.

No tenía necesidad de defender al misterioso señor Ware, pero por algún motivo oscuro se veía obligada a hacerlo.

—El otro día leí un artículo sobre un joven que robó un par de candelabros de plata mientras estaba bajo los efectos de la hipnosis —declaró Carolyn.

—La hipnosis parece ser una buena excusa para salir en libertad cuando uno ha sido descubierto *in fraganti* robando cosas de plata.

—Hay pruebas científicas de cómo un hipnotizador puede persuadir a alguien para que cometa un delito.

—Muchas de esas pruebas se desarrollan en el continente, especialmente en Francia. —Leona sacó un sombrero de paja del armario y lo metió en uno de los baúles—. Todo el mundo sabe que allá los médicos han combatido el mesmerismo durante años. No creo que debamos tomarnos en serio sus llamados experimentos.

—¿Y qué me dices de la crónica sobre esos hipnotizadores de Londres que abusaban de mujeres a las que aseguraban estar tratando por problemas de histeria? —replicó Carolyn veloz y triunfal—. ¿También vas a negarlo?

Leona sentía que el calor aumentaba en sus mejillas a medida que los recuerdos de la noche anterior retornaban con toda su fuerza.

—De verdad, Carolyn, me temo que pasas demasiadas horas leyendo la prensa sensacionalista. Sabes tan bien como yo que esas crónicas son altamente sospechosas.

Carolyn levantó las cejas.

—Pues algunas de esas mujeres a las que estaban tratando por histeria acabaron embarazadas.

—Hay otra explicación además de la hipnosis que puede justificar ese estado.

Carolyn frunció los labios, asumiendo la derrota por un instante.

—Bueno, sí, supongo que tienes razón. Sin embargo tienes que admitir que la hipnosis en general no está bien vista por la medicina.

—Celos profesionales, sin duda.

—Ya está bien de rodeos. No sabes nada de ese señor Ware excepto que andaba detrás de tu cristal. Ese hecho ya debería ser suficiente para que tomes todas las precauciones necesarias.

—Adam y yo tomamos todas las precauciones. Créeme, no hay forma de que el señor Ware me encuentre.

—Yo en tu lugar no estaría tan segura. —Carolyn se detuvo delante del tocador y arrojó una mirada a Leona a través del espejo—. Ahora, además de preocuparte por lord Delbridge, tienes que considerar la posibilidad de que Ware venga a por ti. Desde un principio te dije que tu plan te llevaría al desastre. ¿Te lo dije o no te lo dije?

—Sí, me lo dijiste —coincidió Leona en un tono seco—. Y como ya he mencionado en más de una ocasión, tu optimismo inquebrantable siempre ha sido una de las cosas que más admiro de ti.

Carolyn hizo una mueca.

—No puedes culparme por hacerte ver los peligros de tu plan. Soy una arqueóloga con formación. Tomo nota hasta de los detalles más pequeños. Aunque a decir verdad el señor Ware no parece un pequeño detalle, toma nota de eso.

Leona pensó en la obstinada fuerza masculina con que Thaddeus Ware la había sujetado. Definitivamente no era un detallito.

—Hum —se pronunció alzando la voz.

Carolyn entrecerró los ojos desde el espejo.

—Yo sé por qué tú querías ese cristal. ¿Pero qué interés puede tener el señor Ware?

—No lo sé. No hay tiempo para hablar de eso. —Pero ella no había hecho más que pensar en eso desde que dejara a Ware en el hotel—. Ya te he contado todo sobre la historia del cristal.

—Dijiste que lo habían robado en varias ocasiones y que siempre había sido alguien de esa sociedad secreta de excéntricos investigadores paranormales que mencionaste.

—La Sociedad Arcana. Son tremendamente obsesivos, taimados y poco dignos de confianza. Algunos de sus miembros, como Delbridge, no se detienen ante nada con tal de conseguir reliquias como el cristal, al que le atribuyen poderes adivinatorios. Según parece, creen tener un derecho sobre la piedra de aurora, basado en una leyenda antigua y absolutamente ridícula relacionada con el fundador de la Sociedad.

Carolyn arrugó la frente.

—¿Crees que tu señor Ware es miembro de la Sociedad?

«Mi señor Ware.» Leona hizo una pausa, saboreando la fantasía durante unos segundos. Luego la descartó. Thaddeus Ware no era su señor Ware, y nunca lo sería.

«No importa adónde vayas, te encontraré.» Apartó de su mente el recuerdo de la promesa de Thaddeus.

Dejando a un lado lo personal, Carolyn había formulado una muy buena pregunta.

—No lo sé —dijo—. Supongo que cabe la posibilidad de que sea miembro de la Sociedad, pero no tiene ninguna importancia ya que no volveré a verle.

Carolyn apretó la mandíbula.

—Menos mal que al señor Pierce se le ocurrió que anoche llevaras ropa de sirviente. Al menos si el señor Ware intenta dar contigo no sabrá que está buscando a una mujer.

—Ya... —murmuró Leona. Otro secreto más. No mencionó que el señor Ware la había desenmascarado porque sabía que eso preocuparía aún más a Carolyn—. Creía que el señor Pierce no contaba con tu aprobación.

—Y así es. Creo que es evidente que Pierce tiene conexiones con el hampa.

—Son las mismas conexiones que le ayudaron a localizar mi cristal —señaló Leona.

El señor Pierce era admitido en círculos sociales respetables, pero no se podía ignorar el hecho de que llevaba una vida muy misteriosa. Entre otras cosas, parecía conocer infinidad de secretos —verdades irrefutables— de los ricos y poderosos.

Pierce también guardaba secretos sobre sí mismo, secretos que Leona nunca le había revelado a Carolyn. Al igual que su amante, Adam Harrow, Pierce era en realidad una mujer que llevaba la vida de un hombre. La pareja se movía por un extraño mundo de tinieblas habitado por otras mujeres que habían optado por una farsa similar.

—Carolyn, no tienes que preocuparte por mí; estaré bien. Mañana te casarás con el hombre que amas y partirás rumbo a Egipto. Concéntrate en tu futuro.

—El sueño de mi vida —suspiró Carolyn. Asombro y felicidad iluminaron su rostro. Se volvió de repente—. Pero te echaré de menos, Leona.

Leona intentó en vano contener las lágrimas. Fue a abrazar a Carolyn.

—Yo también te echaré de menos. Prométeme que me escribirás.

—Por supuesto. —La voz de Carolyn sonó ahogada por una súbita emoción—. ¿Seguro que estarás bien aquí sola?

—No estoy sola. Tengo a la señora Cleeves y a *Fog*.

—Un ama de llaves y un perro no hacen mucha compañía.

—Tengo mi profesión. —Leona le ofreció una sonrisa tranquilizadora—. Ya sabes cuán satisfactoria es para mí. Es mi pasión, como lo son para ti tus antigüedades egipcias. No tienes que preocuparte por mí.

—Mi matrimonio no cambiará nuestra amistad —prometió Carolyn.

—No —dijo Leona.

Pero sin duda la cambiaría.

«Piensa en positivo.»

# 9

—Ella insiste en que la piedra de aurora le pertenece —dijo Thaddeus Ware. Miraba a su primo sentado en el otro extremo de la larga mesa del laboratorio—. Leona cree que es la dueña legítima del cristal. Después de lo visto anoche, me inclino a pensar lo mismo.

—No hay duda de que la piedra es propiedad de la Sociedad. —Caleb Jones cerró el antiguo volumen de cuero que estaba examinando con detenimiento y apoyó una mano sobre la cubierta—. Además, es peligrosa. Su sitio está en Casa Arcana, el museo de la Sociedad, donde rige un control estricto de acceso.

A la luz de las lámparas de gas que iluminaban el laboratorio y la enorme biblioteca, el rostro severo y adusto de Caleb parecía más sombrío que de costumbre. No destacaba precisamente por su encanto a la hora de ser sociable. Tenía muy poca paciencia para las conversaciones de salón y las formalidades de la gente educada. Prefería mil veces la soledad de su laboratorio y su biblioteca. Allí, en ese espacio atestado de los más diversos aparatos científicos, estantes repletos de libros antiguos y modernos, diarios y documentos del fundador de la Sociedad Arcana, tenía total libertad para dar rienda suelta a su talento excepcional.

Caleb poseía un don paranormal que le permitía detectar patrones y significados allí donde los demás sólo veían caos.

En la Sociedad había quienes rumoreaban que no era más que un fantasioso teórico de la conspiración y que su talento era, en realidad, un indicio de su inestabilidad mental.

Thaddeus no tenía inconveniente en aceptar las particulares aptitudes de su primo como asimismo el brusco temperamento que las acompañaba. Él entendía más que la mayoría. En materia de talentos perturbadores, ninguno —ni siquiera el de Caleb— tenía sobre los demás el efecto perturbador de sus propios poderes para la hipnosis.

Él sabía que la mayoría de la gente que tenía conocimiento de su don en el fondo le temía. ¿Quién podía culparles? Eran pocos los que querían correr el riesgo de acercarse a un hombre que estaba dotado de un poder potencialmente predatorio. Por eso tanto él como Caleb tenían pocos amigos íntimos.

Su talento era también la razón de que todavía no se hubiese casado, lo que suponía un gran disgusto para su familia. A ninguna mujer de su entorno le hacía gracia la idea de casarse con un hombre que ejercía semejante influencia. Por su parte, él se negaba a esconder la verdad ante una posible boda.

Él y Caleb eran primos del nuevo Maestro de la Sociedad Arcana, Gabriel Jones. Los tres descendían del fundador de la Sociedad, el alquimista Sylvester Jones. Sylvester había poseído un poderoso don para esa disciplina que a finales del siglo XVII se conoció como alquimia.

En ocasiones Thaddeus se preguntaba si, en caso de haber vivido en la era moderna, el fundador habría sido considerado un científico brillante. Una cosa era cierta: en cualquier época habría pasado por un personaje sumamente excéntrico. Además de revelar un talento paranormal prodigioso, había sido un investigador paranoico, obsesivo y solitario. Esa obsesión le había llevado por un camino peligroso.

Esos rasgos, sin embargo, no le habían impedido concebir dos hijos con dos mujeres distintas, ambos poseedores de sus propios poderes psíquicos. No era amor ni lujuria lo que había empujado a Sylvester a dejar descendencia. Su propósito, según expresan sus notas, era descubrir si sus dones podían ser transferidos a sus hijos.

Los experimentos de Sylvester tuvieron mucho éxito, aunque no en el sentido que él había imaginado. Lo que no había previsto era la variedad de dones que aparecerían entre sus descendientes. Su orgullo desmedido le había llevado a pensar que todos ellos desarrollarían sus mismas habilidades paranormales para la alquimia.

Pero en el transcurso de dos siglos quedaron patentes dos cosas: la primera de ellas era que si bien el poder en estado puro se heredaba con frecuencia y podía ser transmitido a la propia descendencia, las formas particulares que ese don adoptaba eran impredecibles.

La segunda conclusión, sobre la cual el arrogante alquimista decía en su diario que le había causado estupefacción, era que las mujeres dotadas que él había elegido como compañeras para sus experimentos habían influido en los resultados tanto como él. Sylvester se había mostrado atónito al descubrir que las madres de sus hijos habían legado su propia herencia paranormal a las futuras generaciones de los Jones.

—No creo que Leona renuncie a sus derechos sobre el cristal tan fácilmente —advirtió Thaddeus.

—Ofrécele dinero —dijo Caleb—. Mucho. Mi experiencia me dice que es invariablemente efectivo.

Thaddeus recordó cómo los ojos de Leona habían brillado con un calor femenino, algo a lo que sólo se le podía llamar pasión, en el momento de encauzar las energías a través de la piedra de aurora. La excitación que le provocaba el cristal era la misma que cualquier otra mujer sentiría por medio del deseo. En pleno recuerdo la sangre hirvió en sus venas. Algo se agitó en lo más profundo de su ser.

—Esta vez no creo que con dinero consigas lo que quieres —dijo.

—En ese caso tendrás que encontrar otra manera de recuperar el cristal —insistió Caleb, rotundo e inequívoco—. Es la primera vez que reaparece en cuarenta años. Gabe quiere que vuelva a estar en posesión de la Sociedad lo antes posible. Si vuelve a desaparecer, como la última vez, pasarán décadas antes de que volvamos a saber de él.

—Lo sé —afirmó Thaddeus con paciencia—. Sólo digo que probablemente su nueva propietaria se niegue a entregarlo.

La piedra de aurora tenía una historia larga y enigmática en el seno de la Sociedad Arcana. Según la leyenda, una mujer llamada Sybil, la hechicera virgen, la había robado del laboratorio de Sylvester. Dejando a un lado el tema de su virginidad, lo cierto era que Sybil era una alquimista rival. Al fundador no le había sentado nada bien la competencia; rivalizar con una mujer le había enfurecido. En su diario se había negado a honrar a Sybil con el título de alquimista y la había calificado de hechicera, a fin de degradarla y mofarse de sus dones y aptitudes en el laboratorio.

«Puede que el viejo bastardo haya sido brillante —pensaba Thaddeus—, pero no era lo que se dice un hombre moderno.»

—Si el dinero no funciona, tendrás que hallar la manera de arrebatarle la piedra —repitió Caleb—. Con ese don que tienes no puede ser difícil, maldita sea, hipnotízala para que te entregue el cristal y luego haz que se olvide de que ella lo tenía. ¡No entiendo por qué te andas con rodeos!

—Es inmune a mi talento.

Caleb se paró en seco. Sus ojos brillaron con la distante curiosidad del científico.

—Caray —balbució—. Interesante.

¿Por qué tantos rodeos?, se preguntó Thaddeus. Iba a tener que quitarle el cristal a Leona. Eso ya lo sabía. Y sin embargo no podía evitar defender el derecho que ella se atribuía sobre la piedra.

Se acercó a un banquillo para examinar un prisma.

—¿De verdad crees que el cristal es otro secreto oscuro y peligroso de la Sociedad Arcana como la fórmula del fundador?

Anoche no observé ninguna muestra de eso. Su poder parecía curativo, más que destructivo.

Caleb se cruzó de brazos y respondió con serias reflexiones a la pregunta.

—Estoy dispuesto a admitir que el cristal no es tan nocivo como podría serlo la fórmula si cayera en las manos equivocadas. Pero creo que eso se debe principalmente a que el don necesario para hacer que surta efecto es muy escaso.

Thaddeus se fijaba en cómo los haces de luz que atravesaban el prisma se quebraban violentamente regenerándose en un deslumbrante arco iris.

—Anoche Leona hizo que surtiera efecto sin ningún problema. ¿Debo asumir que ella posee ese don tan escaso?

Caleb frunció el entrecejo.

—¿Estás seguro de que lo consiguió? Tú mismo dijiste que estabas alucinando. Tal vez, mientras te hallabas bajo la influencia de la droga, la imaginaste reconduciendo la energía a través de la piedra.

Thaddeus lo miró por encima del prisma.

—El poder que ella empleó era real. Nunca había visto a un manipulador de cristales hacer lo que ella hizo anoche.

Caleb refunfuñó.

—Probablemente porque la mayoría de los manipuladores de cristales son un fraude. En Londres no faltan charlatanes que afirman ser capaces de explotar la energía de los cristales. Son tan comunes como los médiums que prometen contactar con el mundo de los espíritus. Y algunos de esos farsantes, lamento decirlo, son capaces hasta de engañar a miembros de la Sociedad Arcana. ¿Te acuerdas del infame doctor Pipewell y su sobrina, la que según él sabía manipular el cristal?

—Cómo olvidarlo —dijo Thaddeus con ironía—. Ya hace dos años que Pipewell desapareció con el dinero de los inversores. Mi tío todavía se pone furioso al recordar cuánto perdió con aquel proyecto fraudulento.

—Dudo que alguno de los opulentos miembros de la Sociedad que fueron embaucados por Pipewell con la promesa de una riqueza incalculable haya podido olvidarlo.

—¿Qué fue de la sobrina?

Caleb se encogió de hombros.

—También desapareció. Sospecho que ahora llevan una buena vida en París, Nueva York o San Francisco. Lo que digo es que la mayoría que afirma poder manejar el cristal son farsantes.

—Es cierto. Pero Leona no es ninguna charlatana.

Caleb lo miró con desconfianza.

—¿Estás seguro de que no fue sólo tu voluntad lo que acabó con las alucinaciones? La fuerza de voluntad es tu cualidad distintiva, por así decirlo.

—Yo era un hombre que estaba ahogándose en un pozo nocturno —evocó Thaddeus serenamente—. Ella me arrojó la cuerda que necesitaba para salir.

—Una metáfora pintoresca, pero no malgastes conmigo esos raptos de viva imaginación. Prefiero los hechos.

—Supongo que tendrías que haber estado allí para comprender todo el impacto de aquella imaginería.

Caleb exhaló lentamente.

—De acuerdo, sí, demos por sentado que ella tiene el don para manipular la piedra. —Su mandíbula se endureció—. Razón de más para que se la quitemos lo antes posible. ¡Quién sabe lo que sería capaz de hacer!

—¿Qué podría hacer exactamente? —preguntó Thaddeus.

Caleb descruzó los brazos y volvió a abrir el libro de cuero. Con el dedo recorrió una página de una escritura cerrada, apretada y cifrada hasta que llegó al pasaje que buscaba.

—Aquí está lo que escribió Sylvester —dijo—. «La piedra es un cristal espantoso, a diferencia de otros que he estudiado. La hechicera posee el extraño y horrible don para destruir mediante su uso los poderes más vitales de un hombre.»

Thaddeus enarcó las cejas.

—No me digas que Sylvester tenia miedo de que Sybil la virgen le dejara impotente con la piedra de aurora.

—No se refería a los poderes sexuales. Hablaba de la destrucción de algo que él apreciaba aún más, sus poderes mentales.

—Anoche Leona no hizo nada parecido. Te lo aseguro, mis sentidos están intactos.

—Soy el primero en reconocer que nuestro ancestro tenía sus fallos de carácter, pero nunca se equivocó al dejar una advertencia por escrito. Si escribió que el cristal es peligroso, puedes estar seguro de que lo es. Es una reliquia de poder. Todo poder es potencialmente peligroso.

Thaddeus se encogió de hombros.

—No seguiré discutiendo. De hecho estoy de acuerdo contigo.

Caleb levantó las cejas.

—Ya era hora.

—El cristal es peligroso, pero quizá no en el sentido que tú crees. Estoy convencido de que Leona correrá peligro mientras lo tenga en sus manos. Delbridge asesinó a dos hombres para obtenerlo. No se detendrá hasta haberlo recuperado. Si encuentra a Leona, no dudará en hacerle daño para que le entregue la piedra.

Caleb parecía satisfecho.

—Así que ya está decidido. Ahora bien, pasando a otro tema: la mujer que descubriste muerta en la casa de Delbridge. ¿Alguna posibilidad de que él la haya matado?

—Lo dudo. Parece partidario de matar usando vapores venenosos. Ése era un crimen bastante descuidado. Puede que lo haya perpetrado alguno de los invitados. —Thaddeus apoyó una mano en el reluciente telescopio—. Lo que me intriga es que la mataran como a las demás víctimas del Monstruo de la Medianoche. Le cortaron el cuello.

—Vaya. —Caleb reflexionó un instante—. ¿Alguna otra semejanza con el trabajo del Monstruo?

—Nada que saltara a la vista. La mujer que murió en la galería no era una ramera de baja categoría. El hecho de que estuviera en la fiesta de Delbridge demuestra que era una cortesana elegante que ofrecía sus servicios a caballeros adinerados. Hasta ahora el Monstruo había escogido a sus víctimas entre las prostitutas de clase más baja, llevando a cabo su trabajo en barrios de mala fama, no en mansiones magníficas.

—Puede que se esté volviendo más soberbio y seguro de sí mismo —caviló Caleb—. Si es un inconformista, como sospechamos, es posible que esté intentando llamar la atención con sus hazañas.

La búsqueda del Monstruo de la Medianoche había comenzado dos meses antes, después de que dos mujeres sufrieran muertes espantosas. Jeremiah Spellar, un detective de Scotland Yard que poseía una grado paranormal de intuición y que a su vez era miembro de la Sociedad Arcana, había llegado a la conclusión de que el asesino podría ser un paradepredador. A espaldas de sus superiores, quienes nada sabían de sus dotes, había contactado con Gabriel Jones para advertirle respecto al caso.

Gabriel, desbordado con sus nuevas obligaciones como Gran Maestro, había asignado la tarea de investigación a Caleb, que a su vez había llamado a Thaddeus para pedirle asesoramiento.

Aun así, de la Sociedad, la investigación no iba bien debido a la falta de pistas. Por suerte no se habían encontrado más cadáveres. Pero los rumores sobre dos prostitutas que habían desaparecido de las calles misteriosamente en las últimas semanas circulaban por los bajos fondos londinenses. En cualquier caso también el Monstruo brillaba por su ausencia.

«Hasta anoche», pensó Thaddeus.

—Es difícil establecer una conexión entre Delbridge y el Monstruo de la Medianoche —dijo—. Pese a todo lo que uno pueda decir sobre Delbridge, es un hombre de fortuna y privilegios que se toma muy en serio su estatus social. Me cuesta imaginar que esté asociado con un tipo que asesina a prostitutas.

Caleb tamborileó con los dedos sobre el diario.

—Puede que Delbridge no esté al corriente del pasatiempo nocturno de su socio.

—Cierto —coincidió Thaddeus.

—Y yo señalaría por lo menos dos conexiones obvias entre ambos.

Thaddeus miró a su primo.

—¿Acaso el hecho de que ambos poseen cierto tipo de don?

—Delbridge es miembro de la Sociedad Arcana. Los archivos indican que posee la capacidad de detectar la naturaleza de los poderes paranormales en los demás. Sería capaz de reconocer las dotes de un cazador desde el primer momento.

Thaddeus lo consideró brevemente.

—Y en el caso de que necesitara un cazador para planificar la muerte de dos caballeros de la alta sociedad, le sería sumamente útil encomendar el trabajo al Monstruo de la Medianoche.

—Está dentro de lo posible.

—Ya lo creo —coincidió Thaddeus—. Suponiendo que el Monstruo estuviese interesado en una oferta de trabajo.

—Vayamos por partes —dijo Caleb—. En este momento tu prioridad es recuperar el cristal. Una vez que esté en manos de la Sociedad podremos volver a concentrarnos en el Monstruo. Y si resulta que hay un vínculo entre Delbridge y el asesino, nuestra investigación nos acercará a la resolución de los otros casos.

—Me parece bien —dijo Thaddeus. Echó un vistazo en el microscopio. El ojo monstruoso y polifacético de un insecto le miró fijamente, trayéndole el recuerdo de las alucinaciones. Se enderezó bruscamente y descubrió a Caleb observándole, como si él mismo fuera un espécimen bajo la lente de un microscopio—. ¿Qué pasa?

—Estaba pensando que para haberse enterado de que Delbridge tenía el cristal, tu amiga Leona debe de tener una interesante red de contactos en el mundo del hampa.

«Interesante» era una de las palabras favoritas de Caleb.

—Yo también lo creo —dijo Thaddeus.

—¿Cómo piensas encontrarla?

Thaddeus metió la mano en el bolsillo y sacó la peluca.

—Espero que esto me lleve hasta ella. En la etiqueta que lleva cosida dentro está el nombre de la tienda donde la compraron.

Caleb tomó la peluca y la examinó atentamente.

—Es de una fabricación excelente y el pelo es auténtico. Me sorprende que ella gastara tanto en un disfraz destinado a una sola noche.

—Imagino que alguien compró la peluca para darle un uso prolongado y se la prestó a Leona para que la llevara anoche.

—¿Qué te hace pensar eso?

—La compañera de Leona era una mujer que también iba disfrazada de hombre, pero a diferencia de Leona él, o mejor dicho ella, parecía sentirse muy cómoda con el disfraz. Sospecho que se hace pasar por un hombre la mayor parte del tiempo. O quizá sea una actriz que interpreta a muchachos o jóvenes de sexo masculino en el teatro.

Caleb se quedó paralizado.

—El Janus Club —dijo.

—¿Qué?

—Gabe me habló de ese sitio después del robo de la fórmula. Es un club secreto cuyos miembros son mujeres que van vestidas como hombres.

—Parece un buen sitio para empezar con mis averiguaciones.

—Me temo que no te será tan fácil. No te dejarán entrar. No, tendrás que intentar un acercamiento más sutil.

Thaddeus se encogió de hombros.

—La peluca.

—Sí. —Caleb se la lanzó—. En cuanto recuperes el cristal ponme al corriente.

—Lo haré. —Thaddeus se guardó la peluca en el bolsillo.

—Una cosa más.

Thaddeus se detuvo antes de cruzar la puerta.

—Dime.

Caleb lo contempló con una expresión curiosa.

—Nunca te he visto tan intrigado por una mujer. ¿Qué tiene esa Leona que te impone tanto?

—Digamos que la encuentro... interesante.

—¿Es atractiva?

—Es... —Thaddeus buscó a tientas la palabra correcta— fascinante. Pero ésa no es la razón por la que tengo que volver a verla.

—¿Y cuál es la razón?

Thaddeus sonrió vagamente.

—Es la única mujer que he conocido fuera de mi familia que sabía toda la verdad sobre mí y aun así no me tenía miedo.

Un súbito y absoluto entendimiento apareció en los ojos de Caleb.

—No hay quien se resista a eso —dijo.

# 10

El hombre delgado y apuesto de cabello rubio y ojos claros tenía la mirada inocente del un niño cantor, pero había algo en él que alarmaba ligeramente al doctor Wagner Goodhew. Su reacción, sin embargo, no tenía una explicación lógica, de modo que decidió pasarla por alto. Después de todo, el reloj de cadena del caballero era de oro, el anillo de ónice parecía auténtico y no cabían dudas de que tanto la chaqueta como el pantalón de su traje habían sido hechos a medida por un sastre caro. En resumen, el señor Smith, así es como se hacía llamar, parecía ser el cliente ideal.

—Me han dicho que puede remitirme a una especialista en esclarecer sueños perturbadores. —El señor Smith esbozó una sonrisa angelical, se remangó sus pantalones de lana fina y cruzó las piernas—. Estoy desesperado. Llevo meses sin dormir a causa de las pesadillas.

—Creo que puedo ayudarle. —Goodhew se repantigó, apoyó los codos en los brazos de la silla y juntó las yemas de ambas manos. Smith parecía ser un candidato para los nuevos servicios que él estaba vendiendo.

—¿Puedo preguntarle quién fue el que le recomendó que viniera a verme?

Smith arrugó la nariz en un gesto de disgusto.

—Un curandero de la Crewton Street. Se hace llamar doctor Bayswater. Quiso convencerme de que comprara uno de sus medicamentos patentados. No iba a probar eso. Uno nunca sabe qué contienen esos tónicos y elixires que él vende.

Ambos lanzaron una mirada pensativa a la colección de frascos que reposaban sobre el estante contiguo al escritorio de Goodhew. En el letrero de la puerta principal podía leerse: LOS REMEDIOS NATURALES DEL DOCTOR GOODHEW. Los carteles enmarcados en la pared hacían publicidad de diversas panaceas que se vendían en los establecimientos comerciales: TÓNICO DE HIERBAS PARA SEÑORAS DOCTOR GOODHEW, LICOR AMARGO PARA EL ESTÓMAGO DOCTOR GOODHEW, JARABE PARA LA TOS DOCTOR GOODHEW, ELIXIR VITAL MASCULINO DOCTOR GOODHEW, GOTAS PARA DORMIR DOCTOR GOODHEW.

—La eficacia de un medicamento está en relación directa con la experiencia profesional del médico que lo prepara —dijo Goodhew haciendo gala de su labia—. Ha hecho bien en desconfiar de los brebajes baratos de Bayswater. En su mayor parte llevan agua y azúcar, con una gota de ginebra o jerez para darle sabor. Le aseguro que mis medicinas son de la más alta calidad y contienen los ingredientes más eficaces.

—No tengo la menor duda, doctor Goodhew. Pero como le he explicado claramente a Bayswater y a varios médicos en lo que llevo del día, estoy buscando una cura que no cuente con ninguna clase de productos químicos antinaturales.

—Yo sólo utilizo ingredientes naturales. —Goodhew se aclaró la voz—. Debo decirle que me sorprende que Bayswater le enviara. Él y yo no tenemos lo que se dice una relación estrecha.

Smith enseñó una sonrisa benévola.

—Trataba de disuadirme respecto a mi deseo de ver a una persona que opere con cristales. Me decía que todos los manipuladores de cristales son unos farsantes. Pero yo insistí. Le saqué partido al tiempo que estuve con él consiguiendo que me recomendara a otro médico.

—Entiendo. —Goodhew volvió a juntar las yemas de ambas manos—. Bien, si está seguro de que no quiere probar un remedio científico como mis gotas para dormir...

—Totalmente seguro.

—En ese caso, será un placer concertarle una cita con la señora Ravenglass.

Los largos dedos de Smith apretaron la brillante empuñadura tallada de su bastón. Surgió de él un aire inquietante de expectación.

—¿Es ése el nombre de la mujer que trabaja con los cristales?

—Así es. —Goodhew se inclinó hacia delante y alargó la mano para coger la libreta de cuero donde anotaba las citas—. ¿Le parece bien el jueves a las tres de la tarde?

—Faltan tres días para el jueves. ¿No puede darme hora para hoy?

—Me temo que no. ¿Qué le parece el miércoles por la tarde?

De pronto Smith se sintió invadido por una extraña tranquilidad. Nada cambió en su expresión y ni siquiera se movió, sin embargo por algún motivo inexplicable Goodhew sintió un escalofrío que le recorría la espalda.

Al instante Smith se mostró relajado. Sonrió de manera contagiosa.

—El miércoles por la tarde está bien —dijo—. ¿Dónde vive ella?

—Atiende en Marigold Lane. —Goodhew carraspeó—. Tal vez le interese saber que he llegado a la conclusión de que la causa de los sueños perturbadores en los hombres es una congestión de los fluidos masculinos.

Smith levantó las cejas.

—Comprendo.

—Está científicamente demostrado —le aseguró Goodhew—. Da la casualidad de que por una tarifa adicional puede usted persuadir a la señora Ravenglass de que le proporcione una terapia especial de carácter estrictamente personal en un ambiente privado y muy íntimo, lo cual es una cura garantizada para esa clase de problemas.

—No me diga.

Goodhew se estiró para coger su pluma.

—¿Le apunto para la terapia especial?

—Qué diablos —dijo Smith—. ¿Por qué no?

# 11

Thaddeus encontró a la mujer llamada Adam Harrow en una galería de arte mirando una serie de fotografías enmarcadas.

Adam todavía llevaba ropa de hombre pero ya no iba disfrazada de cochero. Esta vez era un señorito elegante vestido con un traje bien confeccionado de chaqueta y pantalón. La camisa con cuello de puntas y el doble nudo de la corbata estaban a la última moda. Un sobretodo oscilaba a la altura de sus rodillas colgado de discretas hombreras. Se había quitado el sombrero, dejando al descubierto su pelo castaño claro, corto y alisado hacia atrás a partir de la frente con pomada. Lucía un estilo perfectamente apropiado para un caballero de buen gusto.

Durante un momento Thaddeus permaneció discretamente en el fondo de la galería, estudiando a su presa en la distancia. Si se hubiera encontrado con Adam Harrow en una reunión social sin saber que era una mujer, él nunca habría imaginado la verdad. Si uno la miraba con atención podía advertir cierta delicadeza en las manos y la cara, pero Thaddeus había conocido a muchos hombres jóvenes que presentaban una apariencia igual de refinada. A juzgar por la soltura con que jugaba con su bello bastón, su actitud deliciosamente arrogante y su exquisito aire de hastío, Adam Harrow llevaba su personaje masculino con aplomo.

Thaddeus recordó la serenidad con que ella había empuñado la pistola y manejado los caballos. Era evidente que tenía una amplia experiencia en el papel que había creado para sí misma. Él se preguntaba por qué una muchacha a todas luces culta y competente elegía vivir la vida de un hombre. Era una pregunta interesante, pero no era aquélla para la que estaba buscando una respuesta.

Tras intuir que la observaban, Adam desvió la vista de la fotografía y miró hacia donde estaba Thaddeus. En ese preciso instante él advirtió que ella le había visto y reconocido. De inmediato ella ocultó su reacción, dudando tan sólo una fracción de segundo antes de disimular el sobresalto bajo una expresión de frío aburrimiento.

Caminó hacia él con pasos largos y seguros, como si tuviera la intención de pasar de largo y salir por la puerta.

Él se interpuso en su camino, obligándola a detenerse.

—Señor Harrow —le dijo manteniendo baja la voz—, creo que tengo algo suyo. Permítame que se lo devuelva.

Sacó la peluca del bolsillo.

Adam apretó los labios.

—Maldita sea. Le dije a Leona que teníamos que librarnos de usted definitivamente.

—Me alegra que mencione a Leona. Estoy aquí por ella.

—¿De verdad espera que le diga cómo encontrarla para que vaya y le arrebate el cristal? —Adam le observaba con un regocijo desdeñoso—. Piense, señor Ware.

—Delbridge la está buscando. Si la encuentra es muy probable que la mate.

Adam levantó las cejas.

—¿Qué hay de usted, señor? Parece andar desesperadamente detrás de esa piedra, tanto como Delbridge. Eso lo vuelve igual de peligroso.

—No para Leona. Cogeré la piedra, ya que para ella supone un riesgo constante tenerla en sus manos. Pero no le haré daño.

—Eso dice.

—Ella me salvó la vida. No tengo motivos para perjudicarla. Todo lo que quiero es el cristal.

Adam se metió cuidadosamente una mano en el bolsillo.

—Leona me dijo que usted es un poderoso hipnotizador. ¿Piensa emplear su don para obligarme a darle la dirección?

Él pensó en responderle que si hubiera querido hipnotizarla, a estas alturas ya habría conseguido la dirección de Leona y ella estaría contemplando las fotografías de la pared sin recordar nada de esta conversación. Pero de buena o de mala gana Adam había contribuido a salvarle la vida la noche anterior. Se merecía algo mejor; al menos una mentira tranquilizadora.

—Cálmese —le dijo—. Veo que sus conocimientos sobre la hipnosis son limitados. Le diré que ningún hipnotizador, por muchos poderes que tenga, puede inducir a un trance a una persona que no esté predispuesta.

Adam se mostró un poco más relajada al oír aquello, pero seguía desconfiando.

—Sepa que llevo un arma, señor.

—No creo que le convenga matarme en público. Tendría que responder a muchísimas preguntas por parte de las autoridades y algo me dice que prefiere evitar esa clase de interrogatorio detallado.

—Reconozco que prefiero evitar cualquier conversación con la policía. Pero si usted intenta valerse de sus poderes para hipnotizarme no dudaré en usar mi pistola. Prefiero tener una situación embarazosa con las autoridades antes que traicionar a una amiga.

Thaddeus inclinó la cabeza.

—Respeto su sentido de la lealtad. Pero si le importa que Leona esté bien me dará su dirección. Ella correrá un grave peligro si Delbridge la encuentra.

Adam vaciló, inquieta.

—Leona me contó algo sobre la mujer que usted encontró muerta. ¿Cree que Delbridge la mató?

—No lo sé, pero con toda certeza es capaz de un asesinato a sangre fría. Ya ha matado a dos personas para conseguir el cristal. No hay nada que ahora pueda impedírselo.

—¿Qué me dice de sus intenciones? ¿Acaso quiere usted el cristal para su colección personal?

Thaddeus supo que su paciencia empezaba a agotarse por momentos.

—Tiene que creerme cuando le digo que no estoy buscando a Leona porque quiera añadir esa maldita roca a mi colección de antigüedades. El cristal es propiedad legítima de un grupo dedicado a la investigación y estudio de lo paranormal. Sólo estoy aquí en representación de esa sociedad.

Adam pestañeó sorprendida.

—¿Cuál es el nombre de la sociedad a la que representa?

Thaddeus vaciló un instante y luego decidió que no había motivos para no decírselo.

—La Sociedad Arcana. Dudo que haya oído hablar de ella.

Adam refunfuñó.

—Me lo imaginaba.

Thaddeus frunció el entrecejo.

—¿La conoce?

—A la esposa del nuevo Maestro de la Sociedad Arcana la considero amiga mía.

Esta vez a Thaddeus le cogió desprevenido.

—¿Conoce a la señora Venetia Jones?

—Por supuesto. Admiro sus fotografías. —Adam hizo un lánguido gesto con la mano señalando las fotografías expuestas en las paredes de la galería—. Casualmente hoy vine a echar un vistazo a sus últimos retratos.

—Si conoce a la señora Jones no tendrá problemas en verificar que lo que le estoy diciendo es cierto. ¿Me dará la dirección de Leona?

—Posiblemente. —Adam se dio la vuelta y reemprendió su camino rumbo a la salida—. Pero antes hay una persona a quien debe conocer. Él tomará la decisión final.

Thaddeus se colocó a un paso de ella.

—¿De quién se trata?

—El señor Pierce. Y le ruego encarecidamente que procure no emplear sus poderes con él. Se enfadaría sobremanera. La gente que hace enfadar al señor Pierce vive para lamentarlo.

# 12

Era un día cálido y despejado. Las hojas en el parque diminuto eran de un tono verde que anunciaba la llegada de la primavera. Lancing prefería mil veces las sensaciones físicas nocturnas acompañadas de la promesa de una cacería, pero era totalmente capaz de disfrutar del calor del sol y la fragancia de los nuevos brotes. Tenía dotes de cazador, y un cazador, por naturaleza, siempre estaba en contacto con el entorno.

Estaba de pie bajo uno de los árboles recientemente cubierto de hojas y desde allí vigilaba el número siete de Vine Street. Una hora antes había seguido a la misteriosa señora Ravenglass desde su consulta en Marigold Lane hasta su casa. Ella había entrado y había permanecido el tiempo suficiente para tomar una comida ligera y un refresco, y luego había vuelto a salir para regresar al local donde atendía.

Su plan inicial consistía en esperar hasta la noche para entrar en la casa y buscar el cristal. Valiéndose de sus habilidades, no tendría ninguna dificultad en allanar el número siete sin dar la alarma. Así es como había administrado el vapor a Ivington y Bloomfield. Ninguno de los dos hombres se había despertado siquiera hasta que él les tapó la nariz y la boca con trapos empapados de veneno. Cuando abrieron los ojos, naturalmente, ya era demasiado tarde.

Delbridge le había especificado que esta vez actuara sin cometer un asesinato, por temor a llamar la atención de la policía. Pero Lancing lo había interpretado como la orden de que no cometiera un asesinato *innecesario*. No sería culpa suya si la señora Ravenglass o su ama de llaves, únicos residentes en el número siete, se despertaban mientras él estaba en el interior de la casa. No tendría más remedio que cortar un cuello o dos. De hecho tenía previsto usar la fuerza para obligar a la manipuladora de cristal a que le entregara la piedra. Y después de eso se vería forzado a matarla. En ese caso más valía no dejar testigos, ¿verdad?

Pero al ver que el perro de la señora Ravenglass salía a recibirle, cambió de plan y se decidió a llevar a cabo el asalto a la medianoche. Sus aptitudes paranormales le conferían una rapidez superior a la de un hombre medio y aumentaban la capacidad de sus sentidos. Pese a todo seguía siendo una criatura de naturaleza humana —aunque altamente evolucionada— y no un ser mágico o sobrenatural. Su velocidad y reflejos estaban muy por encima de los de su especie, pero si se trataba de derribar a una presa no era más veloz ni estaba mejor dotado que ninguno de los depredadores supremos de la naturaleza: un lobo, por ejemplo.

El perro de la señora Ravenglass tenía el aspecto de un animal que había descendido de los lobos.

No creía que tuviera muchas posibilidades frente a una bestia como aquélla. El perro percibiría su presencia nada más entrar en la casa. Lancing no estaba seguro de que su arma predilecta, una navaja, fuera efectiva ante todos aquellos dientes y reflejos primitivos. Incluso si lograba matar al perro, la criatura daría la alarma a todo el vecindario con sus ladridos antes de morir.

Mientras vigilaba la casa, se abrió la puerta principal. Apareció el ama de llaves. Llevaba un largo vestido gris, unos prácticos zapatos y una gorra. En una mano sostenía el extremo de la correa. Atado en el otro extremo de la larga tira de cuero asomó el perro lobuno.

El ama de llaves y el perro se hallaban al pie de la escalera de la entrada cuando la bestia se detuvo de súbito y miró directamente al parque que estaba al otro lado de la calle con las orejas tiesas. Clavó sus ojos en Lancing. Había una fijeza ensimismada y desconcertante en la mirada del animal. El ama de llaves se volvió para ver qué era lo que le llamaba tanto la atención.

Lancing ladeó el sombrero sobre el perfil de su rostro, protegiendo sus facciones, y rápidamente echó a andar hacia el extremo opuesto de la calle.

—¡Venga, *Fog*! —El ama de llaves tiró de la correa.

El perro fue tras ella a regañadientes.

Lancing respiró despacio, pero no paró de caminar hasta llegar al otro lado del parque. Entonces se dio la vuelta. El ama de llaves y el perro habían desaparecido en la esquina.

Un rato después volvió a atravesar el parque en dirección a la parte posterior de la casa. Sacó la ganzúa del bolsillo. Disponía de la casa para él solo y de todo el tiempo del mundo para buscar el cristal.

# 13

—Los sueños se tornan cada vez más intensos, señora Ravenglass. —Harold Morton se inclinó un poco más hacia delante sobre la mesa. A la luz del verde y reluciente cristal sus ojos
brillaban de excitación—. El doctor Goodhew me explicó que se
debe a una congestión de los fluidos masculinos.

Leona le miró a través del grueso velo negro que siempre llevaba en las consultas. Había sido idea de tío Edward que se vis-
tiera como una viuda mientras operaba con el cristal. Al principio de su carrera el velo y el serio vestido negro habían ocultado
su juventud. Tenía dieciséis años cuando empezó a trabajar con
el cristal de forma profesional. Edward argumentaba que poca
gente daría crédito a la experiencia y los dones de una muchacha
tan joven.

Pero a medida que ella se hacía mayor él insistía en que man-
tuviera el disfraz. «Añade un aire de misterio e intriga —sostenía Edward—. Los clientes quieren un poco de teatro, tanto si
son conscientes de ello como si no.»

—¿El doctor Goodhew le dijo que sus sueños se debían a una
congestión? —le preguntó a Morton con recelo.

—Sí, efectivamente. —La cabeza de Morton osciló de arriba
abajo varias veces—. Me lo explicó todo y me aseguró de que us-

102

ted podía emplear una terapia concebida para aliviar esa congestión.

Harold Morton era un canalla lascivo, y ella estaba atrapada con él en la pequeña sala de la consulta. ¿En qué demonios estaría pensando el doctor Goodhew cuando le envió a ese tipo?

A juzgar por su calvicie incipiente y parcial, sus bigotes bien recortados y su abrigo de un corte conservador, Morton tenía el aspecto del contable decente que pretendía ser. Pero desde el instante en que ella disminuyó la intensidad de la luz y activó el cristal esmeralda se dio cuenta de que él, pese a las razones aducidas para la cita, no estaba interesado en recibir ayuda para librarse de los sueños perturbadores que supuestamente le aquejaban. Ahora tenía otro propósito en mente.

—Lamento no poder ayudarle, señor Morton —dijo ella duramente. Al mismo tiempo detuvo el proceso de dirigir su propia energía hacia el interior del cristal. El verdor radiante comenzó a languidecer.

—¿Pero qué es esto? —Morton se enderezó irritado—. Mire lo que pone aquí. El doctor Goodhew me aseguró que usted empleaba una terapia exclusiva en un ambiente *muy íntimo*.

—Me temo que le han informado mal en relación con el tipo de terapia que ofrezco.

—Venga ya, señora Ravenglass, no hace falta que se muestre esquiva. —Morton le guiñó un ojo—. Le pagué a Goodhew una cantidad generosa para acudir a una consulta con usted en un ambiente muy íntimo.

Ella se quedó helada.

—¿Está diciendo que pagó de más para la terapia especial?

—Se lo aseguro.

—Lamento informarle que el cristal no ayudará a resolver su problema. Quizá debería intentarlo con uno de los tónicos del doctor Goodhew especiales para aumentar la virilidad.

—A mi virilidad no le pasa nada, se lo aseguro, señora Ravenglass —reaccionó Morton de inmediato—. Por eso estoy aquí. Por un exceso de virilidad, ése es el problema. Necesito alivio, como la mujer que aparece en mis sueños. Nos necesitamos, señora Ravenglass. Desesperadamente.

—No tengo ni idea de lo que está hablando.

—Tonterías. —Morton volvió a inclinarse hacia delante. Su aura de arrebatada excitación se potenció—. Déjeme que le describa mi sueño más reciente. Lo he tenido varias veces durante los últimos quince días y es muy intenso.

«Recuerda, Leona: debes controlar a tu público desde el instante en que subes al escenario. Nunca dejes que ellos te controlen.»

—No quiero saber nada acerca de sus sueños —dijo ella con aspereza—. No puedo ayudarle.

Morton no la escuchó.

—La mujer de mis sueños es una que enviudó en su noche de bodas. Su esposo murió antes de que el matrimonio estuviese consumado, y ella se ha visto obligada a vivir durante años sin conocer la satisfacción de las saludables relaciones conyugales.

—Hasta aquí hemos llegado por hoy, señor Morton. —Ella hizo un amago de levantarse de la mesa decidida a aumentar la intensidad de la luz.

—La pobre y virginal viuda tiene que soportar los más extenuantes ataques de histeria. Todo el mundo sabe que las viudas y las solteronas a menudo sufren mucho al verse privadas de las habituales relaciones matrimoniales.

El verde cristal todavía relucía, aunque con debilidad. Ya debería haberse oscurecido, pensó Leona. De repente, sin llegar a ponerse de pie, ella volvió a sentarse, estupefacta. Pese a parecer incapaz de conseguirlo, Harold Morton estaba activando el cristal.

—Yo creo que la mujer de mis sueños es usted, señora Ravenglass —se pronunció Morton con la voz empañada por la lujuria—. Ahora comprendo que el destino nos ha unido para que yo la ayude a aliviar su tensión y prevenir otro ataque de histeria. Ese tratamiento también será de gran alivio para mi congestión. Podemos satisfacernos mutuamente, señora mía.

—El destino no ha tenido nada que ver con este encuentro, señor —dijo ella fríamente.

Tenía unas cuantas cosas para decirle al doctor Goodhew. ¿Cómo se atrevía a insinuar a los clientes que ella era una prostituta?

El cristal brillaba cada vez más, pero no de un modo saludable y terapéutico. De momento Morton no parecía saber que era él quien avivaba la energía de la piedra. Sin embargo, era evidente que poseía más energía que el cliente medio y que de algún modo conseguía encauzarla hacia el interior del cristal verde.

Todo el mundo poseía cierto grado de talento paranormal. La amplia mayoría de la gente llegaba al final de su vida sin saberlo o sin haberse molestado en averiguarlo. Sólo en los sueños accedían de forma activa a ese lado de su ser. Una vez despiertos, a la conciencia le importaba más bien poco la experiencia.

Pero los sueños no eran el único medio para que emergiera la energía latente de un individuo. Las emociones intensas asociadas con la excitación sexual también la liberaban. Eso era lo que estaba sucediendo ahora. Que Morton estuviese mirando fijamente el cristal mientras sus impulsos libidinosos le dominaban era pura mala suerte.

Si bien vertía sin querer su oscura energía dentro de la piedra, no poseía el don natural para manejar el cristal. Como consecuencia, los flujos paranormales producidos por su mente rebotaban y volvían a él, aumentando sin duda su excitación sexual.

—Yo sé que usted se pasa las noches en vela, señora Ravenglass, anhelando que un hombre la toque —le aseguró—. Yo puedo darle lo que necesita. Déjeme ayudarla. Nadie tiene que enterarse. Será nuestro secretito.

Ella recogió el cristal iluminado de la mesa y se puso de pie.

—Le aseguro, señor, que no necesito su remedio.

Canalizó la energía hacia el interior del cristal a fin de reducir las pulsaciones de Morton. El cristal verde rápidamente se nubló y luego se oscureció por completo.

La silla de Morton se arrastró por el suelo. Se levantó y se quedó de pie, indignado.

—Mire lo que pone aquí, yo pagué por mi terapia.

Ella deseaba que *Fog* estuviese allí. Hasta hacía poco él solía acompañarla a la consulta; se pasaba todo el tiempo dormitando en la recepción o echado a sus pies debajo de la mesa. Pero últimamente ella lo dejaba en casa, ya que según el doctor Goodhew algunos clientes se quejaban de la presencia de un perro enorme y de aspecto peligroso en las salas de consulta.

Tomó nota mentalmente de que debía informar a Goodhew de que en lo sucesivo rehusaría atender a los clientes que tuvieran miedo a los perros.

—Será mejor que se vaya, señor —dijo—. Hay otro cliente esperándome.

No era cierto. Morton era el último cliente con cita previa para esa tarde, pero él no podía saberlo.

—No puedo abandonarla en su terrible estado, señora Ravenglass. —Morton se tambaleó—. Yo sé lo que usted sufre. Tenga la certeza de que me ocuparé de que su tensión interior sea liberada por medio del método más terapéutico. Conmigo ascenderá al pico de la emoción más intensa. Vivirá una auténtica catarsis.

—Se lo agradezco, pero no. —Ella se dirigió rápidamente hacia la puerta.

Le había resultado fácil suprimir la energía en el interior del cristal, pero estaba claro que la excitación sexual de Morton continuaba sin apagarse. Él rodeó la mesa y alargó su mano grande y fornida para cogerla.

—No puede irse, señora Ravenglass. Le demostraré que necesita desesperadamente la catarsis que le ofrezco.

Ella se quitó de encima los dedos que la manoseaban.

—Me temo que su caso es muy poco frecuente, señor Morton. Excede ampliamente mis escasas aptitudes. Se le devolverá hasta el último céntimo de la tarifa que pagó, cuente con ello.

Consiguió asirla por la parte superior del brazo. Al estrechar distancias ella advirtió que su aliento olía a salchicha.

—No tema, señora mía, no diré una palabra de lo que ocurra entre nosotros en esta habitación —aseguró—. Como le he dicho, será nuestro secreto.

Ella sonrió dulcemente.

—Claro. Mire dentro del cristal, señor. Deje que nos transportemos juntos al reino de lo metafísico.

—¿Qué? —Él volvió a guiñarle un ojo y automáticamente desvió la vista hacia la piedra, derramando más energía en el interior sin saberlo.

El cristal emitió un fulgor verde.

Esta vez ella no sólo enfrió los flujos de su energía, también los inhibió. A continuación aprovechó el poder concentrado en la piedra para guiar la poderosa corriente hasta la mente del señor Morton.

La energía que ella proyectaba, potenciada por el cristal, impactó en cada uno de los sentidos del señor Morton con una fuerza que le provocó un dolor súbito y tormentoso.

El cristal verde, al igual que los demás, con la excepción de la piedra de aurora, no era lo bastante potente como para causar un daño permanente, pero sí podía parar en seco a un hombre durante unos instantes.

Con un gemido de angustia Morton la soltó y retrocedió tambaleándose. Ahuecó ambas manos sobre sus sienes.

—Mi cabeza.

—Me temo que se nos ha terminado el tiempo —anunció ella.

Se apresuró a alcanzar la puerta, tiró de ella con fuerza y se precipitó en la sala de recepción.

Thaddeus Ware la cogió de un brazo y la arrastró hacia él.

—Tenemos que dejar de encontrarnos de esta manera —le dijo.

—¿Qué demonios hace usted aquí? —Se quedó pasmada mirándole, sin poder dar crédito a su presencia.

Thaddeus la ignoró para acribillar a Morton con una mirada fría y amenazante.

—¿Qué está ocurriendo aquí? —preguntó con una voz que bien podía apagar las llamas del infierno.

Morton tuvo una reacción convulsa. Su boca se abrió y se cerró varias veces antes de que pudiera pronunciar una sola palabra.

—Mire lo que pone aquí, señor —farfulló—. Tendrá que esperar su turno. Pagué por una sesión de una hora. Me quedan unos treinta minutos.

—Usted se irá ahora mismo —dijo Thaddeus, infundiendo a la orden la energía justa para crear el efecto de la suave y mortífera voz del destino.

Morton se sacudió con violencia, avanzando hacia la puerta pálido y presuroso.

Sus pasos retumbaron pesadamente en la escalera. Y, unos instantes después, la puerta principal se cerró ruidosamente tras él.

Como si de pronto hubiese caído en la cuenta de que la estaba sujetando, Thaddeus la soltó. Leona retrocedió con rapidez haciendo aletear su falda. Se percató de que el velo le colgaba en una posición incómoda. Recogió la malla negra plegándola encima del ala del sombrero, y entonces supo que llevaba el sombrero torcido, encaramado precariamente sobre una de sus orejas.

Thaddeus alargó la mano, extrajo algunos alfileres y le sacó el sombrero de un tirón. Luego se lo entregó en un solemne gesto de cortesía.

—¿Todas sus consultas tienen un final tan enérgico? —preguntó sin la menor inflexión.

—En realidad, señor, no creo que... —Se interrumpió al ver a Adam Harrow que permanecía de pie discretamente a un costado—. Adam, ¿qué haces tú aquí?

—¿Te encuentras bien, Leona? —preguntó Adam con el ceño fruncido.

—Sí, por supuesto que sí —respondió Leona de inmediato—. ¿Qué ocurre? ¿Por qué has traído al señor Ware hasta aquí?

—Me temo que la respuesta es algo complicada —dijo Adam en tono de disculpa.

—No hay nada complicado. —Los ojos cautivadores de Thaddeus se posaron sobre Leona—. Le dije que la encontraría, señorita Hewitt. Ahora sabe que siempre cumplo con mi palabra.

# 14

—Asumo que no soy un experto en la manipulación de cristales —dijo Thaddeus en un tono horripilantemente neutro—, pero una mujer soltera encerrada a solas en una habitación oscura con un hombre extraño parece ser una forma segura de buscarse problemas.

—Un incidente pequeño y, hay que admitirlo, desafortunado no constituye un problema —respondió Leona fríamente.

Estaban en la sala pequeña de la casita de Vine Street. Adam se había ido unos minutos antes, tras disculparse discretamente por segunda vez. Leona le había asegurado que ella no tenía la culpa. Darle a Thaddeus la dirección de la consulta de Leona había sido una decisión del señor Pierce. Estaba claro que la lealtad de Adam hacia Pierce se anteponía a todo lo demás.

En cualquier caso, pensaba Leona, de momento estaba demasiado confusa para considerar un significado claro de la culpa. En lo más íntimo de su ser había deseado que Thaddeus viniera a buscarla. A pesar de todo, su irreprimible lado optimista estaba convencido de que la pasión surgida entre ellos durante aquel oscuro viaje de regreso a Londres no había sido sólo consecuencia de un vapor alucinógeno.

Pero ahora sabía que sus fantasías secretas no eran más que

sueños. Sin duda alguna los ojos fascinantes de Thaddeus en ese momento no centelleaban. Estaba rodeado de un aura gélida, rígida, implacable que extinguía las llamas de esperanza que habían ardido dentro de ella.

Con todo había sido un día muy duro. Había empezado sintiendo un pequeño desánimo después de pasar la primera noche sola en la casa tras la jovial despedida de Carolyn el día anterior. Luego sobrevino el desagradable encuentro con Harold Morton. Y ahora esto: el hombre de sus sueños había aparecido como por arte de magia para dejarle claro que la única cosa que quería de ella era la piedra de aurora.

Percibiendo su tensión, *Fog* ya había adoptado una actitud protectora junto a su silla. Ella tenía una mano apoyada sobre la cabeza del animal, mientras él yacía debajo de su falda, con las orejas levantadas y la mirada atenta clavada en Thaddeus.

Thaddeus permanecía enfrente de ella, de espaldas a la ventana. Había hablado poco en el carruaje durante el tramo corto desde la consulta, dejando que Adam se ocupara de todas las explicaciones.

Al final del trayecto, Leona se vio obligada a aceptar el hecho de que el señor Pierce la hubiese entregado a Thaddeus Ware debido a su auténtico convencimiento de que ella corría peligro. Reflexionó acerca de que había pocas cosas más irritantes que permitir actuar a una persona en función de lo que cree conveniente para uno.

—¿Qué habría hecho si el señor Harrow y yo no hubiésemos llegado justo a tiempo? —preguntó Thaddeus.

Leona le miró con rabia.

—No corría ningún peligro. Tenía la situación controlada.

—Pues no lo parecía —dijo Thaddeus serenamente.

—No es asunto suyo, señor.

—Tal vez no. —Él levantó las cejas—. Pero por algún motivo me incumbe.

—Concéntrese un poco más. Estoy segura de que si lo intenta podrá invocar el poder necesario para dejar el tema a un lado y pasar a otra cosa.

—No lo creo. No me sorprendería que esta noche tuviera pesadillas a causa de lo que he tenido que presenciar hoy.

—En ese caso no acuda a mí para una terapia de cristal. —Leona lo atravesó con una mirada glacial y feroz—. Vamos al grano —dijo—. Usted ha venido por la piedra de aurora.

—Le advertí que si se la quedaba sería sumamente peligroso —expresó él un poco más gentil.

—No le creo una palabra.

—Leona, sea razonable. Si yo he podido encontrarla, Delbridge también lo hará.

Ella frunció el entrecejo.

—Delbridge no sabe nada de Adam. Ni tiene una peluca que le sirva como pista.

—No, pero hay otros métodos para encontrar a una persona, incluso en una ciudad tan grande como ésta.

—¿Cuáles? —quiso saber ella.

Él se encogió de hombros.

—Si estuviera en el lugar de él, sin saber muy bien dónde buscar, empezaría siguiendo la pista de todos los manipuladores de cristal que hay en Londres. Haría preguntas, sobornaría a quien sea hasta dar con algunas pistas y rumores. Podría llevar mucho tiempo y dedicación, pero tarde o temprano uno de sus colegas me llevaría hasta usted. —Hizo una pausa para enfatizar—. Es posible que hasta tenga suerte desde el primer intento.

Ella le miró paralizada.

—Cielos. No lo había pensado de ese modo.

—Me temo que algo se le escapa.

Ella frunció el entrecejo.

—No hace falta que sea sarcástico, señor.

—Leona, creí haberle dejado claro que Delbridge ha matado por lo menos dos veces para hacerse con el cristal. Usted puede ser la próxima víctima, a menos que nosotros...

—Un momento, señor. —Leona le miró atentamente, más suspicaz que nunca—. Tenía la impresión de que era usted quien quería recuperar el cristal. ¿A quién se refiere cuando dice nosotros?

—Actúo en representación de una sociedad de investigadores de lo paranormal.

—Esas sociedades abundan, la mayoría están compuestas de simplones y excéntricos seniles que no saben nada de lo paranormal.

—Soy conciente de ello —dijo Thaddeus—. Y debo reconocer que la Sociedad Arcana excede su cuota correspondiente de excéntricos seniles.

Al oír aquel nombre ella contuvo el aliento sobresaltada.

—Veo que estaba equivocado —dijo Thaddeus ahora más serio—. De modo que conoce la Sociedad Arcana.

Ella se aclaró la voz.

—Sí, puede que haya oído algo por ahí. ¿Y dice que usted la representa? ¿La organización le ha contratado para que siga la pista del cristal?

—Por supuesto, me pidieron que investigara. Pero también soy miembro.

Ella profirió un suspiro. Y con él se fue aquella remota esperanza.

—Ya veo.

—Me gusta creer que todavía no soy uno de los excéntricos seniles —continuó—. Pero puede que me esté engañando a mí mismo.

—Si está de broma, señor, debo decir que no le veo la gracia.

—Le ruego que me disculpe. —Hizo una pausa, mientras la contemplaba con una expresión fría y examinadora—. Debo reconocer que me sorprende que tenga conocimiento de la Sociedad. Siempre han puesto especial cuidado en no atraer la atención de la prensa.

—Ajá.

—Los miembros se toman muy en serio sus investigaciones sobre lo paranormal. No quieren que se les asocie con los innumerables farsantes, curanderos y charlatanes que causan sensación con sus demostraciones de levitación e invocación de espíritus.

Ella decidió apelar a la lógica.

—Está diciendo que la Sociedad Arcana cree tener el derecho sobre mi cristal.

—Así es. Originariamente fue propiedad de su fundador, Sylvester Jones.

«Tonterías», pensó ella, aunque procuró mantener la calma.

—¿Y cuándo fue que lo perdió?

—Se lo robaron hace unos doscientos años.

—¿Doscientos años? —preguntó riendo despreocupada—. Tiene que reconocer que sería difícil cuando no imposible probar un robo dos siglos más tarde, señor.

—Los miembros de la Sociedad Arcana tienen buena memoria —dijo Thaddeus.

—Perdone, pero creo que determinados miembros, los excéntricos seniles, probablemente, prefieren aferrarse a sus tontas leyendas.

—No he venido hasta aquí para discutir sobre la propiedad del cristal —declaró tranquilamente—. Comprendo que crea que es suyo. Tenemos que llegar a un acuerdo en ese punto.

—Pero nada le impedirá llevárselo, ¿no es cierto? —inquirió ella—. Y si una mujer frágil, débil e indefensa quisiera impedírselo usted debería usar la fuerza.

Él torció la boca en señal de disgusto.

—Frágil, débil e indefensa no son palabras que acudan a mi mente cada vez que pienso en usted, señorita Hewitt.

—Apelar a su caballerosidad sería pedir demasiado. Debería haberlo sabido.

Por alguna razón ese dardo le llegó al corazón. Para sorpresa de ella, Thaddeus se quedó petrificado.

—Así es —dijo suavemente—. Usted debería saber mejor que nadie que no se puede confiar en mi caballerosidad.

¿De qué demonios está hablando?, se preguntó Leona quedándose totalmente en blanco. Ella sólo quería hacerle sentir cierta culpabilidad por intentar obligarla a que renunciara a la piedra. Esperaba que él le pidiera disculpas, como mínimo. En cambio había reaccionado como si ella fuera el juez que le había condenado a prisión por el resto de su vida.

Ella lo ensartó con su mirada más represiva.

—Dígame, señor, ¿por qué le han elegido a usted para localizar mi cristal?

Él se encogió de hombros, regresando de ese lugar inmóvil y silencioso al que ella le había enviado con el comentario sobre su falta de caballerosidad.

—Me dedico a conducir investigaciones —dijo.

Ella se quedó helada.

—¿Es usted policía?

Él sonrió divertido por el susto de muerte que ella acababa de llevarse.

—No. Realizo indagaciones para particulares o, en este caso, para un grupo de particulares que, por algún motivo, no desean ponerse en contacto con la policía.

La respuesta la tranquilizó y se relajó un poco. Empezó a sentir curiosidad.

—¿Ése es su trabajo?

Él dudó un instante, como si no estuviera seguro de qué responder.

—No lo hago por dinero —dijo finalmente.

—¿Y por qué lo hace? —preguntó ella.

—En cierto modo... me siento realizado.

Ella caviló durante un instante.

—Comprendo. Ésa en una de las dos razones por las que yo trabajo con los cristales. En cierto modo me siento realizada.

Él enarcó una ceja.

—¿Cuál es la segunda razón?

Ella sonrió fríamente.

—A diferencia de usted, señor, yo necesito dinero.

Ella se preparó para observar algún indicio de desdén. Él era un caballero y aparentemente un hombre rico. Aquellos que se movían en las altas esferas despreciaban a la gente que se veía obligada a trabajar para vivir. En el ambiente de la Sociedad Arcana prevalecía un mayor grado de desaprobación hacia cualquier persona que trabajara con cristales. En el sistema de jerarquías de quienes poseían talentos paranormales, los manipuladores de cristales ocupaban una de las categorías más bajas.

Pero Thaddeus se limitó a inclinar la cabeza, como si su respuesta no le hubiera desconcertado en lo más mínimo. Ella pensó que muy probablemente él ya se lo había imaginado.

—Siento curiosidad por saber cómo conoció a Adam Harrow y al señor Pierce —dijo él.

—El señor Pierce venía a verme a menudo como cliente. Siempre que acudía a una cita le acompañaba el señor Harrow. Tras un periodo de varias visitas semanales, Adam y yo nos hicimos amigos. Él estaba agradecido por lo que yo hacía por el señor Pierce. El señor Pierce también estaba muy satisfecho con los resultados de mi trabajo.

—¿Pierce sufre pesadillas? —preguntó Thaddeus. Su enorme curiosidad acentuó la pregunta.

Ella le sonrió distante. Él no era el único que guardaba secretos.

—No suelo comentar los males que padecen mis pacientes con otra gente, a menos que el cliente me dé su aprobación —contestó.

Thaddeus apretó los dientes. No le gusta verse frustrado, pensó ella. Pero él asintió brevemente con un brusco movimiento de cabeza.

—Comprendo —dijo—. Supongo que Pierce le dijo que Delbridge había robado el cristal.

—Así es. Después de asistir a varias consultas conmigo estaba convencido de mi habilidad con los cristales. Una tarde me preguntó de modo informal si había oído hablar de la piedra de aurora, al mismo tiempo que circulaban rumores de que había sido robada. A mí me sorprendió que el cristal saliera a la luz después de tanto tiempo.

Thaddeus frunció el entrecejo.

—¿A qué se refiere con «saliera a la luz»?

—Se lo robaron a mi madre cuando yo tenía dieciséis años. —Su mano descansaba sobre la cabeza de *Fog*—. De hecho, siempre he creído que ésa fue la razón de que la mataran.

—Comprendo.

—Ya había renunciado a la esperanza de encontrarlo. Ni que decir tiene lo contenta que me puse cuando el señor Pierce me habló de esos rumores. Cuando se dio cuenta de lo mucho que significaba para mí, siguió investigando y supo que posiblemente Delbridge lo había robado. Inmediatamente empecé a hacer planes.

—¿Para robar el cristal?

—Para recuperar mi propiedad robada —dijo ella fríamente—. Cuando el señor Pierce y Adam supieron que estaba decidida a entrar en la mansión de Delbridge y recuperarlo, ambos insistieron en que Adam me acompañara.

Thaddeus la miró ceñudo.

—Me sorprende que Pierce, con todos los contactos que tiene, no se ofreciera a robar el cristal para usted.

—Se ofreció. Pero le dije que yo era la única que podía identificar la auténtica piedra de aurora. En todo caso, el señor Pierce no creía que Delbridge fuera tan peligroso como aparentemente es. Se lo conoce como un coleccionista excéntrico. Nadie diría que es un químico malvado capaz de preparar una droga para enloquecer a un hombre.

Thaddeus miró por la ventana en dirección al parque pequeño y tranquilo emplazado al otro lado de la calle.

—Ése es uno de los aspectos más extraños de este negocio. Hasta ahora nadie tenía motivos para pensar que Delbridge era algo más que un coleccionista obsesionado con las antigüedades paranormales. Dudo mucho que él sea capaz de preparar un vapor alucinógeno sin ayuda.

—¿Cree que tiene un cómplice?

—Parece la única explicación lógica. Quizá más de uno. Sospecho que también ha empleado a un asesino altamente capacitado, uno que ha puesto a prueba su destreza con dos prostitutas. Ambas fueron asesinadas del mismo modo que la mujer que hallamos en la mansión de Delbridge.

Aquello la conmocionó.

—¿Se refiere a ese malvado al que la prensa llama el Monstruo de la Medianoche?

—El mismo. ¿Ahora comprende, señorita Hewitt, el peligro que corre?

Le miró perpleja durante un momento. Finalmente habló.

—Sí —musitó—. Sí, ya veo por dónde va. Cree que Delbridge podría haber contratado al Monstruo de la Medianoche. Es casi imposible de creer.

—La única opción razonable es que me entregue el cristal para que yo lo ponga bajo custodia de la Sociedad Arcana hasta que todo se resuelva satisfactoriamente. Le prometo que cuando esto termine me aseguraré de que tenga la oportunidad de reclamárselo directamente al Gran Maestro de la Sociedad.

«Eso no serviría de nada», pensó ella con tristeza.

—Se lo agradezco —consiguió expresar amablemente.

—También podría añadir que la posesión del cristal no sólo supone un riesgo para usted —dijo Thaddeus tranquilamente—. Mientras tenga la piedra la vida de la señora Cleeves corre peligro.

El cuerpo de Leona se agarrotó.

—¿A qué se refiere?

—Si Delbridge ha contratado un asesino, tal como sospecho, dudo mucho que el delincuente se lo piense dos veces antes de matar a su ama de llaves.

«Ya es suficiente», pensó Leona. Una vez que el cristal estuviera en manos de la Sociedad Arcana a ella le sería prácticamente imposible recuperarlo, pero de momento no había muchas alternativas. No podía poner en peligro a la señora Cleeves.

—De acuerdo —dijo. Resignada a lo inevitable se puso de pie, sacudiendo distraídamente los pliegues escalonados de su largo vestido negro—. Está arriba. Si me da un momento subiré y lo traeré.

Thaddeus lanzó una mirada al saco que contenía los tres cristales que ella había traído de Marigold Lane.

—¿No lo lleva con usted a la consulta?

—No. —Ella se dirigió hacia la puerta—. Es una piedra sumamente poderosa con unas propiedades únicas. Me enseñaron que sólo debía usarse en las circunstancias más extremas.

—En cierto modo conozco sus poderes —dijo él cruzando una mirada con ella—. Y también los suyos.

Ella hubiera jurado que él intentaba comunicarle algo importante, demostrarle su respeto, quizá. Eso la reconfortó un poco.

—Gracias —le dijo.

Él fue a abrir la puerta, mirándola con ojos impenetrables mientras ella salía majestuosamente.

—Ha tomado la decisión acertada —le dijo.

—Eso está por verse, ¿no cree?

Cruzó el recibidor y subió las escaleras, con *Fog* pegado a sus talones.

Al llegar al dormitorio *Fog* olfateó el suelo con súbito interés. Cuando ella abrió la puerta el perro corrió hacia el baúl donde ella había guardado la piedra de aurora y se puso a gemir suavemente.

—¿Qué es lo que te intriga tanto? —preguntó ella—. Ya conoces todos los perfumes de esta casa.

Le hizo a un lado, sacó la llave de la cadena con colgantes que llevaba en la cintura y la introdujo en la cerradura.

El contenido del baúl estaba todo revuelto. El diario de su madre y el cofre de cuero donde guardaba la libreta y los documentos antiguos se habían mezclado con un par de botas, una gorra vieja, un edredón de reserva y otras cosas depositadas dentro.

Rebuscó frenéticamente hasta el fondo del baúl.

La bolsa de terciopelo negro que contenía la piedra de aurora había desaparecido.

# 15

Él había esperado muchas cosas de ella, incluidas la ira y la indignación. Sabía que estaba en todo su derecho, teniendo en cuenta lo que él casi había llegado a hacerle. Pero lo que él no esperaba de ella era que le mintiera.

—¿Que lo han robado? —repitió Thaddeus sin alterarse—. Vaya una excusa. Demasiado conveniente, quizá. ¿De verdad pretende disuadirme con un argumento tan inconsistente?

Leona apretó con fuerza los labios. Se paseaba por la sala, su falda negra revoloteando alrededor de sus botas de tacones altos. Thaddeus advirtió que su halo de sobresalto y desconcierto era auténtico.

—Es libre de pensar lo que quiera, desde luego —insistió ella—. Pero le digo que el cristal ha desaparecido. —Hizo un gesto con la mano señalando la puerta de la habitación—. Tómese la libertad de buscar por toda la casa, señor. Una vez que esté convencido de que el cristal no se encuentra entre estas paredes, haga el favor de marcharse. Estoy segura de que querrá seguir con sus averiguaciones en otro sitio.

Él contemplaba a *Fog*. El perro estaba echado enfrente del sofá pequeño, con la cabeza en alto, observando cada movimiento de Leona.

—¿Cuándo cree que el ladrón irrumpió en la casa? —preguntó Thaddeus conservando la neutralidad de su voz.

—¿Acaso hay manera de saberlo? —Leona se detuvo en el extremo opuesto de la pequeña sala, giró sobre sus talones y enfiló sus pasos de regreso a la puerta—. La mayoría de los ladrones trabajan de noche. —Se estremeció—. Santo cielo, pensar que anoche un intruso estuvo rondando por esta casa mientras la señora Cleeves y yo dormíamos. Es aterrador.

Él la observó mientras pasaba a su lado, consciente de que incluso estando irritada y preocupada por su seguridad desprendía una energía excitante que se dejaba saborear. Él y Leona estaban enzarzados en una pelea con todas las de la ley, y sin embargo él estaba excitado física y mentalmente.

—Dudo que este ladrón en particular viniera de noche —dijo secamente.

Leona dejó de pasearse y se dio la vuelta como un remolino, mirándole directo a los ojos.

—¿Por qué insiste con eso?

Él orientó su cabeza hacia *Fog*.

—Su perro. No parece que fuera a quedarse dormido mientras un ladrón visita su habitación.

Ella miró en la misma dirección, al principio un poco desorientada. Hasta que la comprensión y el alivio iluminaron su rostro.

—Oh, es cierto. Claro que no. *Fog* es muy protector. Nadie puede haber entrado anoche en la casa. Él habría dado la alarma y atacado al intruso. —Ella frunció el entrecejo—. Pero si no fue anoche, ¿cuándo entró ese delincuente para robar el cristal?

Éste era un juego de dos.

—¿Llevó a pasear a su perro esta mañana?

—Sí, pero sólo caminamos un rato por el parque ya que yo tenía una cita temprano con un cliente. En ningún momento nos alejamos de la casa. En cualquier caso la señora Cleeves se quedó aquí.

—Le sugiero que hablemos con la señora Cleeves.

—La señora Cleeves. —Leona abrió los ojos de par en par—. Sí, claro. Ella sacó a *Fog* esta tarde. Le encargué que lo llevara a dar un paseo largo y placentero, ya que el de la mañana había sido muy breve.

Se abalanzó sobre la puerta, la abrió y se asomó al recibidor.

—¿Señora Cleeves? —la llamó.

Apareció una mujer rolliza de rostro agradable con un delantal blanco. Tenía harina en las manos.

—¿Llevó a pasear a *Fog* esta tarde?

—Así es, señora. Como usted me dijo. —Observó a Thaddeus, que estaba detrás de Leona, y dirigió otra vez su mirada hacia ella—. ¿Ocurre algo malo, señora?

Thaddeus se convenció de que lo que estaba presenciando no podía ser un juego ensayado. Más temprano la había visto salir precipitadamente de la consulta para acabar en sus brazos. Ella no esperaba verle. Era imposible que el ama de llaves y Leona hubiesen tenido tiempo para ensayar esta escena.

Veló su expresión a fin de que el ama de llaves no entreviera su inquietud, y se colocó justo detrás de Leona.

—¿A qué hora salió exactamente, señora Cleeves? —preguntó.

Ella frunció el ceño pensativa durante un momento. Luego sus cejas se relajaron.

—Habrán sido cerca de las dos, justo después de que la señorita Hewitt regresara a Marigold Lane para la cita de la tarde.

—¿Cuánto tiempo estuvo afuera? —preguntó él.

—Supongo que poco más de una hora. Me encontré con mi hermana para tomar una taza de té en Perg Lane. A ella le gusta *Fog* y el perro le ha cogido cariño porque ella siempre le trae chucherías.

Leona apretó con fuerza el pomo de la puerta.

—Gracias a Dios ninguna de nosotras regresó cuando el ladrón aún estaba aquí. Quién sabe lo que habría sido capaz de hacer si alguien interrumpía su búsqueda.

—¿De qué ladrón está hablando? —La cara de la señora Cleeves enrojeció de preocupación—. Toda la plata está en su sitio. Me he fijado.

—No se preocupe, señora Cleeves —se apresuró a comentar Leona—. Se han llevado uno de mis cristales, eso es todo.

La señora Cleeves se quedó con la mirada en blanco.

—¿Por qué alguien querría llevarse una de esas piedras tan feas?

—Excelente pregunta, señora Cleeves —dijo Thaddeus—. ¿Vio a alguien más merodeando por la calle o el parque al salir de casa?

—No —respondió ella de forma automática. Luego frunció el entrecejo—. Un momento, ahora que lo pienso había un caballero. Salió del parque y se fue caminando por la calle. Pero no tenía pinta de delincuente.

—¿Por qué lo dice? —preguntó Leona rápidamente.

A la señora Cleeves le desconcertó la pregunta.

—Bueno, vestía como un caballero, desde luego.

—¿Recuerda algo más acerca de él? —preguntó Thaddeus.

—En realidad, no. Para ser franca, apenas me fijé en él. —La señora Cleeves volvió a fruncir el entrecejo—. No habría notado su presencia si *Fog* no se hubiera interesado en él. ¿Eso importa?

—Puede que sí —dijo Thaddeus—. Señora Cleeves, ¿está familiarizada con el arte de la hipnosis?

El rostro del ama de llaves se iluminó de entusiasmo.

—Oh, sí. Mi hermana y yo fuimos a una demostración hace unos meses. Fue asombroso. El hipnotizador, el doctor Miller, escogió a una muchacha del público y la hizo entrar en trance. Ella no había tenido una buena educación ni mucho menos, fíjese usted, y sin embargo cuando el doctor Miller ya la había hipnotizado ella empezó a recitar escenas completas de Shakespeare. Fue muy impresionante.

—Una farsa, más bien —dijo Thaddeus—. ¿Me permitiría usted que la sometiera a un breve periodo de trance para saber si acaso recuerda otros detalles acerca del caballero que usted vio hoy allí afuera?

La señora Cleeves lanzó a Leona una mirada dudosa.

—Es totalmente seguro, señora Cleeves —afirmó Leona—. Yo estaré aquí todo el tiempo. Me aseguraré de que no le ocurra nada que pudiera considerar inaceptable.

—De acuerdo, entonces. —La señora Cleeves estaba evidentemente intrigada—. Pero dudo que pueda hacerme entrar en trance, señor. Tengo una voluntad de acero.

—De eso no me cabe la menor duda —dijo Thaddeus. Expandió sus sentidos, concentrándose en el aura que la señora Cleeves generaba como cualquier otro ser vivo. Encontró la longitud de onda deseada y empezó a hablar serenamente.

—Está recordando los hechos de esta tarde. Está a punto de llevar a pasear al perro. ¿Comprende?

Con la ayuda de su don natural y mucha práctica, utilizaba su voz para centrarse en su propia energía, neutralizando determinadas ondas en el aura de la mujer. Ella se quedó inmóvil. Súbitamente su rostro se volvió inexpresivo.

—Sí, comprendo —contestó la señora Cleeves en un tono monótono. Miraba al frente a una distancia media.

—Abre la puerta principal y baja los peldaños. ¿Dónde está *Fog*?

—Está conmigo, atado a la correa.

—¿Ve a alguien más?

—Hay un caballero en la otra acera de la calle.

—¿Qué está haciendo?

—Me mira y luego se va andando hacia la esquina.

—Descríbamelo.

—Es muy elegante.

—¿Puede verle la cara?

—Sólo un poco. Aparta la mirada. Inclina levemente su sombrero. Puedo verle de perfil.

—¿Es un hombre joven o mayor?

—Es un joven en la flor de la vida.

—¿Cómo lo sabe?

—Por la manera en que se mueve.

—¿Puede ver su pelo?

—Sí. Le sobresale un poco por debajo del sombrero.

—¿De qué color es?

—Muy rubio, casi blanco.

—¿Puede describir su vestimenta?

—Lleva una chaqueta gris. Y pantalones del mismo color.

—¿Lleva algo en las manos?

—Sí.

—¿Qué es?

—Un bastón.

—Ya puede despertar, señora Cleeves.

La señora Cleeves pestañeó y le miró expectante.

—¿Cuándo piensa hipnotizarme, señor?

—He cambiado de idea —dijo Thaddeus—. Me he dado cuenta de que es cierto que tiene usted una voluntad de acero como para inducirla al trance. Ya puede retirarse. Gracias por su colaboración.

—De nada, señor.

Decepcionada en cierto modo por no haber podido demostrar su fortaleza mental, la señora Cleeves regresó a la cocina.

Thaddeus cerró la puerta de la sala y se volvió hacia Leona, que le miraba con gran interés.

—Ha sido asombroso, señor Ware —dijo ella.

—Desafortunadamente, no nos ha servido para obtener suficiente información. El caballero que la señora Cleeves vio en la calle puede haber sido o no la persona que robó el cristal. Creo, sin embargo, que podemos dar por sentado que el ladrón entró en la casa mientras su ama de llaves y el perro estaban fuera.

—Una idea escalofriante.

—Sí, lo es.

Ella se acercó a la ventana.

—¿Cómo se atreve? —murmuró con la voz débil y tensa—. Después de todos estos años y lo que he tenido que pasar para recuperar ese cristal. ¿Cómo se atreve ese canalla a robarlo?

Al percibir su angustia *Fog* se levantó y se acercó a ella. Thaddeus observó cómo Leona se inclinaba para acariciarle. «Se consuela a sí misma tanto como al perro», pensó.

—Señorita Hewitt —dijo—, ¿está usted sola?

—No. —Ella no apartaba los ojos de la ventana—. Como puede ver tengo a la señora Cleeves y a *Fog*.

—Perdone, quise decir si tiene a gente que pueda alojarla. ¿Su familia tal vez?

—No —dijo suavemente—. Ya no tengo.

—¿Amigos?

Ella dio un respingo, como si no hubiera visto venir el golpe. Luego se irguió deliberadamente.

—Hasta ayer mi amiga Carolyn compartía esta casa conmiga. —dijo fortaleciendo la voz—. Pero se casó y está de camino a Egipto.

—Comprendo. ¿Entonces está sola?

—No, señor, no estoy sola. —Le dio al perro una palmadita enérgica y se volvió hacia él—. Ya le he dicho que tengo a la señora Cleeves y a *Fog*. ¿A qué vienen estas preguntas personales?

Él exhaló lentamente, tratando de encontrar la mejor manera de decir lo que tenía que decir.

—Es evidente que Delbridge la ha encontrado. Quiero que venga a mi casa y se quede conmigo hasta que recupere el cristal.

Como era de esperar, ella se quedó sin habla.

—El plan no tiene nada de impropio —le aseguró él—. Será una invitada en la casa de mis padres. Ellos están de viaje por América atendiendo asuntos de la Sociedad Arcana, pero mi tía abuela que vive con ellos está en la casa.

—¿Por qué tendría que pensar en hacer algo así? —preguntó.

Él la miró dispuesto a hacerle comprender los peligros de la situación.

—Según documentos antiguos, el cristal es inútil a menos que lo active alguien con un talento muy peculiar. Tarde o temprano a Delbridge puede ocurrírsele que si corrió semejante riesgo para recuperar la piedra de aurora es porque posee ese don. Si eso ocurre, usted no estará a salvo.

# 16

El nerviosismo provocado por el intento de mantener una conversación amable en la mesa durante la cena había hecho efecto. Leona pensaba que su resistencia había sido inmejorable mientras paladeaban la sopa de alcachofa y el pescado frito, pero cuando llegó el pollo asado y las verduras ella empezó a sentir la presión.

Thaddeus, sentado en el otro extremo de la larga mesa, no colaboraba demasiado. Desde que habían llegado a la casa de sus padres parecía más ensimismado. Leona suponía que estaba preocupado pensando en los planes para recuperar el cristal.

La única persona sentada a la mesa con ellos era la imponente tía abuela de Thaddeus, Victoria. La señora Milden. Desde el momento en que fueron presentadas Leona había tenido la sensación de que la severa anciana la miraba sin ocultar su recelo y desaprobación.

La reacción de Victoria era predecible. Leona estaba preparada para afrontarla. Después de todo Victoria, como todos los integrantes de la familia Ware, era miembro de la Sociedad Arcana y tenía un mal concepto de los manipuladores de cristales. La leyenda de Sybil, la hechicera virgen, era la causa de todo. Era evidente que Victoria estaba espantada de tener que recibir a una mujer a la que no consideraba más que una simple adivina de feria.

El único que parecía contento con la mudanza a la enorme mansión de la familia Ware era *Fog*. Desde el primer momento se le había visto embelesado por los extensos jardines.

Victoria miró a Leona por encima de una fuente de plata llena de frutas confitadas.

—¿Dice que llegó a Londres hace un año y medio, señorita Hewitt?

—Así es —respondió Leona con cortesía.

—¿Dónde vivía antes?

—En una ciudad pequeña a orilla del mar. Little Tickton. No creo que haya oído hablar de ella.

—¿Ya ejercía su profesión en Little Tickton?

—Así es, señora Milden.

—¿Durante cuánto tiempo?

Las preguntas se adentraban en un terreno espinoso. Leona decidió que era el momento de ensombrecer un poco la verdad.

—Trabajo profesionalmente con cristales desde los dieciséis años —dijo con cortesía.

—En Little Tickton —presionó Victoria.

—Mmm —asintió Leona tomando un bocado de patata. Pensó que no tenía ninguna obligación de decir la verdad. Tenía todo el derecho a la privacidad.

—He oído que quienes poseen un don para los cristales tienen tendencia a cambiar de sitio con mucha frecuencia —observó Victoria.

—Mmm... —Leona estaba concentrada en una zanahoria.

—Si le había ido tan bien en su profesión durante tantos años, ¿por qué se vio obligada a dejar Little Tickton para venir a Londres?

—Pensaba que aquí me iría mejor.

—¿Y ha sido así?

Leona le dedicó una sonrisa radiante.

—Claro, no tenga la menor duda.

Victoria entrecerró los ojos. «No le ha gustado mi sonrisa», pensó Leona.

—Su perro es muy poco común —continuó Victoria—. Casi llamativo, diría. Se parece un poco a un lobo.

—No es un lobo —aseguró Leona, alzándose de inmediato en defensa de *Fog*. Una cosa era que la ofendiera a ella. Pero no iba a permitir que Victoria insultara a *Fog*—. Está bien enseñado y es extraordinariamente inteligente. Puede sentirse segura a su lado.

—¿Dónde demonios consiguió un perro como ése?

—En Little Tickton. Apareció un día por la puerta de atrás. Era como si se hubiera materializado en la neblina. Le di de comer. Y cuando me di cuenta ya tenía un perro.

—¿Muerde?

Leona le concedió otra sonrisa deslumbrante.

—Sólo atacaría a alguien que él considerase que es una amenaza para mí.

Victoria frunció el entrecejo y miró a Thaddeus.

—Quizás el perro debería estar encadenado en el jardín.

Leona no esperaba que Thaddeus respondiera.

—Nada de cadenas —dijo Leona fríamente—. Y *Fog* duerme en mi habitación. Si eso no es aceptable regresaremos a nuestra casa en Vine Street.

Thaddeus se encogió de hombros y levantó su copa de vino.

—El perro parece estar bien enseñado —dijo a su tía—. Puede permanecer en el interior.

—Como quieras —dijo Victoria. Arrugó la servilleta en un gesto tenso y nervioso—. Si me disculpan, creo que me retiraré a mi habitación a leer.

La falta de cortesía fue asombrosa. Victoria estaba anunciando que no haría de anfitriona de una humilde manipuladora de cristales. Thaddeus se levantó para ayudarla con la silla. Haciendo frufrú con su costosa falda gris perla, Victoria salió del comedor.

Thaddeus miró a Leona con sus ojos hipnóticos y melancólicos.

—Le pido disculpas en nombre de mi tía. Perdió a su marido,

129

mi tío, hace un par de años y le cuesta superar su ausencia. Cuando mis padres supieron cuán deprimida estaba insistieron en traerla a vivir aquí. Me pidieron que viniera a cuidarla mientras ellos estaban en América.

—Comprendo. —Aquello ablandó a Leona en el acto. Ella era plenamente consciente de lo que suponía perder a un ser querido—. Lo lamento por su tía.

Él titubeó.

—Tía Victoria siempre ha tenido sus ataques periódicos de melancolía, pero desde que falleció mi tío esa tendencia ha ido empeorando. Creo que mi madre, en el fondo, teme que se hunda en una depresión y se haga daño a sí misma.

—Ya entiendo. Pero es evidente que mi presencia le molesta. Quizá *Fog* y yo deberíamos regresar a Vine Street.

—Usted no irá a ningún sitio —dijo él tranquilamente—. Excepto, tal vez, al invernadero.

—¿Qué?

—¿Quiere acompañarme al invernadero, señorita Hewitt? Hay algunas cuestiones personales de las que quiero hablarle y preferiría que fuera en un sitio donde no puedan interrumpirnos.

—Si está pensando en darme un sermón sobre la lamentable situación que viví hoy en mi consultorio...

—No —dijo él—. Sin duda me costará conciliar el sueño esta noche mientras me torturo pensando en lo que podría haberle ocurrido si Adam y yo no hubiésemos llegado a tiempo, pero le prometo que no habrá más sermones.

—Me parece muy bien.

Cuando Leona apartó la servilleta se dio cuenta de que tenía el pulso demasiado acelerado. Thaddeus le retiró la silla. Ella se levantó, muy consciente de que él estaba pegado a ella. En el momento que le ofreció su brazo ella se estremeció, percibiendo un hormigueo sensual en toda su piel. «Así y todo no puedo evitar corresponderle», pensó.

Le lanzó una mirada por el rabillo del ojo, pero le era imposible saber si al tocarla él sentía lo mismo. Su poder de autodominio podía ser sumamente poderoso. En cualquier caso, tal vez Leona no querría saberlo, pues era posible que él no sintiera nada en absoluto.

Sin embargo, podría haber jurado que había una energía en el aire alrededor de ellos, como la había habido la noche en que combatieron juntos los demonios en el carruaje. Algo extraño y maravilloso sucedía siempre que ella estaba con Thaddeus, algo que nunca había experimentado con otro hombre, ni siquiera con William Trover, el hombre con el que ella había pensado casarse.

*Fog* apareció como por arte de magia. Trotaba detrás de ellos sin hacer ruido, esperanzado. Thaddeus abrió la puerta del jardín y el animal echó a correr ansiosamente y enseguida desapareció en la oscuridad.

Thaddeus condujo a Leona por una terraza y un corto camino de grava. Las paredes de cristal del invernadero, graciosamente abovedadas, brillaban con opacidad bajo la luz de la luna. La luz de gas que iluminaba las ventanas de la biblioteca permitía ver a *Fog* husmeado entre los arbustos.

—Es evidente que mi perro disfruta de su hospitalidad —dijo Leona esforzándose en adoptar un tono neutro.

—Ya me doy cuenta de que usted no.

Ella dio un respingo.

—No he dicho nada que así lo indique.

—No necesita expresar su opinión respecto a mi sugerencia de instalarse aquí. Su parecer salta a la vista.

Ella se aclaró la voz.

—Si mal no recuerdo, no era una sugerencia. Más bien una orden, creo.

—Maldita sea.

La blasfemia murmurada valía más que mil palabras para hacerle saber que estaba tenso, tanto como ella. Por algún motivo la comprensión de este hecho le levantó el ánimo. «Piensa en positivo. Él también percibe la energía.»

—La traje aquí porque no podía ofrecerle nada más a fin de que estuviera a salvo —añadió tranquilamente.

—Comprendo, señor. Y le agradezco que se interese por mi bienestar. Perdone mi enfado de esta tarde. Ha sido una tarde un poco difícil.

—No sé por qué lo dice, señorita Hewitt. No considero que hoy haya sucedido nada fuera de lo normal. Uno de sus clientes confundió el tipo de terapia que usted ofrece y trató de acosarla sexualmente. Yo aparecí inesperadamente en su puerta cuando usted pensaba que ya se había librado de mí definitivamente. Y por último, pero no por eso menos importante, descubrió que un intruso había violado la intimidad de su hogar para robarle la piedra de aurora.

Bajo la luz de la ventana ella observó que sus labios se habían curvado en una sonrisa.

—Muy cierto, señor —dijo con voz enérgica—. Visto así es evidente que estoy reaccionando a los hechos de manera exagerada.

—No sólo usted, señorita Hewitt. Le confieso que las actividades de hoy también han afectado mi nervios.

—Tonterías. Sus nervios son de acero, señor Ware.

—No cuando se trata de usted, señora.

Él abrió la puerta del invernadero y la guió hacia el interior de la perfumada oscuridad. Los envolvía una atmósfera cálida y húmeda. Él se detuvo para encender una lámpara de gas. La luz tenue y brillante reveló una selva tenebrosa.

Ella miró a su alrededor deleitándose. Palmeras exóticas y plantas tropicales de toda clase esparcían sus grandes hojas sobre un extenso bosque de helechos y flores peculiares.

—Vaya hermosura de paraíso —dijo impresionada—. Es magnífico.

Thaddeus siguió su mirada.

—Por regla general, todos los miembros de mi familia cultivan sus pasiones con admirable dedicación. Este invernadero es la pasión de mis padres. Ambos poseen dones extraordinarios para la botánica. Juro que podrían hacer que crecieran rosas en las piedras.

Ella se quedó observando una mesa de trabajo en la que reposaba una colección de herramientas de jardinería. Una lona gruesa, impecablemente plegada, descansaba en un extremo.

—¿Su pasión es trabajar como detective? —preguntó volviéndose hacia él.

Thaddeus permanecía inmóvil, de espaldas a la luz tenue. Ella no podía adivinar cuál era su expresión.

—Sí.

Transcurrió una pausa prolongada.

—No todo el mundo lo entiende —añadió al cabo de un rato.

Ella se encogió levemente de hombros.

—No todo el mundo tiene una pasión. Puede que aquellos que carecen de una tengan cierta dificultad para comprender a quienes la tenemos.

Él asintió seriamente.

—Supongo que tiene razón.

Hubo otro silencio largo y profundo.

Ella buscó abrigo en su propia calma como si ésta fuera un chal.

—Bien, señor, usted dijo que había un asunto personal del que quería hablarme.

—Así es.

Ella frunció la nariz.

—Si va a decirme que no le gustó el hotelucho en el que Adam y yo le dejamos la otra noche, le pido disculpas de antemano. Comprendo que el establecimiento no estaba a la altura de gente como usted, pero parecía razonablemente limpio.

—No se trata del dichoso hotel —la interrumpió con aspereza—. Tiene que ver con lo que pasó en el carruaje antes de que usted y Adam me llevaran al Blue Drake.

—Comprendo. —Ella entornó los ojos, no veía nada—. ¿Se refiere a mis dones? Créame, soy consciente de que nadie de la

133

Sociedad Arcana tiene en alta estima a la gente que posee aptitudes como las mías. Sin embargo, no...

—Créame que los hipnotizadores paranormales tampoco estamos bien vistos dentro de la Sociedad.

—Oh. —Esto la hizo dudar—. No me había dado cuenta de que...

—Lo que quiero decirle es que me preocupa mi comportamiento de la otra noche.

—¿Cuál en particular? —le preguntó ella quedándose en blanco.

—No es fácil para mí hablar de esto, señorita Hewitt. Soy un hombre que se precia de su poder de autocontrol. Aparte de eso, recibí la educación de un caballero.

—No me cabe la menor duda acerca de eso, señor —dijo todavía confundida—. ¿De qué se trata exactamente?

—Soy consciente de que unas disculpas no son suficiente, dadas las circunstancias, pero es todo lo que puedo ofrecerle.

—Me gustaría saber a qué se refiere, señor.

Él sintió la mandíbula rígida.

—Comprendo. Quiere que reconozca la gravedad de mi ofensa. Le aseguro que estoy arrepentido. Nunca antes había forzado a una mujer. ¿Quiere saber por qué me puse tan furioso esta tarde al verla huir de su cliente? Porque la escena me hizo tomar conciencia de que la otra noche yo tuve el mismo comportamiento.

Ella sintió que se le aflojaba la mandíbula.

—Señor Ware...

—Comprendo que no pueda perdonarme, pero espero que confíe en que no volverá a repetirse.

Horrorizada se acercó a él en un impulso y le apoyó los dedos sobre su boca.

—Ya es suficiente —dijo. Súbitamente consciente de la fascinación táctil que le provocaban sus labios se apresuró a retirar la mano—. No quiero oír otra palabra de disculpa. Están de más. No le culpo por lo que sucedió en el carruaje. ¿Cómo puede siquiera pensarlo? Sé muy bien que estaba bajo la influencia de una droga nociva.

—Eso no me justifica. Verá, si bien estaba bajo los efectos de la droga sabía muy bien lo que hacía. —Su voz se oscureció—. Lamento decirle que actué deliberadamente.

Ella sintió un escalofrío de excitación. Procuró reprimirlo. Se recordó a sí misma que era una profesional. No era la primera vez que lidiaba con los sueños más íntimos de un cliente.

—Estaba alucinando, señor —dijo contundente—. Era como un sueño. Hay que admitir que se trataba de una experiencia sumamente intensa, sin embargo...

—Yo estaba en medio de una pesadilla. Pero usted no era una fantasía más, señorita Hewitt. Más bien era lo único en aquel carruaje que con toda certeza yo podía considerar real, la única visión en la que podía confiar.

—¿De verdad?

—Concentraba en usted cada pizca de voluntad que conseguía reunir, en un esfuerzo por evitar que los fantasmas me abrumaran irremediablemente.

—Comprendo —susurró ella que por fin empezaba a asimilarlo. Una vez más un soplo de realidad apagó la diminuta llama de esperanza que alumbraba su interior—. Tiene que haber necesitado una enorme dosis de energía para evitar hundirse en la pesadilla.

—Puede estar segura. Y lamento confesarle que todo el poder extraído provenía del aspecto más primitivo de mi naturaleza. Era la energía generada por una lujuria salvaje e ilimitada, señorita Hewitt.

Ella sentía que el calor se propagaba en su interior, hasta que tuvo la certeza de estar ardiendo de los pies a la cabeza. Deseaba de todo corazón que las sombras ocultaran su rubor. Tras unos carraspeos adoptó lo que esperaba que fuera un tono de voz profesional.

—No es necesario que añada nada más. Después de trabajar muchos años con cristales, estoy al corriente de que además del estado onírico hay otros aspectos de nuestra naturaleza capaces de generar una energía considerable. Cuando alcanzamos altos niveles de excitación, por así decirlo, todas las emociones básicas, como la pasión sexual, producen flujos intensos, incluso en aquellos que desconocen sus propios sentidos paranormales.

—Lamento confesarle que el deseo fue la única fuerza lo bastante poderosa para contrarrestar algunos efectos de la maldita droga.

—Lo cierto es que no, no fue la única —dijo ella.

Él frunció el entrecejo.

—¿A qué diablos se refiere?

—Por lo que pude apreciar mientras encauzaba su energía en el interior del cristal, le aseguro que usted podría haber invocado otra fuente de poder.

Él le dirigió una mirada inquisitiva.

—¿Qué otra fuente?

—Las energías que pueden extraerse del lado violento de uno mismo son enormes.

Él apretó los dientes.

—Sí, desde luego.

—Todos poseemos una capacidad para la violencia —dijo ella suavemente—. Lo que nos define como seres civilizados es nuestra capacidad de controlarla. Puedo asegurarle que la otra noche esa parte de usted estaba bajo control. Lo supe en ese mismo momento. Fue por eso que no tuve miedo.

Él entornó los ojos.

—Yo percibí su miedo. No finja que no le provoqué temor alguno.

—Escúcheme bien, señor Ware. —Al decir aquello Leona le apoyó una mano en el rostro y fijó su mirada en él con firme determinación—. Lo que usted percibió fue mi miedo de no poder salvarle.

Él no dijo una palabra; sólo se quedó de pie en la penumbra, contemplándola como si nunca antes la hubiera visto.

De repente ella advirtió la sensación de calor en sus dedos; apartó la mano de su rostro y puso la espalda recta.

—Quisiera recordarle que soy una profesional, señor. Soy consciente de que mis conocimientos no están bien considerados en el seno de la Sociedad Arcana. Sin embargo, en lo que se refiere a cristales, soy una experta.

—Si no se hubiera hecho con el control del cristal el final de todo aquello habría sido bien distinto.

—Reconozco que la situación se me escapó de las manos por un momento —dijo ella—. Usted es el cliente enérgicamente más dotado con el que he tenido que trabajar. Durante unos minutos en el carruaje los dos quedamos atrapados en el cristal, ya que sus flujos de energía eran muy potentes. Pero le aseguro que si usted hubiese perdido el control por completo para transformarse en la bestia que cree ser, el caos resultante habría tenido efectos devastadores. Es muy probable que ninguno de los dos hubiera sobrevivido a la experiencia, no al menos sin haber perdido el juicio.

—¿Está segura?

—Créame si le digo que la única razón de que pudiera dominar las fuerzas desatadas por ambos en aquel carruaje fue que usted todavía conservaba parte de sus poderes para el autocontrol.

—¿Cree que pude controlar el deseo que sentía por usted? —preguntó sin inflexión alguna.

Ella pensó que aunque fuese inmune a sus dotes de hipnotizador, cada vez que él pronunciaba la palabra *deseo* corría el riesgo de entrar en trance.

—Sugiero que cambiemos de tema —dijo a la ligera—. Definitivamente no tiene sentido que perdamos un minuto más hablando de lo que ocurrió en el carruaje. Desde luego no hace falta que se disculpe y no debe sentirse culpable en absoluto. Otra cosa sería si yo fuese una jovencita inocente que ha sufrido una conmoción nerviosa.

—Entiendo.

Ella creyó percibir un dejo extraño en su voz, pero no estaba segura. Parecía como si él estuviera intentando reprimir una emoción intensa. Estaba claro que seguía abrumado por el sentimiento de culpa. Ella pensó en otras palabras a fin de tranquilizarle.

—Como le estaba diciendo, soy una profesional —añadió con voz suave.

—Entiendo —repitió él.

—Además, he tenido experiencias de deseo.

—¿En serio?

—Hace dos años estuve prometida y a punto de casarme. Estoy segura de que no es necesario que me extienda sobre ese asunto, aparte de dejarle claro que en lo referente a esas cosas soy una mujer de mundo. —Leona hizo un ademán enérgico—. Créame que en ningún momento interpreté su pasión como algo personal, por así decirlo. Sé que usted sólo requería un foco de atención que le ayudara a controlar las alucinaciones. Y dio la casualidad que allí estaba yo y mi cristal.

—Le agradezco su aplomo, Doña Profesional.

Por primera vez en varios minutos él se movió, estrechando la escasa distancia que quedaba entre los dos. La luz atravesó su rostro severo. Por primera vez ella le vio sonreír. Demasiado para alguien que se siente abrumado por la culpa, pensó con desazón. La vergüenza la hizo sentirse incómoda.

—Bueno, ahora que ya hemos hablado del tema deberíamos regresar a la casa —dijo con brusquedad.

Con el borde de la mano él la cogió por la barbilla y levantó apenas su cabeza.

—Aún nos queda un problema por discutir.

Era difícil respirar con normalidad estando tan cerca de él. Se vio obligada a tragar un par de veces antes de poder hablar.

—¿De qué se trata? —preguntó con recelo.

—Ya ha pasado un tiempo desde que me libré de los efectos del veneno, pero me doy cuenta de que mis deseos más primitivos parecen estar concentrados por completo en usted.

Ella se quedó helada. De pronto la respiración se convirtió en una cuestión menor. Ya ni siquiera podía pensar.

Se humedeció los labios con la punta de la lengua.

—Concentrados, dice —alcanzó a repetir con la esperanza de conservar un tono profesional.

—Sí, señorita Hewitt, en usted.

# 17

—Además —prosiguió Thaddeus con una voz tan seductora como el reflejo de la luna en el agua oscura—, debería saber que el motivo de que la otra noche la encontrara verdaderamente apropiada para concentrarme es que ya me había fijado antes en usted.

—Pero si acabábamos de conocernos —dijo ella con la voz entrecortada.

—Cuando manda el deseo el tiempo no importa, no al menos para un hombre. Supe que la deseaba antes de salir de ese maldito museo. Mi pena más grande en aquel momento era saber que no viviría lo suficiente para hacerle el amor.

Un ardor emocionante la encandiló.

—¿De verdad? —alcanzó a susurrar.

Él observaba su rostro bajo el pálido fulgor de la lámpara de gas.

—¿Y tú qué me dices, Leona? ¿Sentiste que había algo entre nosotros?

—Sí. Sí que lo sentí —se apresuró a contestar, para luego dudar—. Pero más tarde me convencí de que las corrientes que fluían entre nosotros eran seguramente una consecuencia del peligro. El peligro excita energías oscuras de toda clase.

—Yo sé que estaba definitivamente excitado —dijo él.

—No me cabe duda de que todo lo que pasamos juntos habría llevado a un estado de excitación extrema a los individuos más serenos e imperturbables.

—¿Como nosotros dos?

Ella se humedeció los labios.

—Sí.

—Propongo un test científico para verificar su teoría.

—¿Un test?

—En este momento ninguno de los dos se enfrenta a un peligro extremo —explicó él—. Yo diría que es una ocasión excelente para comprobar si las emociones que experimentamos la otra noche se dan únicamente en tales circunstancias.

—Oh. —Ella vaciló—. ¿Cómo propone llevar a cabo ese test?

—La besaré, señorita Hewitt. Si le parece repugnante dígamelo ahora y suspendo el test inmediatamente.

—¿Qué espera probar con ese test?

—Si recibe mi beso con entusiasmo, llegaremos a la conclusión de que entre nosotros existe una clase de energía que no tiene nada que ver con el peligro, los efectos de la droga de Delbridge o su cristal. En resumen, señorita Hewitt, si ambos disfrutamos el beso podremos afirmar con certeza que nos vemos atraídos el uno por el otro.

—¿Y qué pasa si uno de los dos no disfruta el beso? —«Tú, por ejemplo», añadió ella para sus adentros.

Él sonrió.

—Me parece recordar que aquella noche al huir de la mansión de Delbridge usted insistía en las virtudes del pensamiento positivo. Esta vez seguiré su consejo.

Él pegó su boca a la de ella, caliente y embriagadora. Leona sintió cómo todos sus sentidos crepitaban, mientras los flujos irrefrenables de una energía sensual despedían chispas a través de ella. Una súbita sensación la estremeció: ingravidez. El deseo se propagó en su interior, arrastrándola hacia un torbellino excitante. Escuchó un sonido suave, apremiante, impregnado de hambre y súplica, y supo que procedía de su propia garganta.

Thaddeus liberó un gemido profundo y ansioso, como si a él también le hubiese cogido desprevenido aquella energía llameante y luminosa.

—Sabía que no era una alucinación —dijo sin despegar su boca. Frotaba sus labios contra los de ella, drogándola—. Dime que sientes el poder que fluye entre nosotros.

—Sí. —Ella le apretó con fuerza uno de sus anchos hombros, saboreando el vigor que latía en su interior—. Oh, sí.

Con el recodo del otro brazo él capturó su cabeza, se abalanzó sobre ella en un beso cada vez más hondo, hasta hacerla retroceder.

No había palabras para describir la miríada de sombras y matices de las corrientes lumínicas que latían en el aire a su alrededor. A diferencia de la vez anterior, cuando ella se había enfrascado en una batalla para salvar a Thaddeus de los efectos del veneno, ahora no imperaba ninguna necesidad de resistirse al poder del deseo. En aquella jungla rodeada de cristal ella era libre de entregarse al encanto básico de la pasión.

De uno en uno Thaddeus desabrochó los ganchitos que sujetaban el ceñido canesú de su traje. Ella no llevaba corsé. Al abrirse el vestido tan sólo el fino linón de una camisola transparente cubría sus pechos. Era como si estuviera desnuda. Él levantó la cabeza y la miró a los ojos.

—Qué maravilla —suspiró.

Le rozó un pezón con los dedos. Las sensaciones recorrieron el cuerpo de ella como una cascada. Se forjó una excitación intensa, deliciosa y dolorosa.

Impulsada por el tórrido y sofocante ambiente de sensualidad que los envolvía, ella quiso desabrocharle la chaqueta con manos ansiosas y temblorosas. Tras unos minutos de torpes intentos, él apresó sus dedos con delicadeza.

—Será mejor que yo me ocupe —dijo risueño e impaciente.

Se apartó lo suficiente para quitarse la chaqueta. Al acercarse nuevamente ella lo tomó por la cintura, deleitándose con aquel momento de intimidad. A través del lino de su camisa ella podía palpar la temperatura y el tono muscular de su cuerpo. El apetito que Leona sentía florecer en su interior se volvía cada vez más exigente.

Sujetándola con una mano, él estiró la otra para apagar la luz. Ahora sólo quedaba el tenue resplandor de la luna filtrándose a través del manto de hojas para iluminar aquel mundo tropical.

Thaddeus le deslizó el vestido hasta las caderas y de ahí hasta los pies. Luego le quitó la camisola. La pálida luz lanzó un destello fugaz sobre los volantes fruncidos de la enagua. Desanudó también esa prenda y la dejó caer al suelo.

—Quiero ver hasta el último rincón de ti —susurró.

A continuación le desabrochó las bragas, que descendieron sobre la mullida pila del resto de la ropa.

Por un instante la realidad retornó estrepitosamente. Estaba desnuda delante de un hombre por primera vez en su vida. Lo cierto es que estaba muy oscuro, y dudaba que él pudiera verla más de lo que ella le veía. Sin embargo era una experiencia chocante para la que ninguna preparación habría sido suficiente. Estaba a punto de dar un paso muy significativo y probablemente muy peligroso hacia lo desconocido.

La incertidumbre que se adueñaba de ella no tenía nada que ver con temores virginales o dudas respecto a los placeres del amor ilícito. Ella procuraba gozar de cada momento de ese aspecto particular de la experiencia. Pero había algo más; una cosa que ella no asimilaba del todo. Su intuición le decía que una vez que hubiera tomado este camino con Thaddeus no habría vuelta atrás.

—¿Thaddeus?

Pero él ya estaba inclinado sobre una rodilla delante de ella, desanudando sus botas de tacones altos. Se las quitó con sumo cuidado. Al terminar se aferró a sus muslos con ambas manos y besó su piel desnuda justo encima del triángulo oscuro.

Ella se estremeció y cerró los ojos ante la fuerza de tan exquisita cercanía.

Cuando él volvió a ponerse de pie, ella ya no podía concentrarse en lo que su intuición trataba de decirle.

Consiguió desabotonarle la camisa con dedos temblorosos. Al recorrer los pectorales desnudos con sus manos palpó todo el vello sedoso. Él la atrajo hacia sí con fuerza, triturándola dulcemente contra lo que parecía ser un sólido muro de músculos.

Esta vez la abordó con un beso lento e intenso. Ella podía percibir claramente su deseo de ser correspondido. Como si tuviera otra opción, pensó mientras le echaba los brazos alrededor del cuello.

Cuando Thaddeus alzó la cabeza, ella oyó su respiración violenta e irregular. Él le rodeó el rostro con ambas manos.

—Dime otra vez que no me tienes miedo —le ordenó bruscamente.

—No te tengo miedo, Thaddeus —dijo ella con ternura—. Nunca te he tenido miedo. Bueno, tal vez cuando te vi por primera vez en la galería de Delbridge junto al cuerpo de aquella pobre mujer. Pero enseguida me di cuenta de que tú no eras el asesino. Yo no creo que ese pequeñísimo instante de preocupación tenga alguna importancia, ¿tú que dices?

Él se rio a medias, mientras seguía gimiendo y la silenciaba con otro beso abrasador.

—Por supuesto que no, cariño mío —dijo cuando finalmente despegó su boca de ella—. Comprendo que en ese momento hayas tenido dudas acerca de mí. De hecho yo también las tuve acerca de ti.

—¿Dudaste de mí?

—Cuando te vi por primera vez con tu traje de caballero se me cruzó por la cabeza que podías ser el asesino.

Aquello la dejó pasmada.

—Santo cielo. ¿Yo? ¿Pensaste que yo podría haber matado a esa mujer?

—Fue sólo un pensamiento pasajero.

—Santo cielo —dijo de nuevo—. No tenía ni idea.

—¿Tenemos que hablar de esto ahora? Me temo que una conversación sobre un asesinato podría estropear este momento romántico.

—Lo siento —dijo ella enseguida.

La risa suave de Thaddeus la envolvió, alterando sus sentidos de la manera más deliciosa. Oyó el crujido de una tela gruesa. Al bajar la vista vio cómo él cogía la lona de la mesa de trabajo y la extendía sobre el suelo.

—No es un lecho de rosas —dijo él quitándose las botas—. Pero es todo lo que puedo ofrecerte esta noche.

—Así está perfecto —dijo ella.

Entró en la lona. Él se acercó a ella, descalzo, con la camisa abierta que le colgaba sobre los pantalones. Alargó la mano hacia el pequeño colgante de cristal que ella llevaba puesto. La luna lanzaba destellos misteriosos sobre la piedra.

—¿Quién te lo dio? —preguntó él.

—Es un regalo de mi madre.

—¿Tiene poderes o es sólo un adorno?

—Tiene poderes, pero rara vez los uso.

—Entiendo —dijo Thaddeus—. Es un recuerdo.

—Sí.

La estrechó entre sus brazos.

Juntos fueron sumergiéndose, más y más y más, hasta que ella quedó tendida de espaldas debajo de él.

Él pendía sobre ella en la oscuridad. La acariciaba lentamente, no sólo asimilando la textura de su cuerpo, sino también poseyéndola de un modo para ella inexplicable. Obligada a corresponderle, ella deslizó sus manos por debajo de la camisa y exploró los contornos de su espalda. Él tenía la piel caliente al tacto, resbaladiza de sudor. Su olor la invadió nublándole la mente por completo.

Él la besó en el cuello y descubrió entre sus piernas un corazón ardiente de sensaciones. Allí el efecto excitante de las caricias resultaba desmedido y abrumador para sus sentidos. Ella abrió la boca liberando un grito suave y agudo. Rápidamente él la silenció con un beso y luego levantó la cabeza.

—De noche todo se oye desde muy lejos —le advirtió.

Ella oyó su risa mordaz y se mortificó imaginando a los sirvientes que atraídos por el grito venían corriendo desde la casa.

Pero antes de que ese pensamiento pudiera inquietarla, él comenzó a dispensarle un trato delicado y reverencial, consiguiendo que la extraña tensión desapareciera.

Sin previo aviso ella estalló en sus manos, restregándose contra él mientras una sensación de liberación recorría todo su cuerpo. Ahora sí que habría gritado con ganas, sin importarle que toda la casa se despertara. Pero él ya estaba preparado. Una vez más oprimió su boca con la suya, ahogando su aullido.

Él cambió de posición antes de que cesaran los temblores, colocándose encima y guiándose en su camino con una mano. Se precipitó en ella, duro e implacable.

El sobresalto de la invasión la devolvió a la realidad de golpe y porrazo. Él se quedó helado, sumergido dentro de ella y mirándola fijamente, apoyado en los codos.

—¿Por qué diablos no me dijiste que nunca lo habías hecho? —preguntó. Las palabras parecían ahogadas en su garganta.

Ella flexionó los dedos contra sus hombros y acomodó el cuerpo con sumo cuidado.

—¿Eso habría cambiado las cosas?

Él dudó unos segundos, sus músculos seguían tan duros como piedras. Luego, gruñendo por lo bajo, su cabeza descendió y empezó a besarle el cuello.

—No —dijo—. No habría cambiado nada. Pero hubiese actuado de otra manera.

—Tenía la impresión de que todo marchaba bien. Así que sugiero que dejes tus quejas para más tarde.

—Excelente consejo —concluyó entre dientes.

A medida que él aumentaba la fuerza y el ritmo de sus embestidas, ella le abrazó. Sus hombros se volvían cada vez más resbaladizos y su respiración más áspera. Tras hundirse por última vez hasta lo más profundo su espalda se curvó con la tensión de un arco, y entonces alcanzó el punto culminante. A la luz de la luna ella vislumbró el destello de sus dientes al descubierto y sus ojos firmemente cerrados. La atmósfera tropical se llenó de chispas.

Una vez que aquello hubo acabado, él cayó cuan largo era encima de ella, saciado e inmóvil. Ella permaneció tranquilamente tendida bajo su cuerpo durante un largo rato, penetrando la oscuridad con la vista y sintiendo cómo él volvía a respirar con normalidad.

Ahora por fin comprendía aquello que su intuición había intentado advertirle. No habría vuelta atrás después de hacer el amor con Thaddeus, porque ahora ella estaba encadenada a él de una manera que no podía explicarse, y no sólo por las cadenas físicas de la pasión. Ésas, con el tiempo y fuerza de voluntad, podían romperse o al menos desgastarse drásticamente. La pasión, a decir de todos, era una fuerza potente pero transitoria.

No, las cadenas que la ataban a Thaddeus eran de carácter mental. El fundamento del vínculo que los unía había quedado consolidado la otra noche, cuando ambos habían formado un equipo en torno al cristal. Por alguna razón el físico acto sexual había afianzado y fortalecido ese lazo.

Ella no alcanzaba a comprenderlo del todo, pero ahora sabía que, pasara lo que pasara, nunca se vería librada de la relación que le unía a él.

# 18

Aquella noche el caballero apuesto y elegante estaba una vez más en el callejón, y la observaba envuelto en la niebla. Creía que ella no había reparado en su presencia. Annie se reía para sus adentros. Ella podía explicarle unas cuantas cosas: si te ganabas la vida en las calles reparabas hasta en los detalles más pequeños. Al menos si eras de las listas. Porque las chicas que no aprendían pronto la lección no sobrevivían mucho tiempo en la profesión.

Ella estaba orgullosa de ser una superviviente. Eso no era todo, sino que a diferencia de muchas otras chicas que se entregaban a la ginebra y al opio ella tenía planes. Los suyos no eran los típicos sueños imposibles a los que se aferraban tantas mujeres de su profesión: ridículas fantasías que por lo general consistían en esperar a que un caballero refinado las adoptara como amantes y las colmara de joyas, costosos vestidos y una casa propia.

Ella sabía muy bien cuál era la realidad. Un caballero adinerado podía divertirse de vez en cuando con una mujerzuela de la calle, pero nunca la elegiría como una de sus amantes. Las amantes costaban mucho dinero. Si un hombre gastaba dinero en una mujer, pretendía que ella estuviera tan en boga como su carruaje o su club: una actriz, tal vez, o una señorita refinada, educada y respetable de clase media o alta que, debido a una situación de quiebra o al fallecimiento de su esposo, se viera obligada a venderse al mejor postor. Y en cuanto a esas chicas tontas que aguardaban esperanzadas a que un señor distinguido se casara con ellas, eran simplemente unas ilusas.

No, sus sueños eran mucho más prácticos. Tenía talento para fabricar unos sombreros preciosos. Si disponía de unos minutos era capaz de crear una gorra con retazos de tela desechados y un ramo de flores artificiales baratas que se podía comparar con las más finas creaciones expuestas en los escaparates de las tiendas de moda de mayor exclusividad.

Distraída se tocó el ala ancha de su nuevo sombrero de fieltro verde. Lo había terminado un día antes. La pluma de avestruz colocada en el interior de la cinta verde era auténtica. La había encontrado en la calle delante de un teatro a principios de la semana anterior. Evidentemente se le había caído a una dama de su tocado de noche. Y había resultado ser el toque final perfecto para el fieltro verde.

Un día Annie iba a dejar la calle para siempre. Estaba ahorrando hasta el último céntimo para alquilar un local pequeño e instalar su negocio. Ninguno de sus clientes bien vestidos se imaginaría que ella se había visto obligada a trabajar como prostituta.

Se detuvo debajo de una farola y miró con el aire despreocupado de siempre hacia la boca del callejón. La silueta de aquel extraño elegante era apenas una sombra, pero ella supo que todavía seguía allí. Aparentemente era uno de esos caballeros nerviosos que tenían que armarse de coraje antes de acercarse a una chica.

Ella empezó a caminar lentamente hacia él, observándolo por debajo del ala inclinada de su sombrero de fieltro verde. No tenía intención de ahuyentarle. En esa parte de la ciudad no abundaban los clientes de clase alta como él, y menos aún en una noche de niebla.

—Buenas noches, caballero —dijo ella—. ¿Le interesa hacer un poco de deporte esta noche?

La sombra emergió del callejón y se aproximó a ella. A medida que se acercaba ella observó que se movía con demasiado garbo para ser un hombre. Sus pasos largos y tranquilos le hicieron pensar en un gato.

—Aquí afuera hace frío y está húmedo —continuó de la manera más incitante—. ¿Por qué no subimos a mi apartamento? Pronto le haré entrar en calor.

El hombre finalmente se asomó al deslumbrante círculo de luz proyectado por la farola. Entonces ella se dio cuenta de que había acertado en su apreciación acerca de él. Su vestimenta parecía costosa. Asimismo el bastón que empuñaba. Además de que era uno de los hombres más atractivos que ella había visto en su vida. El cabello recortado con esmero que sobresalía por debajo de su sombrero era dorado y del tono más pálido.

—Aceptaré tu invitación con mucho gusto, Annie —dijo con una sonrisita.

Ella se paró en seco.

—¿Cómo sabe mi nombre?

—Llevo tiempo observándote. Escuché que una de tus amigas te llamaba Annie.

Él ya estaba muy cerca, apenas a unos pasos de distancia. Por algún motivo ella sintió un escalofrío espantoso. «Como si alguien caminara sobre mi tumba.» Vaciló un instante. Ya había tenido sensaciones ocasionales similares con otros clientes. Por lo general le hacía caso a esos extraños presentimientos y rechazaba la transacción. Una chica tenía que actuar con precaución, sobre todo ahora que circulaban tantos rumores acerca de ese malvado que llamaban el Monstruo de la Medianoche.

Pero en este caso no parecía haber una razón lógica para sentir esos pequeños escalofríos. El elegante caballero parecía un ángel, un ángel inmaculado. Más concretamente parecía ser la clase de cliente que estaría feliz de dejar una propina extra por un servicio especial.

—La semana pasada le vi una o dos veces merodeando por aquí —dijo ella con cierta ligereza—. Me alegra que esta noche se haya decidido a hablar conmigo.

Para su sorpresa, eso le molestó.

—Tú no me habías visto hasta esta noche —replicó él con la voz ronca de ira—. Tu imaginación te juega malas pasadas.

Lo último que ella quería era perder a un cliente tan refinado por culpa de una discusión absurda.

—Tiene usted razón, señor —dijo sonriendo con coquetería bajo el ala de su sombrero—. A fin de cuentas usted es la clase de caballero con la que una mujer sueña en una noche como ésta. Tan guapo y elegante...

Él se relajó y volvió a sonreír.

—Ardo en deseos de conocer tu habitación, Annie.

Otra oleada de frío recorrió toda su espalda. Ella hizo un esfuerzo para ignorarla.

—Está encima de la taberna, señor —dijo.

Él asintió con la cabeza y miró hacia el fondo del callejón en el que había estado haraganeando un buen rato.

—Espero que haya una entrada posterior.

—No hace falta entrar por la cocina —afirmó ella—. Tengo un acuerdo con el propietario. A Jed no le importa que entre con mis clientes por la entrada principal.

A cambio de un revolcón gratis esporádico y una pequeña comisión, Jed le alquilaba una habitación sobre la taberna. Normalmente entraba con sus clientes por la puerta principal, pero si ellos eran tímidos ella usaba la entrada de la cocina. En cualquier caso Jed echaba un vistazo al hombre que subía las escaleras. Si uno causaba problemas o se volvía violento, ella lo delataba dando un par de patadas a la pared. Jed siempre acudía a rescatarla.

—Si no podemos subir a tu habitación sin que nos vean, me veo obligado a declinar tu invitación —dijo el hombre elegante con pesar—. Actualmente estoy haciendo la corte a una señorita de buena familia cuyo padre rechazaría mi petición de mano si se enterase de que me han visto con una chica de tu profesión.

Eso explica su timidez, pensó ella. Noviazgo y matrimonio eran negocios muy serios para los hombres de su posición. Sin duda había mucho dinero en juego. No quería arriesgarse a perder a una novia adinerada por un revolcón rápido con una prostituta. Un hombre en una situación tan delicada como la suya tenía que obrar con cautela, al menos hasta que se hubiera consumado la boda.

—Entiendo, señor —dijo ella—. Pues bien, entonces iremos por el callejón y entraremos por la cocina. Nadie sabrá que está conmigo.

—Gracias, Annie. —Él le ofreció una sonrisa angelical—. Desde que te vi supe que eras la chica que andaba buscando.

# 19

En los últimos minutos el ambiente del invernadero se había enfriado. Él sentía un calor agradable en la mitad frontal de su cuerpo, pues yacía despatarrado encima de Leona, pero a su vez Thaddeus era consciente de que la espalda indudablemente se le estaba helando.

A regañadientes se incorporó y se puso de pie. La luna proyectó un rayo de luz sobre el rostro de Leona cuando ella se sentó sobre la lona. Había algo nuevo en su expresión, algo que a él lo inquietaba. Alargó la mano hacia ella para ayudarla a levantarse.

—¿Estás bien? —le preguntó deslizando las palmas de las manos por sus tersos hombros de satén y la suavidad de la parte superior de sus brazos. Para él había estado bien y se sentía plenamente satisfecho. De hecho había sido una experiencia diferente a todas las que había tenido hasta entonces. ¿Cómo podía ser que el hambre volviera a desplegarse tan pronto en su interior?

—Sí, claro, estoy bien. —Ella forcejeó un momento con su pelo y luego se apartó bruscamente para recoger su camisola—. ¿Por qué no habría de estarlo?

Él la miró un instante, dudoso ante su extraño cambio de humor.

—¿Tal vez porque nunca antes has tenido un enamorado?

Ella se puso la camisola y con dificultad se subió la enagua hasta la altura de las caderas.

—Tonterías. Sí que lo tuve. Ya te lo dije, estuve prometida durante un tiempo.

Él estrechó la cara de ella entre sus manos.

—Sí, ya me has dejado bien claro que entre tu trabajo con los cristales y tu desengaño amoroso no tienes nada de inocente. Pero me temo que he tomado tus palabras al pie de la letra.

Ella retrocedió, sonriendo con frialdad.

—Como tú mismo dijiste hace un momento, no tiene mayor importancia.

—No, yo no dije eso. Dije que no habría cambiado mucho las cosas. No es lo mismo.

Ella se concentró al máximo en ponerse el vestido.

—Dígame, señor, ¿todos los hombres son tan habladores después de hacer esto?

—No puedo hablar por los demás. —Él cogió sus pantalones que estaban sobre la mesa de trabajo—. Yo por lo menos no, no suelo tener esta tendencia a conversar en exceso. —Se puso los pantalones, se abrochó el cinturón y recogió la camisa—. Pero todo esto también es nuevo para mí. Tú no eres la única inocente.

Ella hizo un alto mientras se abrochaba los corchetes de su vestido.

—Lo siento.

—De verdad te digo que lo que ha ocurrido esta noche entre nosotros no ha sido una experiencia como las demás.

Ella le miró con ojos profundos y —no había otra palabra con la que él pudiera definirlos— angustiados.

—La energía —susurró—. ¿Tú también la sentiste?

Él sonrió más relajado, ahora que ya sabía lo que a ella le preocupaba.

—¿Habría sido imposible no sentirla?

—¿Pero qué era? ¿Qué ocurre entre nosotros?

—Que me maten si lo sé. —Él se puso la camisa, demasiado relajado y satisfecho como para preocuparse por lo mismo que ella. El aura que les había arropado hacía un momento tenía un efecto muy muy grato. Él no veía motivos para hacerse preguntas—. Probablemente haya sido una variación de lo que nos sucedió la otra noche cuando las corrientes de nuestra energía colisionaron en la piedra de aurora.

—Sí, hubo algo que me recordó a ese momento —dijo ella todavía muy seria—. Pero, Thaddeus, he manipulado cristales muchas, muchísimas veces, incluso la piedra de aurora cuando yo era joven. Y te digo que nunca había experimentado nada parecido a las sensaciones que se produjeron esta noche.

Él buscó su corbata, casi seguro de que la había dejado sobre la mesa.

—Que hayan sido sensaciones únicas no es motivo de preocupación. No es la primera vez que oigo que cuando dos personas con poderes se unen en un acto pasional un tipo de energía poco frecuente se produce entre ellos.

—Yo nunca lo había oído.

Él ocultó una sonrisa.

—En la Sociedad Arcana siempre ha habido gente que sostiene que entre dos personas pueden forjarse gran variedad de vínculos, especialmente si ambas poseen un grado de talento significativo.

—¿Esos vínculos son comunes? —preguntó ella, más intranquila aún.

—No. Nacen a partir de determinadas emociones fuertes o hechos dramáticos con los que se identifican ambos individuos.

—¿Cualquier tipo de emoción fuerte puede producir esa clase de vínculo?

Él se encogió de hombros.

—Teóricamente, supongo. Pero lo cierto es que sólo las emociones más fuertes, como la pasión, son capaces de generar suficiente poder para efectuar el enlace.

—Pasión —repitió ella como si nunca en la vida hubiera oído

esa palabra—. Suele ser una condición muy pasajera, ¿no es así?

¿Una condición pasajera? ¿Qué esperaba ella del vínculo que los unía? Su buen humor se esfumó en un instante. Se esforzó por hablar como un conferenciante científico, en un tono calmo y desapasionado.

—En efecto, la pasión puede ser transitoria —coincidió—. O bien, puede tornarse muy intensa.

Ella frunció el entrecejo.

—¿Como una obsesión?

Él se echó la corbata al cuello y se la anudó con sus manos ágiles y expertas.

—O bien puede convertirse en amor. —Aguardó unos segundos, pero ella no dijo nada—. Cuéntame algo de tu antiguo amor.

Ella le miró con suspicacia.

—¿Por qué quieres saber de él?

—Supongo que siento curiosidad por ti.

—Ah. —Ella se sujetaba el pelo con alfileres mientras asimilaba sus palabras—. Bueno, se llamaba William Trover. Lo conocí cuando vino a verme como cliente en Little Tickton. Su padre es un inversionista adinerado.

—¿Y qué llevó a Trover a solicitar tus servicios?

—Padecía sueños que acrecentaban su ansiedad.

—¿Qué clase de sueños?

—Estaban relacionados con su padre. En sus sueños William siempre se veía en las mismas situaciones tratando de complacer a su padre desesperadamente. Nunca lo conseguía.

—Creo que puedo adivinar por qué las cosas entre tú y el joven Trover no acabaron bien.

—Sí, no me cabe duda. —Ella acabó con el pelo y se sacudió la falda—. Cuando el padre de William se enteró de que su hijo y único heredero se había prometido en secreto con una de esas «fraudulentas practicantes de tonterías paranormales», ordenó a William poner fin a la relación y le prohibió volver a verme.

—Y el joven William, naturalmente, obedeció a su padre.

—No tenía elección. El señor Trover le amenazó con desheredarle. —Ella suspiró—. En circunstancias normales no habría sido el fin del mundo. La relación que manteníamos William y yo no era de dominio público. Por tanto el final de nuestro compromiso no debería haber creado un escándalo, como generalmente ocurre.

La reputación de una mujer respetable puede verse arruinada por la ruptura de un compromiso, reflexionó él. Tales situaciones suponían como mínimo una enorme humillación. Siempre había chismorreos y especulaciones acerca de las razones por las que el caballero se había visto obligado a rechazar a la dama. ¿Acaso había descubierto que sus valores morales no eran de un orden superior? O —lo peor de todo—, ¿había dado ella una falsa imagen de su estatus económico?

—¿Qué ocurrió después? —preguntó discretamente.

—Supongo que debería haber previsto que las cosas no irían sobre ruedas, pero estaba enamorada, ya sabes. Y William me quería.

—Te dejaste llevar por tu optimismo natural y tu enérgica personalidad.

—Supongo que sí —admitió ella—. En cualquier caso, William vino a verme por última vez. Nos despedimos. Pero evidentemente al padre de William le preocupaba que su hijo pudiera flaquear e intentara desafiarle. Así que tomó medidas para asegurarse de que eso no ocurriera.

—Acabó contigo y con tu negocio.

—Trover hizo correr el rumor de que yo era poco más que una simple prostituta que mantenía relaciones sexuales con mis clientes. —Ella frunció la nariz—. Debo decir que tras los rumores empezó a irme bastante bien. Hubo un crecimiento considerable de la clientela.

—Apuesto a que eran todos hombres.

—Sí. Pero pronto los rumores llegaron a oídos de las esposas de mis clientes y mi negocio se derrumbó estrepitosamente. Era una ciudad pequeña. Ni siquiera podía andar por la calle sin ser objeto de comentarios escandalosos. No tuve más remedio que hacer las maletas y venir a Londres.

La contempló durante un largo rato, pensando en los flujos intensos de apasionada energía que habían electrizado la atmósfera del invernadero. Incluso ahora sus sentidos seguían resonando con el eco de una tormenta excitante.

Él sabía muy bien lo que eso significaba, aunque ella no lo supiera. Sus padres compartían la misma clase de vínculo. Y se rumoreaba que el Gran Maestro de la Sociedad tenía una relación similar con su nueva prometida. Pero su intuición le advertía que Leona aún no estaba preparada para enfrentarse a la realidad de lo que acababa de suceder. Ella todavía no llegaba a comprenderlo del todo. Necesitaba tiempo para adaptarse a su nuevo enlace; tiempo para darse cuenta de que ahora estaban irrevocablemente unidos para siempre.

—Los Trovers, tanto el padre como el hijo, se merecen que les azoten —opinó él—. Pero reconozco que me alegra que tuvieras que venir a Londres.

La estrechó entre sus brazos. La fragante noche caía sobre ellos. Él le desabrochó los corchetes del vestido por segunda vez.


Al cabo de un rato regresaron a la casa. *Fog* estaba esperándoles acurrucado delante de la puerta de la cocina. Se levantó y entró con ellos en el vestíbulo posterior.

Leona temía volver a encontrarse con Victoria. Era consciente de que estaba ruborizada de los pies a la cabeza y desaliñada por completo. Gracias a Dios parecía que la anciana no había vuelto a bajar las escaleras.

Las luces languidecían con un brillo muy débil y la casa parecía extrañamente silenciosa. Le pareció un poco raro que los sirvientes se hubieran retirado antes que los señores y su invitada, pero estaba demasiado distraída para prestar mayor atención a ese pequeño detalle.

Thaddeus le dio el beso de las buenas noches al pie de la escalera, con perezosa satisfacción.

—Sueña conmigo —le dijo dulcemente—. Porque yo soñaré contigo. —Le dedicó una sonrisa lenta e íntima—. Eso si consigo pegar ojo.

Ella sintió que volvía a enardecerse una vez más, y agradeció en su fuero interno que las luces apenas la iluminaran. Se recordó a sí misma que era una mujer de mundo y que no debía sucumbir a la charla seductora de un caballero.

—Hasta donde yo sé, uno no puede ordenar un sueño como quien ordena unos huevos revueltos para el desayuno —dijo ella—. Y por extraño que parezca, los sueños rara vez resultan agradables. De hecho, es asombrosa la cantidad de sueños que no sólo contienen un elemento estrafalario, sino también una buena dosis de angustia y desasosiego. De hecho, a menudo me pregunto...

Él se apresuró a silenciarla con un beso implacable. Cuando alzó la cabeza, ella supo que Thaddeus se estaba mofando, aunque en silencio. Le frotó con el pulgar la parte inferior de la mandíbula haciéndole sentir ligeros cosquilleos.

—Sueña conmigo —le ordenó con su hechizante voz de hipnotizador.

Aquellas palabras esparcieron sus sentidos a los cuatro vientos. Era la única reacción posible para evitar arrojársele encima y arrastrarle hasta caer al suelo.

Con evidente satisfacción, él dio un paso atrás.

—Buenas noches —dijo.

Ella dio media vuelta y desapareció por las escaleras, con *Fog* pegado a sus talones. Se detuvo en el descansillo y se volvió. Thaddeus seguía en la sombra al pie de la escalera, con una mano descansando sobre el poste abarquillado. Desde allá abajo le sonrió. Fue una sonrisa íntima y de complicidad que la dejó sin aliento. Luego él se dio la vuelta y enfiló sus pasos hacia la biblioteca.

Ella siguió andando de puntillas rumbo a su habitación al final del pasillo. *Fog* merodeaba cerca de ella. Sufrió un sobresalto al darse cuenta de que asomaba un haz de luz por debajo de la puerta de la habitación de Victoria. Apuró el paso, temerosa de que ésta abriera bruscamente su puerta y le endilgara un sermón sobre la bajeza moral de todos aquellos que se dedican a leer los cristales.

Pero la puerta de Victoria se mantuvo firmemente cerrada.

Leona sintió el enorme peso del silencio que reinaba en la casa. Algo no iba bien. La invadió un presentimiento siniestro. ¿Qué hora era?

Hizo un alto debajo de un candelabro de pared y echó un vistazo al reloj de cadena que llevaba colgado de la cintura de su falda. Las dos de la madrugada.

Reprimió un grito de horror. No era de extrañarse que todo el mundo estuviera ya en la cama. Ella y Thaddeus habían pasado un montón de horas en el invernadero. ¿Cómo era posible que hubiesen perdido toda noción del tiempo? Tanto Victoria como los criados debían de haberse imaginado que no habían estado admirando plantas exóticas hasta bien pasada la medianoche.

A este pensamiento le siguió otro que erradicó hasta la última sensación de alivio. Maldita sea, nada la salvaría de tener que enfrentarse a Victoria y a los criados durante el desayuno, consciente de que todos ellos sabían lo que había ocurrido en el invernadero.

Respiró hondo y puso la espalda recta. Ésa era la clase de cosas que había que aprender a manejar cuando una se convertía en una mujer de mundo. ¿Cuál era el problema si esa noche había perdido la virginidad? Ya iba siendo hora. A fin de cuentas tenía casi treinta años. Además, estaba convencida de que muy pocas mujeres llevaban a cabo esa proeza de una manera tan gloriosa. Recordaría esa noche por el resto de su vida; una noche de pasión en un jardín tropical.

Se apresuró a refugiarse en su habitación. Tras aumentar la luz de la lámpara se sentó en el borde de la cama para tranquilizarse. *Fog* bostezó, dio algunas vueltas en círculo y se echó.

De pronto supo que se sentía algo dolorida, como si ciertas partes de su anatomía se hallaran ligeramente magulladas. Se levantó, se quitó la ropa y se aseó en el lavamanos.

Se puso el camisón de noche y luego, al comprobar la temperatura gélida de la habitación, la bata y las zapatillas.

Al cabo de unos minutos supo que no iba a poder dormir, al menos durante un buen rato. Se acercó al baúl que había traído consigo desde Vine Street, lo abrió y cogió el diario de su madre.

Necesitaba dejar de pensar en lo que había sucedido entre ella y Thaddeus. Ya era hora de ponerse a investigar todo lo relacionado con la piedra de aurora.

# 20

A la mañana siguiente, poco antes del desayuno, Thaddeus advirtió una presencia que rondaba cerca de la entrada de la biblioteca. Levantó la vista de las anotaciones que estaba realizando. Victoria estaba de pie bajo el dintel de la puerta. Lucía una expresión peligrosamente inflexible.

De momento, él se sentía con una moral alta inusitada, teniendo en cuenta el hecho de que había perdido un cristal y le quedaban algunos crímenes por resolver. El día parecía estar empezando de maravillas. Hasta brillaba el sol en el jardín. Él comenzaba a preguntarse si no tendría que ver con todo aquel asunto del pensamiento positivo.

Sin embargo, tenía la impresión de que Victoria iba a alterar su reciente optimismo.

Se puso de pie.

—Buenos días, tía Vicky. Hoy te has levantado temprano.

—Siempre me levanto temprano. —Entró en la habitación y se sentó enfrente del escritorio—. Ya sabes que sufro de insomnio y pesadillas.

—Podrías hablar con la señorita Hewitt acerca de eso. Está muy capacitada para tratar ese tipo de problemas.

—Casualmente, he venido a hablarte de la señorita Hewitt.

Él tomó asiento y apoyó ambas manos juntas sobre la mesa.

—Me lo temía. Confío en que no nos llevará mucho tiempo. No quiero parecer grosero, pero estaba a punto de desayunar y luego tengo unas cuantas cosas que hacer.

—El desayuno —dijo ella— es la razón por la que estoy aquí.

—¿Ocurre algo con el desayuno?

—Esta mañana Leona solicitó a la criada que se lo llevara a su habitación.

Era evidente que Victoria esperaba que aquella noticia le dejara estupefacto. Él consideró el hecho con detenimiento, buscando la trampa. Sabía que estaba en algún sitio, pero por mucho que se devanara los sesos no conseguía detectarla.

—Entiendo —dijo. Era la expresión más útil, según había descubierto hacía tiempo, que uno podía emplear cuando estaba totalmente confundido—. Quizá la señorita Hewitt prefiera la intimidad por las mañanas.

Los hombros de Victoria estaban rígidos.

—No tengo la menor duda de que busca intimidad.

Una señal de alarma lo atravesó.

—¿Crees que no se encuentra bien? Anoche estaba perfectamente. ¿Tiene fiebre? Mandaré a llamar al médico ahora mismo.

—No es necesario que llames a un médico —dijo Victoria con aspereza.

Maldita sea. Debía de ser una de esas dolencias femeninas relacionadas con un periodo del mes. Pero si ése era el caso, ¿por qué venía Victoria a comentarlo con él? Las mujeres no hablaban de esas cosas con los hombres. De hecho, todo ese asunto era totalmente desconocido para los de su género. La única razón de que él tuviera un mínimo conocimiento del asunto era que, casi con dieciséis años, había desarrollado una enorme curiosidad por el cuerpo de la mujer. Un día su padre lo había encontrado en su habitación estudiando un antiguo libro de medicina y dos manuales dedicados al arte amatorio, los cuales había hallado escondidos en la enorme biblioteca familiar.

El libro de medicina estaba escrito en un latín terriblemente rimbombante, casi indescifrable. Los manuales, escritos en chino, eran aún más difíciles de entender. Sin embargo ambos volúmenes contenían ilustraciones muy elegantes, con detalles tan refinados y exquisitos como los que podían encontrarse en cualquiera de los cientos de libros de botánica que presidían la colección de su padre.

—Veo que tu interés intelectual se ha ampliado recientemente —le dijo su padre cerrando la puerta—. Demasiado como para prestarle atención al acuario que te compré la semana pasada. Creo que ya es hora de que tengamos una conversación.

El libro de medicina y los manuales aún se conservaban en la biblioteca. Había pensado regalárselos a su propio hijo algún día.

Thaddeus miró fijamente a Victoria.

—No tengo la menor idea de lo que esperas de mí, tía Vicky.

Ella alzó la barbilla de un modo inquietante.

—Soy la primera en reconocer que ayer me vi algo sorprendida de que trajeras a la señorita Hewitt a esta casa.

Él procuró serenarse.

—Dejemos en claro una cosa. Tú eres mi tía y tienes todo mi afecto y el más profundo respeto. Aun así, no permitiré que se ofenda a la señorita Hewitt.

—Bah, ahora una ofensa es lo de menos. El daño ya está hecho.

Se sintió dividido entre la rabia y una culpa escalofriante.

—¿De qué demonios estás hablando?

—No puedes ser tan insensible, Thaddeus. Te conozco de toda la vida. Esperaba algo mejor de ti.

—¿Me estás ofendiendo a mí, no a Leona?

—¿Crees que yo y todos los que vivimos en esta casa, desde la señora y el señor Gribbs, la cocinera y todo el personal de servicio hasta la pequeña Mary, la nueva chica para todo, no están al tanto de lo que ocurrió anoche en el invernadero?

Tuvo la sensación de haber sido alcanzado por un rayo.

—Todo el mundo estaba en la cama cuando visitamos el invernadero.

—Eso no significa que se nos haya pasado por alto la hora en que regresasteis a la casa —espetó Victoria enojada—. Las dos de la madrugada.

—Maldita sea —dijo él en voz baja. No había tenido en cuenta la reputación de Leona. Había estado demasiado pendiente de saborear una satisfacción intensa.

—Algunos de los sirvientes de tu padre te conocen desde que naciste —le recordó Victoria en tono de reproche—. ¿Qué estarán pensando ahora? La señorita Hewitt no llevaba ni una noche en esta casa cuando tú la llevaste al invernadero para seducirla.

—Maldita sea —repitió. No se le ocurría una expresión más útil. Y pensar que hacía sólo un instante sus reflexiones giraban en torno a un día precioso y una moral alta inusitada. Hasta ahí llegaban los poderes del pensamiento positivo.

—Y ahora esa pobre jovencita está encerrada en su habitación —prosiguió Victoria—. Demasiado humillada para bajar a desayunar. Probablemente se sienta ultrajada. Apuesto a que no deja de llorar.

—Supongo que debería estar agradecido de que el perro no se me arrojara al cuello —dijo agotado.

Se puso de pie, dio la vuelta a la mesa y se dirigió a la puerta.

Victoria se volvió desde la silla.

—¿Adónde crees que vas?

—Arriba, a hablar con Leona.

—No pensarás estar a solas con ella en la habitación. No mientras los sirvientes y yo estemos en la casa. ¿Es que no has tenido bastante?

Se detuvo en la puerta con una mano sobre el pomo.

—Supongo que es una pregunta retórica.

Victoria chasqueó la lengua en señal de desaprobación.

—Una última cosa antes de que subas.

Él advirtió otra mala señal.

—¿Qué?

—Espero que no te hayas olvidado del primer baile de primavera.

—Tía Vicky, en este momento el dichoso baile de primavera es lo último que se me pasa por la cabeza. En realidad me importa un bledo.

—Se espera que asistas, junto con los demás altos miembros de la Sociedad.

—¿Qué diablos tiene que ver eso con mi intención de subir a hablar ahora mismo con Leona?

—Pues depende.

—¿Depende de qué? —preguntó con la paciencia a punto de agotársele.

Victoria se sorbió la nariz con elegancia.

—De que quieras o no acompañar a la señorita Hewitt al baile.

—Maldita sea, ya está bien. Tía Vicky, por si no lo recuerdas, estoy intentando recuperar una reliquia muy peligrosa que está en manos de un hombre que ya ha envenenado a dos personas para apropiársela. Por si fuera poco, también intento descubrir la identidad de un monstruo humano que disfruta cortándole el cuello a las mujeres. No tengo tiempo para comprometerme a acompañar a alguien al baile de primavera.

Victoria levantó las cejas.

—Anoche sí que tenías tiempo para comprometerte con una mujer.

Él no se sentía capaz de responder a eso. De modo que abrió la puerta, salió de la biblioteca a grandes zancadas y subió los peldaños de dos en dos.

Al llegar a la puerta cerrada de la habitación de Leona, llamó con varios golpes fuertes.

—Adelante, Mary —respondió Leona.

Pese al enfado, él sintió que parte de su tensión desaparecía. La voz de Leona no parecía ahogada por las lágrimas.

Él abrió la puerta con discreción. Leona estaba sentada en el pequeño escritorio junto a la ventana. Nada más verla se le encogió el pecho. Ella llevaba un vestido verde de primavera adornado con cintas amarillas. El vestido, largo hasta el suelo, de

166

mangas largas y con un escote formal, era recatado en todos los aspectos. El estilo informal, importado de Francia, era de estar por casa. No requería ajustados encajes ni corsé. Las mujeres elegantes como su madre no tenían ningún escrúpulo en llevar esa clase de vestido hasta para el desayuno.

En un principio, sin embargo, cuando esa clase de vestido se estaba dando a conocer, había causado un gran revuelo. Los críticos clamaban contra la comodidad del estilo, declarando que su holgado diseño conduciría inevitablemente a una moralidad aún más holgada. Por primera vez él apreció la conmoción y el escándalo entre los grupos de mojigatos. Era innegable que había algo de sensual en la soltura y naturalidad con que el vestido cubría el cuerpo de una mujer; o al menos había algo muy sensual en la manera que ese vestido en particular cubría el cuerpo de esa mujer en particular.

Supo que no quería que ningún otro hombre viera a Leona con ese vestido, no importaba el largo de las mangas o la altura del escote.

—Puedes dejar la bandeja sobre la mesa —dijo Leona sin levantar la vista del diario de cuero que estaba leyendo—. Y gracias por el desayuno.

Él se cruzó de brazos y apoyó un hombro en la jamba de la puerta.

—Le puedes dar las gracias personalmente —contestó.

Ella se asustó y se giró bruscamente en la silla, con los ojos como platos.

—Thaddeus, ¿qué demonios estás haciendo aquí?

—Excelente pregunta. Se me dio a entender que pediste que te trajeran el desayuno a tu habitación porque no te sentías capaz de enfrentarte a tía Victoria en la mesa, por no hablar de la servidumbre.

—Cielos, qué tontería.

—Lo que a su vez daba a entender sin lugar a dudas que estabas en la intimidad de tu habitación llorando, con el corazón destrozado, porque te sentías ultrajada.

Ella frunció el entrecejo.

—¿Quién te dijo eso?

—Mi tía.

Leona contrajo el rostro.

—Comprendo. Estoy segura de que tiene buenas intenciones. Es una situación muy incómoda.

—Para ambos.

Ella pestañeó.

—¿Qué quieres decir?

—No eres la única aquí que arriesga su reputación. Está claro que mi tía y los sirvientes han llegado a la conclusión de que anoche abusé de ti de una forma despiadada.

—Comprendo. —Cerró el diario con sumo cuidado—. Deberá disculparme, señor. No pensé que el mero hecho de solicitar una bandeja de desayuno causara tanto alboroto. Me vestiré de inmediato y bajaré a desayunar.

—Se lo agradezco. No estoy seguro de que eso salve mi reputación, pero al menos no me veré obligado a hacerles frente completamente solo.

Ella sonrió.

—Estoy segura de que sabrías manejar la situación, si fuese necesario.

—Puede que sí. Pero se me ocurren otras experiencias a las que preferiría someterme.

—¿Como qué?

—Como que me arrancaran un par de dientes.

Ella se echó a reír.

—Una cosa más —dijo él poniéndose derecho.

—¿Sí?

—Antes de enfrentar al jurado en el desayuno me gustaría hablar contigo en la biblioteca.

A ella se le iluminó el rostro.

—¿Has averiguado algo sobre el cristal?

—No. Tengo que hacerte unas preguntas.

Su actitud se volvió recelosa en un santiamén.

168

—¿Qué clase de preguntas?

—Antes de que mi tía me interrumpiera para defender tu castidad, se me ocurrió que probablemente tú conocieras la historia reciente de la piedra de aurora más que nadie. Seguramente sabes más de lo que sabemos Caleb Jones y yo. El último informe verificado que encontramos es de hace casi cuarenta años. La última vez que tú viste la piedra tenías dieciséis. Fue hace diez u once años, ¿correcto?

—Once. —Una mirada esquiva y entrecerrada veló el brillo de sus ojos—. No sé qué podría contarte yo que te fuera de utilidad para hallar el cristal.

—Yo tampoco. Pero si hay algo que he aprendido en mi carrera de investigador es que a veces los datos más insignificantes pueden resultar muy útiles. Eres la única persona que conozco que puede manipular la piedra de aurora. Eso te da una percepción única. Quiero revisar cada detalle de la historia de tu familia que se relacione con tu carrera como lectora de cristales.

Una inmovilidad horrible se apoderó de ella.

—¿Cada detalle? ¿Es realmente necesario?

—En mi opinión, sí. Mi método de investigación es un poco primitivo. Lo llamo «levantando piedras hasta que la víbora aparezca», pero es extraordinariamente fructífero.

—Comprendo.

—Te estaré esperando abajo.

Thaddeus cerró la puerta suavemente y enfiló por el pasillo hacia la escalera, preguntándose por qué su proposición había encendido una llama de pánico en Leona.

# 21

Se puso el vestido más austero y hecho a su medida, uno de color marrón oxidado con oscuras rayas doradas, y se recogió el cabello en un moño alto. Al contemplar su reflejo en el espejo no le agradó. «Qué pena que no encuentre una excusa para llevar uno de mis sombreros de velo grueso», pensó. Todo sería más fácil si supiera que Thaddeus no podría ver su rostro. Aunque, por otra parte, quizá no ayudaría mucho.

Recordó que la noche anterior ya había previsto que ese momento llegaría. Pero el pensamiento positivo que utilizaba como filosofía le había dicho que no se obsesionara con esa posibilidad.

Un gemido leve le llegó desde el pasillo. Abrió la puerta y encontró a *Fog*, que la estaba esperando. La miró atentamente con sus ojos de lobo, como si hubiera percibido su angustia y viniera a ofrecerle consuelo.

Ella le dio unas palmaditas y le masajeó la zona sensible de detrás de las orejas.

—No tienes que preocuparte por mí. Seguramente el señor Ware se sentirá algo conmocionado cuando le diga quién soy, pero eso no viene al caso. Lo importante es el cristal. Tenemos que recuperarlo. Si yo dispongo de cierta información que contribuya a esa misión, se la facilitaré. Le contaré todo lo que sé.

Se dirigió al salón con *Fog* pisándole los talones. Desde lo alto de la escalera vio a Mary. La pequeña criada de figura rolliza subía las escaleras colmada de entusiasmo, pese a que llevaba una bandeja totalmente cargada. Traía un aire de agitación que apenas disimulaba.

Vio a Leona y se detuvo de golpe, confundida.

—¿Ha cambiado de opinión, señora? —preguntó.

—Sí. —Leona se armó de una sonrisa radiante—. Hace una mañana preciosa, demasiado agradable como para quedarme leyendo en mi habitación. He decidido desayunar con los demás.

Mary arrugó el rostro sin disimular su decepción.

—Sí, señora.

Abatida, bajó las escaleras y desapareció camino de la cocina.

«Le acabo de cortar las alas», pensó Leona. Pero ya estaba bien de agasajar al ama de llaves, la cocinera y el resto de la servidumbre con los chismorreos acerca de la pobre invitada a quien el señor de la casa había ultrajado la noche anterior. La dama en cuestión no era una flor humillada y encogida que se escondía en su habitación. Era una mujer de mundo.

La pequeña escena obró milagros y le levantó la moral. Con los hombros bien erguidos bajó las escaleras y se plantó delante de la puerta abierta de la biblioteca.

—Confío en que no nos llevará mucho tiempo, señor Ware —dijo con su mejor voz teatral, deseando que la oyeran desde la cocina—. Estoy hambrienta y me apetece desayunar.

Thaddeus dejó la pluma y se puso de pie. Tenía un gesto risueño grabado en la boca.

—En absoluto, señorita Hewitt. Estoy tan impaciente como usted por sentarme a desayunar. Mi apetito también parece estar en plena forma esta mañana, probablemente porque anoche dormí muy bien.

Él no precisaba alzar la voz para asegurarse de que le oyeran. Simplemente añadía una pizca de energía. Sus palabras se abrían paso por la biblioteca y retumbaban en todo el salón. *Fog* se alteró, poniéndose alerta de repente y emitiendo un suave gañido.

Leona miró con dureza a Thaddeus y bajó la voz.

—Deja de alardear.

—Perdona. —Él cruzó la habitación y cerró la puerta a espaldas de ella—. Te estaba siguiendo la corriente. He notado que en ocasiones posees un cierto don para el teatro.

Leona notaba que empezaba a sonrojarse, pero para cuando él regresó al escritorio ella ya se había serenado y le esperaba sentada con los pliegues de la falda meticulosamente dispuestos. *Fog* se tendió a sus pies.

Thaddeus se sentó de costado sobre una esquina de la mesa, dejando un pie apoyado en el suelo. La expresión risueña que por un instante había iluminado sus pétreas facciones desapareció.

—Dime todo lo que sabes sobre el cristal —ordenó—. Y sobre la conexión entre él y tu familia.

—A mi padre no llegué a conocerlo —empezó ella—. Murió cuando yo era muy pequeña. Me criaron entre mi abuela y mi madre. Ellas vivían y me mantenían trabajando con cristales. Las mujeres de mi familia siempre han poseído un talento especial para eso. Mi madre y mi abuela alcanzaron un nivel de vida confortable. Como tú bien sabes todo lo paranormal ha hecho furor durante varios años.

—Y a diferencia de muchos charlatanes y farsantes que hacen carrera con sus demostraciones en público, tu madre y tu abuela eran las únicas profesionales auténticas. Ellas sí que sabían manipular cristales.

—Mis propias aptitudes comenzaron a manifestarse cuando cumplí trece años. Se vio claramente que yo también poseía un don para los cristales. Mi madre y mi abuela me enseñaron los puntos claves del oficio.

—¿Tu madre y tu abuela eran miembros de la Sociedad Arcana? —preguntó Thaddeus.

—No. —Ella hizo una pausa para elegir las palabras con cierta cautela—. Sabían de la existencia de la Sociedad, pero nunca ninguna de ellas solicitó ser miembro.

—¿Por qué no?

—Supongo que para ellas no tenía ningún sentido —respondió Leona sin vacilaciones—. La Sociedad siempre ha mirado con malos ojos el tipo de talento que ellas poseían.

—Me temo que esa postura tiene su origen en una vieja leyenda que perdura dentro de la Sociedad.

—La leyenda de Sybil la hechicera. La conozco.

—En el entorno de la Sociedad se la conoce como Sybil la hechicera virgen.

Ella arqueó las cejas.

—Seguramente después de tantos años el estatus que le otorga su castidad es una cuestión menor.

Él sonrió levemente.

—No lo fue para Sylvester Jones, el fundador de la Sociedad. Está claro que ella no hizo caso de sus insinuaciones.

—¿Se la puede culpar por eso? Por lo que dicen era un hombre que ninguna mujer podía considerar romántico.

—Eso no te lo discutiré —coincidió Thaddeus en un tono seco—. Comprendo que tu madre y tu abuela se mostraran reacias a formar parte de la Sociedad. Lamentablemente la organización siempre ha sido muy aficionada a tradiciones y leyendas.

—Bueno, en fin, no puedo decir lo mismo de mi madre y mi abuela.

—¿Cómo fue que la piedra llegó a sus manos?

—Mi madre la encontró cuando era joven.

—¿La encontró? —repitió Thaddeus en un tono demasiado neutro.

Ella esbozó una sonrisa de acero.

—Así es.

—¿Tirada en el suelo en un lugar cualquiera?

—No, en una polvorienta casa de antigüedades, creo.

—Intuyo que hay algo más.

—De ser así, mi madre nunca me lo contó. Ella me dijo que un día pasaba por delante de una tienda y fue consciente de un cosquilleo perturbador. Al entrar se encontró con la piedra. La reconoció nada más verla.

—Te creo. Continúa, por favor.

Ella volvió a ordenar sus pensamientos.

—Durante algún tiempo las cosas nos fueron bastante bien a las tres. Luego mi abuela falleció. Dos años más tarde, en el verano que cumplí los dieciséis, mataron a mi madre en un accidente de coche.

—Te acompaño en el sentimiento —dijo él suavemente.

Ella respondió con una austera y leve inclinación de cabeza.

—Gracias. —Su mano descansaba sobre *Fog*, que se apretó contra ella—. La llevaban de regreso a la estación de tren después de una visita a un cliente rico que vivía aislado. Había tormenta. El vehículo cayó al río por el precipicio. Mi madre quedó atrapada en el coche y murió ahogada.

—Terrible.

—Llevaba la piedra de aurora consigo. El cliente le había insistido en que la usara, en concreto aquella vez que fue a visitarle.

La expresión de Thaddeus se acentuó de manera casi imperceptible.

—¿Aquel fue el día en que la piedra desapareció?

—Sí. El ladrón debió de pensar que cualquiera que estuviese interesado en la piedra la daría por perdida. Pero yo nunca creí que se la hubiera llevado el río.

—¿Crees que el cliente de tu madre planeó el accidente para encubrir al ladrón del cristal?

—En aquel momento ésa fue mi conclusión. Supe que era miembro de la Sociedad Arcana, ¿comprendes? No necesitaba más pruebas. Sólo un miembro de la Sociedad podía conocer el cristal y su poder.

—¿Cómo se llamaba el cliente de tu madre?

—Lord Rufford. —Ella respiró hondo—. Yo estaba convencida de que él tenía la piedra. Decidí averiguar dónde vivía. Finalmente me presenté en su casa para ocupar un puesto de criada.

Por primera vez Thaddeus parecía perplejo.

—Dios mío, mujer, ¿te metiste a trabajar en la casa del hombre que creías que había matado a tu madre? Vaya idiotez. —Hizo un alto con la mandíbula endurecida—. Quiero creer que no fue más arriesgado que entrar en la casa de Delbridge vestida como uno de sus sirvientes.

—En realidad fue más sencillo. Siendo como es la renovación de la servidumbre, especialmente en los niveles inferiores, no tuve inconvenientes en conseguir el puesto de chica para todo. Como bien sabes, es el puesto más bajo en el escalafón del servicio doméstico.

—No tiene que haber sido nada fácil.

—No lo fue. Pero así tenía una excusa para andar por toda la casa. Me pasé días vaciando orinales y fregando suelos. Pero fue en vano. No había ni rastro de la piedra.

—Supongo que nunca te descubrieron —quiso saber Thaddeus.

—No. Rufford era un señor muy mayor y estaba enfermo. Murió poco tiempo después de que yo dejara el trabajo. Al final tuve que llegar a la conclusión de que el accidente había sido planeado por otra persona.

—Alguien que estaba al corriente de que tu madre tenía una cita con Rufford y decidió que sería una oportunidad ideal para librarse de ella y robar la piedra.

—Correcto. Pero después de aquello estuve un tiempo sin poder seguir con la búsqueda del cristal, ya que me hallaba sin un céntimo.

—¿Te encargaste de los clientes de tu madre?

—Sucede que la gente es muy reacia a visitar a una mujer de dieciséis años para consultarle sobre un asunto tan íntimo como son sus sueños.

—Entiendo.

Ella enderezó la espalda y se centró en su relato.

—Una vez que ya había enterrado a mi madre y llevado a cabo mis inútiles investigaciones en la casa de lord Rufford, descubrí que me había quedado sin clientes. Además de que el director de la funeraria, un hombre sin escrúpulos, se había quedado con la mayor parte de lo que mi madre me había dejado. El hombre me engañó, pero no había manera de demostrarlo.

Él permanecía inmóvil, observándola con una expresión hermética.

—Tienes que haber estado realmente desesperada.

—Lo estaba. —Ella miraba más allá de él en dirección a la ventana—. El mundo se lo pone muy difícil a cualquier mujer que quiera iniciarse en una profesión, y luego todos se preguntan por qué tantas mujeres acaban en la calle.

—Te aseguro que a mí no tienes que sermonearme sobre ese asunto. Las mujeres de mi familia ya hablan del tema largo y tendido y con regularidad.

—Yo estaba considerando seriamente entrar al servicio de alguien, cuando apareció tío Edward.

—¿Quién es tío Edward?

—El único familiar cercano que me queda. Pertenecía a la familia de mi madre. Estaba de viaje por América cuando ella murió. Yo no sabía exactamente dónde se encontraba, así que no podía escribirle ni enviarle un telegrama para informarle sobre lo que había ocurrido. Pero él regresó a Inglaterra unos meses después y vino a verme inmediatamente. Comprendió mi situación económica y me invitó a vivir con él.

—¿Tu tío sabía de la existencia de la piedra de aurora?

—Por supuesto. Creí haberlo dejado claro. La piedra ha formado parte de mi familia durante generaciones.

—Excepto cuando no estaba —dijo Thaddeus en un tono neutro exasperante.

Ella le dirigió una mirada fulminante. Él no pareció darse cuenta.

—Háblame de tu tío.

Ella reprimió un suspiro y continuó.

—Para ser sincera, por aquel entonces no le conocía. Le había visto pocas veces cuando era pequeña. No venía a visitarnos con frecuencia. Sabía que mi madre y mi abuela le querían, pero no aprobaban su estilo de vida.

—¿Por qué?

—Entre otras cosas porque era actor. Siempre estaba haciendo giras, ya fuera aquí o en América. Además de que tenía cierta fama con las mujeres. En honor a la verdad, por lo que yo pude observar, no tenía que esmerarse mucho para atraer la atención femenina. Era un hombre de un aspecto distinguido y sumamente encantador. Las mujeres se le acercaban como abejas a la miel.

—¿Te trató bien?

—Claro que sí. —Ella insinuó una sonrisa—. Me quería mucho a su manera.

—Si ése es el caso, ¿dónde está ahora?

Ella bajó la vista hacia *Fog*.

—Está otra vez de viaje por América.

—¿En qué lugar de América?

Hundió los dedos en el pelaje del perro.

—No lo sé.

—¿Tu tío se largó a América y te dejó sola?

Ella frunció el entrecejo.

—Ya no tengo dieciséis años. Puedo cuidar de mí misma.

—¿Cuándo se marchó por última vez?

Ella vaciló.

—Hace casi dos años.

—¿Has tenido noticias de él?

—Recibí un telegrama de un policía de San Francisco en el que me informaba de que tío Edward había muerto en el incendio de un hotel. Eso fue hace dieciocho meses.

Thaddeus dejó transcurrir un silencio prolongado. Al mirarle ella se dio cuenta de que la observaba con un gesto pensativo.

—Tú no crees que él esté muerto —dijo.

—Tal vez me niego a aceptarlo. Tío Edward era el único familiar que me quedaba. Es difícil hacerse a la idea de que ya no tienes a nadie.

—Comprendo. Háblame de cuando vivías con tío Edward.

—¿Es realmente importante para tu investigación?

—No lo sé —admitió él—. Pero como te he dicho, me gusta obtener información. Cuanto más sepa, mejor.

—Es una historia un poco complicada —dijo ella.

—Te escucho.

—Mi tío sabía que yo había heredado el don de mi madre para leer los cristales. Me sugirió que empezáramos juntos un negocio familiar. Él sería mi representante.

—¿Cómo es que no llegó a la conclusión de que los clientes se mostrarían reacios a confiar en una persona tan joven?

—Como ya he mencionado, tío Edward tenía experiencia en el teatro. Me propuso la idea de vestirme como una viuda elegante, con un velo grueso y todo. Los clientes me tomaban por una mujer mucho mayor y más madura. También les gustaba el aire añadido de misterio que me proporcionaba el disfraz.

Thaddeus la miró sonriente.

—Tú tío sabía lo que hacía.

—Sí. La verdad es que resultó tan efectivo que seguí vistiéndome de viuda incluso después de mis veinte años.

—¿El negocio fue bien?

—Oh, ya lo creo, durante varios años nos fue de maravilla. —Ella hizo una pausa—. Hasta que a tío Edward se le ocurrió su plan de inversión.

Thaddeus entornó apenas los ojos.

—¿Plan de inversión?

—Mi tío creía que en el oeste americano se podía hacer fortuna, especialmente en minería.

—Minería —repitió Thaddeus.

Ella no llegó a darse cuenta de lo que él estaba pensando, de modo que continuó.

—Tío Edward tenía oportunidades de sobra para conversar con mis clientes, ya que él organizaba las citas. Estaba convencido de que un proyecto minero en el oeste americano prometía grandes beneficios. Cuando quisimos darnos cuenta varios caballeros insistían en darle dinero para que invirtiera en la empresa.

Thaddeus hizo una mueca con la boca en señal de disgusto y dio una patada a la esquina de la mesa.

—Y el bueno del tío Edward se embarcó hacia América hace dos años con cientos de miles de libras de tus clientes y desde entonces no ha dado señales de vida.

Ella se quedó petrificada.

—Estoy segura de que un día volverá con todos los beneficios.

Él enseñó una sonrisa de oreja a oreja.

—Con que tú eres la sobrina de Edward Pipewell.

Ella alzó la barbilla orgullosa.

—Así es.

La risa brillaba en los ojos de Thaddeus.

—La mujer que ayudó al doctor Pipewell a desplumar a algunos de los hombres más ricos de la Sociedad Arcana.

—Mi tío Edward no les robó —dijo ella sintiendo una furia intensa y repentina—. Preparó un plan de inversión. Si las cosas luego no fueron bien él no tuvo la culpa.

Pero ella estaba gastando saliva. Ahora Thaddeus se desternillaba. Su risa eran tan estridente que quizá no llegara a oír lo que ella le estaba diciendo. Se reía a carcajadas, aullaba, las risas se multiplicaban.

*Fog* le observaba con curiosidad, con la cabeza ligeramente inclinada a un costado. Leona estaba paralizada, no sabía qué hacer.

La puerta de la biblioteca se abrió.

—¿Qué diablos ocurre aquí? —preguntó Victoria.

Thaddeus hizo un esfuerzo notable por calmarse, y enseñó a Victoria su sonrisa lobuna.

—Nada importante, tía Vicky —respondió—. Leona y yo ya íbamos a la mesa para desayunar.

—¡Bah! —Antes de retirarse al salón, Victoria fusiló a Leona con una mirada recelosa. Luego dio un portazo claramente desaprobador.

Leona miró a Thaddeus.

—Si no deseas seguir manteniendo una relación íntima con la sobrina del doctor Edward Pipewell, lo entenderé.

Él se levantó del escritorio, la risa todavía centelleaba en sus ojos.

—Tu parentesco con Pipewell me tiene sin cuidado. Yo no perdí dinero en el proyecto de inversión de tu tío.

Se inclinó sobre ella, la levantó de la silla y la sostuvo por la barbilla.

—¿Thaddeus?

—Creo que no hay nada que desee más que continuar con esta relación íntima, señorita Hewitt.

La besó con una dedicación que avivó la energía circundante. Al soltarla, ella tuvo que aferrarse al borde de la mesa para no caerse.

Él volvió a sonreír, plenamente satisfecho.

—Ya es hora de desayunar, ¿no crees?

# 22

Leona llamó tímidamente a la puerta de la habitación.

—¿Es usted, señorita Hewitt? —preguntó Victoria con su tono de voz áspero y sensato—. Puede pasar.

Leona abrió la puerta con desgana. A ella no le hacía mucha ilusión ese encuentro. La citación le había llegado después de que Thaddeus saliera para tener una breve reunión con Caleb Jones, según había explicado. Leona había salido al jardín con *Fog* y llevaba consigo el diario de su madre. Estaba sentada en un banquito leyendo cuando Mary, la criada, apareció.

—La señora Milden me envía para decirle que quiere verla, señorita. —Mary miraba a *Fog* de reojo y con desconfianza, mientras el animal olfateaba algunas hojas en la base del muro del jardín—. Ha dicho que estará en su habitación.

Había sonado casi como una orden de su alteza real.

Leona se quedó de pie en la entrada de la habitación, mirando a Victoria, que estaba sentada ante un bonito escritorio.

—¿Quería hablar conmigo? —le preguntó Leona con cortesía.

—Así es. No se quede titubeando en el pasillo. Entre y cierre la puerta.

Sintiéndose como un sirviente más, Leona obedeció.

—Deseo hablar con usted de un asunto personal —anunció Victoria.

«Ya está bien», pensó Leona. Al fin y al cabo convertirse en huésped de la casa no había sido idea suya.

—Si se trata de mi relación con el señor Ware —expresó fríamente— no tengo intención de hablarlo con usted.

Victoria hizo una mueca.

—No tengo nada que decir respecto a eso. Es bastante obvio que estáis hechos para ser amantes. Se trata de otra cuestión totalmente ajena a ello.

—Entiendo —dijo Leona, desorientada por completo.

—Tengo entendido que usted es algo así como una experta en sueños e insomnio.

Leona recordó la noche anterior, la luz encendida hasta altas horas de la madrugada, asomando bajo la puerta de la habitación de Victoria.

—Tengo un don para tratar las energías negativas que impiden a uno tener un sueño tranquilo —admitió con cautela.

—Muy bien, quiero contratar sus servicios.

Leona se atragantó.

—Bueno...

—Ahora mismo.

—Eh...

—¿Algún problema, señorita Hewitt?

—Eh, no, no, ningún problema —se apresuró a responder Leona—. Es sólo que tengo la impresión de que yo a usted no le gusto.

—Eso no viene al caso. Por el momento puede considerarme un cliente.

Leona estudió la situación desde todas las perspectivas sin hallar escapatoria, ninguna al menos que no implicara agitar la bandera de la cobardía. «Debes controlar a tu público. Nunca dejes que ellos te controlen.»

—Muy bien —dijo en su tono más profesional—. ¿Qué es lo que le pasa?

Victoria se levantó. Su postura era tan rígida como de costumbre, pero el sol de la mañana revelaba además el mapa de líneas y arrugas sobre su rostro. Al verla de pie junto a la ventana, Leona percibió el aura de cansancio que la envolvía.

—Desde que falleció mi marido no he descansado ni una sola noche, señorita Hewitt. Siempre que apago la luz me quedo despierta, a veces durante horas. Cada vez que consigo dormir me aquejan sueños oscuros. —Apretaba con fuerza las cortinas en un puño—. A veces me despierto llorando. A veces...

—Continúe.

—A veces pienso que preferiría no despertar —susurró Victoria.

El dolor y la tristeza desplazaron tanto la irritación de Leona como el recelo de la mujer. En un abrir y cerrar de ojos Victoria se había transformado en una paciente.

Leona empezó a caminar por la habitación.

—Muchas de las personas que vienen a verme piensan lo mismo —dijo serenamente.

—Sin duda cree que soy débil.

—En absoluto —negó Leona.

—Soy una mujer mayor, señorita Hewitt. Pero he disfrutado de una buena vida. He tenido la suerte de gozar de una salud excepcional y de tener una familia que me ha provisto de un hogar confortable donde pasar los días que me quedan. ¿Por qué me cuesta tanto dormir? ¿Por qué siempre que cierro los ojos tengo que soportar sueños perturbadores?

Leona apretó con fuerza el diario de su madre.

—Toda vida supone pérdidas. Mientras más vivimos, más pérdidas estamos obligados a soportar. Así es como funciona.

Victoria se giró hacia ella y se quedó contemplándola durante un instante prolongado y reflexivo.

—Me doy cuenta de que usted ya ha tenido que soportar algunas pérdidas, pese a que aún no ha cumplido treinta años.

—Así es.

Victoria volvió nuevamente la vista hacia el jardín.

—La suma puede ser pasmosa si una hace la cuenta después de muchos años. He sobrevivido a mis padres, a un hermano, a mi querido esposo, a una de mis hermanas y al hijo que murió con ella durante el parto, y a muchas de mis amigas.

—Mi madre estaba convencida de que es la pura acumulación de pérdidas lo que destruye el sueño en los años posteriores. El peso de toda esa energía negativa tiene un grave efecto en todos nosotros. Uno debe combatirla con pensamientos positivos.

—¿Pensamientos positivos?

—Los que trabajamos con cristales conocemos el poder de los propios pensamientos. Ellos contienen energías. La energía negativa produce más de lo mismo. La energía positiva puede contrarrestarla. Dígame, señora, ¿en qué piensa cuando está despierta por las noches?

Victoria se quedó tiesa. Luego se volvió lentamente. Leona sabía que no estaba viendo alucinaciones como Thaddeus la noche en que fue envenenado, pero la mujer tenía un aire embrujado que resultaba asombrosamente similar.

—Pienso en el pasado —susurró la señora Milden—. Pienso en cada uno de los errores que cometí. En las cosas que debería haber hecho. Pienso en las pérdidas.

—Iré a buscar mis cristales —dijo Leona.

# 23

Una hora más tarde ella se reclinó en su silla y miró a Victoria, que estaba sentada al otro lado del pequeño escritorio. El resplandor del cristal azul que descansaba entre ambas sobre la mesa fue palideciendo rápidamente ahora que ninguna de las dos concentraba su atención en él.

—Le advierto que puede ser un proceso agotador —dijo Leona amablemente—. ¿Está preparada?

—Sí, sólo que muy cansada. —Victoria miró el cristal con el ceño fruncido—. ¿Cuál es la técnica que utilizó para salvar a mi sobrino la noche en que fue envenenado?

—¿Se lo contó?

—Dijo que no sólo evitó que perdiera el juicio, sino que además le salvó la vida.

—Utilicé otro cristal, pero en fin, el proceso es el mismo. El señor Ware genera un poder considerable, por lo que disipar su energía negativa fue un reto difícil para ambos, pero lo conseguimos.

Victoria alzó las cejas.

—Tengo la impresión de que en realidad fue algo que les afectaba a ambos de manera muy intensa.

—Por favor, recuerde, señora Milden, puedo ayudarla a resol-

185

ver el problema del insomnio, pero no está dentro de mis posibilidades incidir sobre los motivos subyacentes de su melancolía.

Victoria puso la espalda recta.

—Si consigo dormir un poco y poner fin a los sueños angustiantes, yo misma podré lidiar con mis emociones.

Leona vaciló un poco, sin estar muy segura de hasta dónde debía llegar.

—Perdóneme si me entrometo demasiado en su vida personal, pero al encauzar su energía hace un instante no pude evitar notar que posee usted una cantidad apreciable de poderes paranormales.

Victoria hizo una mueca.

—Me temo que es cosa de familia. De ambas partes.

—A lo largo de mi carrera he encauzado la energía de mucha gente, incluida la que posee los sentidos potenciados. Gente como usted, señora Milden.

—¿A qué viene esto?

—He observado que aquellas personas con los sentidos más desarrollados a menudo sufren mucho de depresión y melancolía cuando no ejercen sus dones paranormales.

—Entiendo.

—Ellos tienen que encontrar la pasión si es que quieren alcanzar cierto grado de goce y satisfacción en la vida.

Victoria, estupefacta, frunció el entrecejo.

—¿De qué demonios está hablando? Le aseguro que si algo no busco es una relación ilícita. —Frunció los labios—. Eso es para mujeres de su edad. En cualquier caso, amo profundamente a mi marido y no me apetece reemplazarlo en mi corazón.

Leona tomó conciencia de que empezaba a sonrojarse sobremanera, pero se abrió paso decidida a terminar lo que había empezado.

—No estoy hablando de la pasión sexual, señora Milden. Ni del amor que una siente por un miembro de la propia familia. Me refiero a aquellas cosas que nos satisfacen en nuestro interior. La gente que posee fuertes aptitudes paranormales por lo general descubre una pasión que está relacionada con su talento.

—De verdad que no sé de qué me está hablando.

—El señor Ware trabaja como investigador. Eso le permite aplicar sus dones para la hipnosis de una manera positiva.

Victoria resopló ligeramente.

—Y sin necesidad de subirse a un escenario.

—Bueno, claro, eso también. Lo importante es que ha encontrado una vía de escape para que el lado paranormal de su naturaleza le aporte satisfacciones.

—Lo llaman el Fantasma, ¿usted lo sabía? —dijo Victoria en voz baja.

—¿Quién lo llama así? —preguntó Leona sobresaltada.

—La gente de la calle, sus informantes y aquellos que solicitan sus servicios pero que no pueden permitirse pagarle. Para serle franca, creo que corría peligro de convertirse en un auténtico fantasma hasta que se forjó su profesión de investigador privado.

—No estará diciendo que temía que pudiera acabar haciéndose daño.

—Eso no, tiene una fuerza de voluntad tremenda —dijo Victoria con firmeza—. Nunca le haría daño a su familia de esa manera. Pero antes de encontrar su pasión, como usted dice, había empezado a encerrarse cada vez más dentro de sí mismo. A sus padres había empezado a preocuparles su ensimismamiento. Parecía que estuviera de paso por la vida, por así decirlo, en lugar de vivirla.

—Comprendo.

—En cierto modo su talento le ha hecho las cosas más difíciles —explicó Victoria—. La gente que conoce su don no suele sentirse cómoda a su lado. Una de las consecuencias es que nunca ha tenido muchos amigos.

—Comprendo.

Victoria la observó atentamente.

—Es su talento lo que le ha impedido encontrar esposa. Naturalmente las mujeres no están dispuestas a casarse con un hombre como él, temen que las controle por completo valiéndose tan sólo del poder de su voz.

—Sí, claro, ya veo dónde está el problema —afirmó Leona con contundencia. Lo último de lo que quería hablar era de los problemas de Thaddeus para encontrar esposa. Intentó volver a encarrilar la conversación—. Él me contó que el magnífico invernadero que está ahí fuera es fruto del talento que poseen sus padres para la botánica. ¿Es ésa su pasión?

Victoria dudó un instante y luego asintió con la cabeza.

—Sí, supongo que sí. Es curioso, nunca había pensado en la profesión de Thaddeus ni en el invernadero en esos términos.

—Usted conoce muy bien a los miembros de la familia. Intente imaginar la vida de cualquiera de ellos sin sus pasiones personales.

—La verdad, no puedo. Si Thaddeus no se dedicara a su trabajo de investigación y Charles y Lilly no tuvieran el invernadero, bueno, no puedo imaginar qué sería de ellos.

—¿Se verían expuestos a la melancolía, quizá? —sugirió Leona sutilmente.

Victoria suspiró.

—Puede que tenga razón. Y pensar que siempre consideré esas cosas meras aficiones o pasatiempos.

—¿Puedo preguntarle qué tipo de don posee?

Victoria adoptó una expresión tensa.

—Me temo que mis poderes son bastante inútiles.

—¿A qué se refiere?

Victoria se levantó del escritorio y se tumbó en la cama. Acomodó la almohada debajo de su cabeza y cerró los ojos.

—Siempre he tenido un don que me convierte en lo que llamo, a falta de una palabra mejor, una anticasamentera.

—Nunca he oído hablar de esa clase de don.

—Desafortunadamente, para mí es de lo más normal. —Victoria se cubrió los ojos con un brazo—. Enséñeme una pareja de prometidos o cualquier matrimonio y yo le diré si están hechos el uno para el otro o no.

—Es extraordinario.

—Y como ya le he dicho, bastante inútil.

—No entiendo. ¿Por qué dice eso?

Victoria apartó el brazo y le lanzó una mirada de miope.

—No tiene mucho sentido comunicarle a una pareja de casados que han cometido un tremendo error. La mayoría no contempla el divorcio, sobre todo si hay niños de por medio.

—Pero ¿y los que están considerando casarse? Supongo que querrán saber si hacen buena pareja.

—Tonterías. He descubierto que muy pocas parejas entusiasmadas con la atracción mutua a primera vista quieren que les digan que no están hechos el uno para el otro.

Leona frunció el entrecejo.

—Me pregunto por qué.

Victoria volvió a cubrirse la vista con el brazo.

—Porque normalmente están embelesados o enceguecidos, según el caso, por otros aspectos más inmediatos, como la pasión, la belleza, la posición social o económica o simplemente el deseo de escapar de la soledad.

La soledad. Leona pensó que ésa había sido la fuerza impulsora que había motivado su interés por William Trover hacía dos años. En aquellos días se sentía muy sola. Al menos hasta que apareció *Fog*. ¿Habría estado dispuesta a oír a una casamentera que intentara advertirle que su boda con William sería un error?

—Entiendo —dijo suavemente—. Ésos son factores de peso.

—Hasta compartir una aventura arriesgada puede despertar la pasión en cierta gente —añadió Victoria con malicia.

Leona frunció la nariz.

—Sabía que no podría resistirse a regañarme por mi relación con el señor Ware.

—No se preocupe. Créame que no tengo intención de perder el tiempo.

Leona sonrió.

—Le estoy muy agradecida. Ahora bien, hablemos de su don de anticasamentera.

—¿Para qué, qué importancia tiene?

—Se me ocurre que el problema principal se halla cuando ejerce su don sobre personas que ya están emparejadas de un modo u otro.

Victoria hizo una mueca.

—¿Cómo podría aplicar mi talento si no?

—Bueno, por si le interesa, tío Edward siempre decía que la gente no valora los consejos a menos que paguen por ellos.

Victoria se quedó paralizada.

—Dios mío, ¿me está sugiriendo que entre en el negocio de las casamenteras?

—No tiene que pensarlo como su ingreso en una actividad comercial —se apresuró a decir Leona—. Usted podría ser una especie de consejera. Tendría que hacerse todo con suma discreción, desde luego.

—Eso como mínimo.

—Yo creo que si divulgara en ciertos círculos que estaría encantada de aconsejar a quienes estén buscando el compañero ideal para casarse, le lloverían muchos clientes solicitando su ayuda.

—Qué idea tan extravagante —dijo Victoria—. Por cierto, esta mañana hablé con Thaddeus. La acompañará al primer baile de primavera de la Sociedad Arcana este fin de semana.

—¿Qué?

—El nuevo Maestro, Gabriel Jones, y su prometida celebran su noviazgo. Evidentemente creen que los miembros de la Sociedad Arcana deberían ser más sociables. Si le digo la verdad, no estoy segura de que sea una idea muy acertada, pero ahora Gabriel está al frente y se nota que pretende hacer algunos cambios.

—Señora Milden, de verdad no me parece nada oportuno que yo asista.

—Gabriel ha llegado a la conclusión de que la Sociedad está demasiado aferrada a la tradición. Cree que a lo largo de los años ha habido demasiados secretos. Quiere que los miembros se comuniquen más entre sí. Todo ese disparate sobre preparar la organización para entrar en la era moderna. Se requiere que hagan acto de presencia todos los altos miembros de la Sociedad, y eso quiere decir todos los miembros de la familia Jones.

—Yo no soy miembro de la familia Jones.

—No, pero Thaddeus sí lo es.

—¿Qué? —Leona tuvo la sensación de estar cayendo por una madriguera en un cuento para niños—. ¿Thaddeus es un Jones? Eso es imposible. Su apellido es Ware.

—Es Jones por parte de madre. Una familia prolífica.

—Cielos. —Estaba tan anonadada que no se le ocurría nada que decir—. Cielos. Pero si es un Jones.

—He enviado un mensaje a mi modista —continuó Victoria—. Vendrá esta tarde a las dos en punto para enseñarnos algunos diseños para su vestido.

Leona luchaba por recoger los restos desperdigados de su inteligencia.

—Señora Milden, no quiero parecer grosera, pero no pienso acudir al baile de la Sociedad Arcana, y mucho menos acompañada por un miembro de la familia Jones.

Victoria apartó el brazo de sus ojos una vez más.

—Escuche, señorita Hewitt, si va a tener a un lío con mi sobrino lo menos que puede hacer es aprender a comportarse con serenidad. Esa expresión boquiabierta no le favorece en absoluto.

—Maldita sea, señora Milden...

—Tendrá que disculparme. Ahora voy a dormir.

# 24

Cuando entró en la biblioteca poco antes de las dos, ella le estaba esperando. Nada más verla Thaddeus supo que se avecinaba una tormenta.

Leona dejó el antiguo diario de cuero que llevaba consigo a todas partes y le lanzó una mirada feroz desde el sofá.

—Ya era hora, señor.

Con una sonrisa, él se agachó para acariciar a *Fog*, que se había acercado a saludarle.

—Se supone que esas dulces palabras de bienvenida en boca de una mujer tienen que ser un recibimiento cálido para cualquier hombre que regresa a su hogar, ¿no es cierto, *Fog*?

*Fog* respondió con una mueca y seguidamente le lamió la mano.

Leona frunció el ceño con gesto sombrío.

—No es momento para bromas, señor.

—Muy bien, intentemos con otro tipo de acercamiento.

Se dirigió al sofá, la puso de pie con gran esfuerzo, la mantuvo erguida y la besó apasionadamente. Antes de que pudiera resistirse, él la soltó. Ella se dejó caer otra vez en el sofá, completamente aturdida. Él aprovechó la ocasión para ponerse a salvo detrás de su escritorio.

—Entonces, a ver —dijo mientras tomaba asiento—, ¿a qué debo este simpático recibimiento?

—Esta mañana hablé con tu tía mientras estabas fuera. Dijo que tenía que acompañarte al baile de primavera de la Sociedad Arcana.

Thaddeus se reclinó en la silla.

—Si mal no recuerdo a mí también me comentó algo al respecto. —Alzó las cejas—. ¿Supone un problema?

—Por supuesto que supone un problema. Me es totalmente imposible asistir contigo a un acontecimiento como ése.

Su vehemencia inesperada le provocó un retorcimiento en lo más profundo. Hasta el momento el baile de primavera había sido para él tan sólo un movimiento más en el juego mortal que disputaba con el ladrón del cristal. Pero de repente todo adoptaba un carácter personal. Leona era su amante, maldita sea. Se suponía que las mujeres disfrutaban luciendo vestidos ostentosos mientras bailaban con sus amantes.

Vestidos ostentosos. Por supuesto. Tendría que haberlo sabido desde el principio. Leona no podía permitirse un vestido de etiqueta.

—Estoy seguro de que mi tía te encontrará un vestido apropiado, si es eso lo que te preocupa —dijo él.

—Da la casualidad de que la modista está a punto de llegar. —Ella agitó la mano desechando esa posibilidad—. El vestido es lo menos.

—Entonces, ¿qué diablos te preocupa tanto?

—La señora Milden dejó claro que el baile de primavera será un acontecimiento importante dentro de la Sociedad.

—Muy importante. Puedes considerarlo una gala real.

—En cuyo caso —concluyó ella en tono grave— debemos asumir que muchos de los inversores del proyecto de mi tío estarán presentes.

—Ah, conque ése es el problema. —Se acomodó en su silla un poco más relajado. No era el hecho de que no quisiera ir con él lo que la preocupaba; era el miedo de que la reconocieran como la sobrina de Pipewell. Eso tenía solución—. Descuida, no tienes nada de qué preocuparte —dijo.

—¿Estás loco? Hace dos años atendía en mi consulta a todos esos inversores. Si me reconocen, alguien llamará a la policía. Si no te importa mi reputación, al menos piensa en la tuya. La señora Milden me dijo que eras un Jones.

—Por parte de madre.

—Estoy segura de que tu familia se mostraría espantada si tu nombre apareciera en la prensa vinculado con el mío.

Él se echó a reír.

—Para que mi familia se espante hace falta mucho más que eso.

—Thaddeus, estoy hablando en serio.

—Por lo que me contaste, cuando trabajabas con tu tío siempre tomabas la precaución de llevar un velo grueso y realizar las sesiones en un cuarto oscuro.

—Tío Edward decía que a la gente le gustaba que hubiera un poco de misterio.

—Probablemente tuviera razón, pero sospecho que hacer que te disfrazaras de viuda fue su manera de protegerte por si surgía algún problema.

Ella pestañeó, desconcertada ante esa posibilidad.

—Nunca se me había ocurrido.

—Sin duda porque tu tío nunca mencionó que por una razón muy concreta te convenía permanecer en el anonimato.

Ella suspiró.

—Supongo que en ese sentido podría haber tenido sus preocupaciones.

—Ninguno de los inversores llegó a verte la cara, ¿correcto?

—Correcto.

Él abrió las manos de par en par.

—En ese caso no tienes que preocuparte de que alguien pudiera reconocerte en el baile. Para serte franco, incluso si tus clientes te hubiesen visto la cara durante las sesiones dudo mucho que hubiera algún problema.

—¿Por qué lo dices? —preguntó ella confundida.

Él sonrió.

—La gente ve lo que espera ver. No te reconocerían por el simple hecho de que nadie se atrevería a pensar que la sobrina de Pipewell tiene el temple necesario para aparecer en el baile de primavera cogida del brazo del sobrino de quien fuera una de sus víctimas más prominentes.

—¿Qué?

—Recordarás a lord Trenoweth. Fue el caballero que empezó a sospechar de Pipewell y dio la alarma que avivó el escándalo.

—Dios mío, ¿es tu tío?

—Por parte de madre.

—Dios mío. —Consternada, se hundió en el extremo del sofá—. Mi tío le sacó a Trenoweth varios miles de libras.

—Enfocándolo de una manera positiva, lo cual, según me han asegurado, es la mejor opción, él tenía recursos más que suficientes para afrontar la pérdida. Mi tío es un hombre rico. Pipewell hizo más mella en su orgullo que en su cuenta bancaria.

Ella ocultó el rostro entre las manos.

—No sé qué decir.

—Di que permitirás que te acompañe al baile del primavera.

Lentamente fue levantando la cabeza, con los ojos entrecerrados.

—¿Por qué te has empeñado en que vaya al baile?

Él se inclinó hacia delante y cruzó los brazos sobre el escritorio.

—Reconozco que cuando mi tía lo mencionó esta mañana no era lo primero en la lista de prioridades. Pero he cambiado de opinión.

—¿Por qué?

—Porque puede ser que nos ayude a recuperar la piedra de aurora.

Durante un instante pareció que la había alcanzado un rayo.

—Thaddeus. —Se puso de pie y cruzó velozmente la habitación. Apoyando las manos sobre el escritorio se inclinó hacia delante, con los ojos brillantes de excitación—. ¿Asistir al baile de primavera es parte de tu plan para encontrar el cristal? ¿Pero cómo?

Él volvió a repantigarse en la silla, deleitándose con la dulce estela de su aura altamente estimulante. Ella lo elevaba de una manera que ni siquiera podía intentar describir.

—Vengo de hablar con Caleb, un hombre capaz de tejer patrones partiendo de las hebras del caos. Algunos dicen que se excede en esa tarea. Sea como sea, ése es su don.

—Sí, sí, continúa.

—Ha realizado numerosas investigaciones en los últimos días. Como bien sabes, la piedra ha cambiado de dueño muchas veces en los últimos doscientos años, pero según Caleb siempre ha prevalecido un patrón.

—¿Qué tipo de patrón?

—Lo primero, todos los que han poseído la piedra han tenido alguna vinculación con la Sociedad Arcana.

—Eso está claro. Nadie ajeno a su historia conocería la leyenda.

—Correcto. Además, todos los que han ido detrás de la piedra en el pasado han sido coleccionistas obsesivos.

—O miembros de mi familia —puntualizó ella.

Él inclinó la cabeza.

—O miembros de tu familia. Lo importante es que siempre se ha tratado de individuos que trabajaban por su cuenta. Caleb tiene el presentimiento de que esta vez es diferente.

La comprensión iluminó el rostro del Leona.

—¿Porque esta vez ha muerto mucha gente?

—En parte, sí. Pero también porque hasta ahora Delbridge nunca había recurrido al asesinato para obtener una de las antigüedades que tanto codicia.

—Hasta donde sabes.

—Hasta donde sé —coincidió él—. Lo que ahora sabemos es que Delbridge está dispuesto a matar para obtener el cristal, pese a que no hay indicios de que pueda acceder a sus poderes.

—De modo que la pregunta es por qué codicia esa reliquia tan desesperadamente, ¿correcto?

—Correcto. Caleb está convencido de que hay algo más importante en juego. Cree que el asunto de la piedra de aurora puede estar relacionado con otro intento de robo. El del secreto más oscuro de la Sociedad Arcana, una fórmula inventada por Sylvester Jones.

—Entiendo.

—Hasta hace poco el elixir era sólo una leyenda, pero hace algunos meses excavaron la tumba de Sylvester y encontraron la fórmula dentro.

—Santo Dios —susurró ella claramente atemorizada—. No tenía ni idea.

Él sintió que se le erizaban los cabellos de la nuca. Aferrándose a los brazos de la silla se impulsó para ponerse en pie y fue a mirar por la ventana con vistas al invernadero.

—Inmediatamente después de que descubrieran la fórmula, hubo un intento de robo —continuó—. Gabriel Jones y la mujer que ahora es su prometida frustraron el plan. En ese momento se pensó que todo estaba resuelto. Y lo estaba, al menos en lo relativo a ese incidente. El loco que concibió la trama está muerto.

—¿Están seguros de eso? —preguntó Leona con recelo.

—No hay duda. Gabe y Venetia presenciaron su muerte, pero Caleb cree que ahora se ha abierto la caja de Pandora, por así decirlo. Teme que el primer plan, al no haber alcanzado el éxito por muy poco, pueda inspirar otro.

—Supongo que hay cierta lógica en ese hilo de pensamiento —dijo ella—. ¿Pero cómo se puede establecer la conexión entre la piedra de aurora y la fórmula de Sylvester?

Él se volvió. Ella le miraba paralizada.

—No lo sabemos —reconoció—. Lo único de lo que Caleb está absolutamente seguro es de que los miembros de esta nueva conspiración proceden de las más altas esferas de la Sociedad Arcana, hombres como Delbridge. Pero no basta con detenerle a él. Tenemos que descubrir la identidad de los otros.

La comprensión hizo que a Leona se le iluminaran los ojos.

—Y los miembros de las más altas esferas de la Sociedad Arcana asistirán al primer baile de primavera.

—Sí, ésa es la teoría en la que Caleb y yo nos basamos de momento.

Ella frunció el entrecejo.

—Pero ¿cómo vamos a identificarles? Si uno de ellos llevara el cristal encima, yo lo detectaría si estoy lo bastante cerca. Pero parece imposible que el ladrón acuda a una ceremonia formal con la piedra de aurora.

—Estoy de acuerdo. Cabe fácilmente en el bolsillo de un sobretodo, pero es demasiado grande para ocultarse en un traje de etiqueta. Echaría a perder la línea.

Ella sonrió ligeramente.

—Dicho por un Jones.

—¿Qué?

Ella se fijó en el nudo doble de su corbata y luego en los gemelos de plata y ónice.

—Una vez tío Edward mencionó que los hombres de la familia Jones eran conocidos por poseer cierta elegancia en el estilo.

Él se encogió de hombros.

—Se lleva en la sangre. Nuestros sastres nos adoran. Pero volviendo al tema que nos ocupa, el objetivo será identificar en el salón de baile a algunos de los otros que, además de Delbridge, estén involucrados en esta nueva conspiración.

—¿Cómo lo harás?

—En un momento durante la velada, Gabriel Jones se levantará y anunciará formalmente que la piedra de aurora ha vuelto a las manos de la Sociedad Arcana. La piedra es toda una leyenda dentro de la organización. La mayoría de los presentes llorarán de emoción al oír la noticia.

Los labios de Leona se curvaron en una sonrisa.

—Pero Delbridge y los demás implicados sin duda serán presas del pánico.

—El pánico crea un tipo de energía único. Deja un rastro

intenso. Habrá varios miembros de confianza de la Sociedad Arcana que son capaces de detectar esa clase de miedo.

—¿Qué tipo de don confiere esa habilidad?

—Muchos, en realidad. El pánico es una de las emociones más fáciles de detectar ya que es sumamente intenso y elemental. Yo puedo captarlo. Probablemente tú también, si da la casualidad de que estás cerca de alguien que se encuentra en estado de pánico. Es muy difícil de ocultar.

—¿Qué harás si consigues identificar a los otros conspiradores? —preguntó ella.

—Algunos cazadores expertos los seguirán y averiguarán a dónde se dirigen y qué hacen después del baile. Créeme, los que están implicados en este asunto nunca sabrán que les están siguiendo de cerca. Con suerte, uno de los maleantes nos llevará hasta la piedra. Si fallamos, al menos tendremos mucha más información de la que tenemos hasta ahora.

—En otras palabras, el baile de primavera será una trampa para los conspiradores.

—Así es —dijo él—. Y tú nos ayudarás a hacerla saltar. ¿Comprendes ahora por qué es tan importante para ti que asistas al baile conmigo?

La reluciente excitación de Leona creó tal dosis de energía en el ambiente que *Fog* gimió con entusiasmo y hundió el hocico en la palma de su mano.

Ella le agitó el pelo, mientras una sonrisa misteriosa asomaba en su rostro.

—No me lo perdería por nada del mundo —dijo.

# 25

El alboroto del salón llegaba hasta la biblioteca a través del pasillo. Madame LaFontaine, la modista, estaba dotada de una voz áspera y estridente y un terrible acento francés propio de una mujer que probablemente había emigrado de un barrio situado más cerca del puerto que de París.

—... no, no, no, señorita Hewitt. El de seda gris no. *Absolument pas*. Se lo prohíbo. Es un tono de gris excesivamente apagado, totalmente inapropiado para combinar con sus ojos y su cabello. ¿Es que quiere pasar inadvertida?

Thaddeus dejó la pluma sobre el escritorio y miró a *Fog*, que había buscado refugio cerca de él. El perro estaba junto a la ventana, contemplando el jardín con anhelo.

Thaddeus se puso de pie.

—Comprendo que quieras salir. Ven conmigo.

*Fog* le siguió rápidamente y en silencio, las orejas gachas para protegerse de esa voz atronadora.

—¿Un sombrero con velo? ¿Se ha vuelto loca, señorita Hewitt? Nadie lleva un velo en un salón de baile, no con uno de mis vestidos. Flores de piedras preciosas en el pelo es lo único que le permitiré. Hablando de *les cheveux*, Maud, toma nota. Llamar al señor Duquesne para que peine a la señorita Hewitt el día del baile. Creo que sólo él puede crear un estilo lo bastante moderno para combinar con uno de mis vestidos.

Thaddeus sonrió para sus adentros. Pese a sus intentos por transmitirle confianza, parecía que Leona estaba haciendo todo lo posible por encontrar un disfraz para el baile de primavera. Él tenía la sensación de que ella estaba librando una batalla perdida.

Abrió la puerta de la cocina y dejó que *Fog* saliera al jardín. De regreso a la biblioteca hizo un alto en la puerta del salón y contempló risueño la escena delirante. Nunca había visto a Leona en un apuro semejante, ni siquiera al huir de la escena del crimen.

Madame LaFontaine, una diminuta mujer de facciones angulosas con un vestido azul oscuro elegantemente drapeado, dominaba la escena. Su tamaño de miniatura contradecía su voz imponente. Estaba de pie en medio de un montón de muestras de tejidos desparramados sobre la alfombra y esparcidos sobre la mesa, coordinando las acciones de dos ayudantas agobiadas. En una mano esgrimía un abanico plegado que agitaba como si estuviese dirigiendo una orquesta.

—*Alors*, apártese del satén gris, señorita Hewitt. —Madame LaFontaine dejó caer bruscamente el abanico sobre los nudillos de Leona.

—¡Ay! —Leona se apresuró a soltar la muestra de satén.

—Madame LaFontaine tiene toda la razón —declaró Victoria desde el otro extremo de la mesa—. Debe decidirse por los tonos brillantes.

—Muy acertado, señora Milden. —Madame LaFontaine le dedicó una mirada de aprobación y luego se volvió y señaló con el abanico a una de las ayudantas—. Tráeme la seda ámbar. Creo que será el complemento perfecto para los ojos tan peculiares de la señorita Hewitt.

Trajeron la prenda y la expusieron sobre la mesa. Victoria, que parecía mucho más animada de lo que Thaddeus la había visto durante años, se acercó para hacer una consulta a Madame LaFontaine. La pareja escudriñaba la seda de un color ámbar dorado como si se tratara del mapa de un tesoro.

—*Oui, parfait* —se pronunció Madame LaFontaine—. Lo haré con el miriñaque más elegante, el más delicado, y con una cola enorme, por supuesto. —Se besó las yemas de los dedos.

En ese momento Leona miró hacia la entrada del salón y vio a Thaddeus. Él contempló su expresión desesperada con cierta satisfacción, la saludó agitando la mano y siguió su camino por el pasillo. Estaba tan ansioso de salir a tomar el aire como *Fog*.

En la calle encontró un cabriolé, se subió y se apoltronó cómodamente dispuesto a meditar sobre el nuevo misterio intrigante que le había ocupado durante las últimas horas. Había salido a la luz mientras le explicaba a Leona que, según Caleb Jones, se enfrentaban a una conspiración peligrosa que tenía como objetivo robar la fórmula secreta del fundador.

Leona le había hecho muchas preguntas interesantes, pero había una muy importante que había pasado por alto; una que cualquier curioso habría formulado.

Ella no le había preguntado por la naturaleza y las propiedades de una fórmula tan peligrosa y poderosa que podía hacer que los hombres mataran para obtenerla. A él sólo le quedaba suponer que si no se lo había preguntado era porque ella ya conocía la respuesta.

Sólo unos pocos dentro de la Sociedad Arcana sabían la verdad sobre el propósito de la fórmula. El hecho de averiguar cómo Leona había accedido a ese conocimiento le resultaba realmente tentador.

# 26

—He decidido hacerme consejera de parejas —anunció Victoria.

Thaddeus levantó la vista del plato de salmón y patatas.

—¿Qué has dicho?

Victoria, sentada a medio camino entre los dos extremos de la larga mesa, lo miró fijamente y con una expresión desafiante.

—Ya me has oído.

—Claro que te he oído —replicó galante—. Pero no te he comprendido.

—He llegado a la conclusión de que los miembros de la Sociedad Arcana necesitan de mi talento particular a fin de formar alianzas matrimoniales apropiadas. Aquellos que están dotados de potentes aptitudes lo tienen muy difícil en ese aspecto, ya me entiendes. Tú eres un buen ejemplo.

Thaddeus miró a Leona, intentando aclararse.

—Creo que me he perdido parte de esta conversación.

Leona sonrió.

—Es una idea brillante. Tu tía tiene talento para ser casamentera.

—Ya veo —dijo él.

—También estoy en una buena posición para ayudar a la gente a elegir acertadamente a su cónyuge —prosiguió Victoria—. Después de todo he sido miembro de la Sociedad Arcana toda mi vida. Además, me casé en el seno de la familia Jones. Eso significa que tengo excelentes contactos en todos los niveles de la Sociedad. Podré indagar acerca de todos sus miembros para decidir quién debería conocer a quién.

—Es una idea interesante —dijo Thaddeus con cautela—. ¿Cómo piensas dar a conocer tus servicios?

—De boca en boca. Tú no te preocupes, pronto todos se enterarán.

—Ya lo creo —dijo Thaddeus que se divertía pensando en lo que diría su madre al enterarse de los planes de Victoria.

—Dispondré de un registro de aquellos que estén buscando pareja para casarse —dijo Victoria con todo el rostro iluminado de excitación—. Haré entrevistas y tomaré apuntes. La señorita Hewitt está convencida de que en poco tiempo estaré saturada de trabajo.

Él no había visto tan entusiasmada a su tía desde la muerte de su tío. Tenía que darle las gracias a Leona por esa transformación. De modo que le sonrió.

—Creo que la señorita Hewitt tiene razón —dijo. Se volvió hacia Victoria—. Aunque debo reconocer que nunca te imaginé fundando tu propio negocio, tía Vicky.

—La señorita Hewitt ha dicho que la gente no valora los consejos a menos que pague por ellos.

Él se echó a reír.

—La señorita Hewitt sabe de lo que habla.

# 27

Leona se despertó sobresaltada y se quedó quieta durante un instante, a la espera de que se desvanecieran los últimos fragmentos de un sueño desapacible. Luego se incorporó despacio, tratando de averiguar qué la había arrancado de su sueño agitado.

Un suave gruñido se escuchó en la penumbra de la habitación. Ella advirtió que no era la primera vez que *Fog* daba la señal de alarma.

—¿Qué ha sido eso? —Apartó las mantas y se levantó—. ¿Qué ocurre?

*Fog* estaba en la ventana, con las uñas clavadas en el alféizar, la cabeza de perfil recortada contra la luz de la luna. Ella se le acercó. Al tocarle sintió los músculos rígidamente tensos debajo de su pelaje.

Juntos miraban el jardín. Durante un rato ella no llegó a ver nada fuera de lo normal. Hasta que reparó en una luz parpadeante. Alguien se estaba moviendo entre los arbustos. Llevaba en la mano un farol que apenas alumbraba. Ella dejó de acariciar a *Fog*.

—Un intruso —le dijo—. Debo dar la alarma.

Pero justo cuando iba a darse la vuelta para dirigirse hacia la puerta, otra figura emergió de la cocina y se precipitó al encuentro de la figura que sostenía el farol.

—Es Thaddeus —le dijo a *Fog*—. ¿Qué demonios pasa aquí?

Allá abajo la pareja mantuvo una conversación muy breve. El hombre con el farol regresó por donde había venido, desapareciendo en la noche. Thaddeus volvió a entrar en la casa.

Ella salió disparada hacia la puerta de la habitación y la abrió con suavidad. *Fog* la siguió ansioso y trató de asomar el hocico por la estrecha apertura. Apenas se oían unos pasos que resonaban en la planta baja. Thaddeus estaba en el salón principal.

Ella abrió la puerta un poco más. *Fog* salió al pasillo de un salto y echó a correr hacia las escaleras. Ella se abrochó la bata y le siguió.

Cuando llegó a lo alto de la escalera vio a *Fog* que ya estaba en la planta baja dando saltos excitados alrededor de Thaddeus. La débil luz de un candelabro de pared alumbraba a los dos. Thaddeus vestía una camisa negra de lino, pantalones negros, botas y el abrigo negro que llevaba la noche en que ella le encontró en el museo de Delbridge.

Ella sintió una señal de alarma. Sujetando con fuerza las solapas de la bata, se aferró a la barandilla con la mano derecha y bajó a toda prisa. Thaddeus la esperaba en la penumbra al pie de la escalera.

—Debí suponer que no me iría sin despertar al perro, y a ti también —dijo.

—¿Adónde vas a estas horas? —Ella se detuvo en el último peldaño—. ¿Quién era ese hombre que estaba en el jardín, el que tenía el farol?

—¿Viste a Pine? —Él sonrió y le frotó la mejilla con el dorso de la mano—. Ya veo que tu sueño era tan poco profundo como el mío.

—Thaddeus, por favor, dime qué está ocurriendo.

Él bajó la mano.

—Ahora no tengo tiempo. Te lo explicaré todo por la mañana, lo prometo.

Ella advirtió su determinación y su urgencia, y comprendió que no podía hacer nada para detenerle.

—Podría acompañarte —dijo enseguida.

Él se sobresaltó.

—Sí, podrías. Pero no lo harás.

—En ese caso llévate a *Fog*.

—Él tiene que cuidar de ti. No te preocupes por mí, cariño. Estaré bien. Tengo experiencia.

—¿Todo esto tiene algo que ver con tu investigación?

—Así es.

Él se acercó y la besó implacable, como si ella le perteneciera y ésta fuese la forma de que nunca lo olvidara.

Un momento después salió al encuentro de la noche; la puerta se cerró tras él.

# 28

Su nombre verdadero era Foxcroft, pero como durante mucho tiempo todo el mundo le había llamado Red no creía que nadie salvo su madre lo recordara. Era alto y delgado, pelirrojo y astuto, y desde su nacimiento había sobrevivido en las calles más peligrosas de la ciudad. Sus instintos estaban bien afilados. Desde que empezara a tratar con el hombre que ahora le esperaba en el callejón, había tenido claro que era un tipo peligroso.

No había sido difícil llegar a esa conclusión. Cualquier hombre que se atreviera a concertar encuentros en los callejones oscuros de esa zona de la ciudad o bien era sumamente peligroso o un completo idiota. Inmediatamente después del primer encuentro, hacía dos años, Red supo que su jefe no era un idiota. Eso sólo dejaba lugar a la otra alternativa.

Red se detuvo en el débil círculo de luz proyectado desde la farola y echó un vistazo al interior del callejón. Creyó percibir una presencia, pero no estaba del todo seguro.

—¿Es usted, señor? —preguntó con cautela.

—Sí, Red, soy yo. Recibí tu mensaje. ¿Tienes algo para mí?

Su voz, grave e inquietante, siempre le hacía pensar en el trueno lejano de una tormenta que se aproxima. Red nunca le había visto la cara y le habría resultado imposible describirlo. No sabía su nombre. Pero en las calles nocturnas aquel caballero era conocido como el Fantasma.

En ocasiones a Red le daban escalofríos al pensar que podría estar trabajando para un muerto, pero nada contradecía el hecho de que, al menos en este caso, los muertos pagaban mucho mejor que los vivos, y Red tenía seis bocas que alimentar.

—Así es, señor —contestó. Se alejó del seguro círculo de luz y se adentró en las profundidades oscuras del callejón—. En la taberna dicen que esta noche ha muerto una chica y que anoche desapareció otra.

El Fantasma guardó silencio durante un instante. Duró lo suficiente para que Red empezara a preguntarse si el espectro se había evaporado en las tinieblas.

—Dime los nombres de las chicas y dónde viven —ordenó el Fantasma.

—La que murió se llama Bella Newport. Dicen que su cadáver todavía está donde lo dejó el Monstruo de la Medianoche, en un sótano debajo de su apartamento en Dalton Street. El hombre que la encontró no quería llamar a la policía por miedo a que pensaran que él la había matado. Le había cortado el cuello, como a las demás.

—¿Y qué hay de la otra chica, la desaparecida?

—Annie Spence. Trabaja en la calle delante de Falcon. El dueño de la taberna dice que estuvo enfrente debajo de la farola toda la noche. Aunque en ningún momento subió con un cliente. Él pensaba que en la calle debía de haber tan poco movimiento como en la taberna. Así que cerró temprano y salió para ver si a ella le apetecía hacer un poco de ejercicio. Pero ella ya no estaba. Él hombre está preocupado. Dice que no es propio de ella marcharse con un cliente.

—¿Alguien vio a alguna de las chicas hablando con un hombre más temprano?

—De Bella Newport no sabría qué decirle. Pero el tabernero me contó que Annie había estado flirteando los últimos días con un caballero que la observaba de vez en cuando. Ella decía que era muy elegante y que parecía un poco tímido a la hora de acercarse a una chica.

—Gracias, Red.

Al instante un carruaje apareció en medio de la neblina y siguió de largo. Red mantuvo la vista atenta en el callejón. Creyó ver un ligero cambio de sombras, pero no estaba del todo seguro. El traqueteo de las ruedas y el ruido seco de los cascos de los caballos se sobreponían a cualquier sonido de pasos, en el caso de que hubiera pasos.

Una vez que el vehículo se perdió nuevamente en la neblina Red supo que estaba solo. Avanzó despacio. Como de costumbre, el sobre estaba allí sobre el suelo de adoquín. Dentro había dinero, tal vez lo suficiente para comprarle una gorra nueva a su mujer. Bessie se pondría contenta. Ella no miraba con buenos ojos esa nueva profesión suya como ayudante de un fantasma, pero estaba muy a gusto con el salario.

Se metió el sobre abultado en el interior del abrigo y se encaminó a toda prisa rumbo a su casa. Una vez que estuviese sentado frente al fuego bebiendo a sorbos un té caliente, sólo entonces podría convencerse a sí mismo de que el hombre para el que trabajaba no estaba muerto.


Delante del edificio oscuro y ruinoso no había ningún agente haciendo guardia, ni tampoco gente reunida en la calle. Parecía que todavía nadie había avisado a la policía de la muerte de Bella Newport, aunque por los rumores que ya circulaban en el vecindario pronto se enterarían. Thaddeus sabía que no tenía demasiado tiempo.

Se prestó a oír atentamente, con todos sus sentidos bien despiertos, para asegurarse de que estaba completamente solo en la calle. No vio ni oyó a nadie más a su alrededor. Ni percibió corrientes de energía agitándose, nada que él pudiese detectar.

Satisfecho salió de la penumbra del sendero pedregoso de la entrada, asió el enrejado de hierro y descendió al patio del subsuelo del viejo edificio. Desde arriba las farolas de la calle alumbraban lo suficiente para revelar los escombros y las hojas en descomposición que se habían acumulado en el reducido espacio.

Oyó un ruido crujiente y rasante. Al instante dos ratas, evidentemente molestas por haber sido interrumpidas durante su búsqueda de alimento, subieron rápidamente los peldaños y desaparecieron por debajo del extremo inferior del enrejado.

Las estrechas ventanas, pensadas para permitir la entrada de la luz y el aire durante la mañana en la cocina de servicio, a esa hora permanecían oscuras e impenetrables. Tiró del picaporte con una mano enguantada. Éste giró fácilmente.

No bien abrirse la puerta lo alcanzó el hedor de la muerte. Levantó un brazo para taparse la nariz y la boca con la manga del abrigo.

Permaneció en el umbral durante un rato, tomándose el tiempo necesario para acostumbrarse a aquel ambiente horrible. Después de unos segundos cayó en la cuenta de que ninguna de las luces de la calle entraba en la habitación a través de las ventanas.

Cerró la puerta, encendió una luz y entonces comprendió por qué la iluminación exterior no penetraba los cristales. Las ventanas estaban cubiertas con una lona manchada que una vez había servido para cubrir el suelo de la cocina. Además, habían recortado pequeños cuadrados de la tela para fijarlos sobre los cristales superiores de la puerta.

El asesino había hecho todos los preparativos antes de matar. Había seguido los pasos de su víctima.

El cuerpo yacía sobre la mesa de la cocina, atado y amordazado. El cabello rubio y el vestido descolorido estaban empapados con la sangre que había brotado de la horrible incisión en el cuello.

Thaddeus se obligó a acercarse a lo que quedaba de Bella Newport. Era la primera vez que tenía la oportunidad de examinar a una de las víctimas del Monstruo de la Medianoche.

Contaba con que la mujer había sido asesinada con un cuchi-

211

llo. Se había corrido la voz de que las otras dos víctimas habían muerto del mismo modo. Después de todo los cuchillos eran el arma preferida de la mayoría en el mundo delictivo. A diferencia de las pistolas, eran silenciosos, eficaces y se conseguían fácilmente.

No contaba, sin embargo, con el pequeño pote de colorete que estaba sobre la mesa junto al cadáver.

# 29

—¿Crees que a Annie Spence la mató el mismo hombre que asesinó a la pobre mujer que hallamos en la mansión de Delbridge? —Leona apenas podía creer lo que acababa de oír. Por otra parte todavía no se había recuperado del susto provocado por la noticia de que Thaddeus estaba investigando los crímenes del Monstruo de la Medianoche.

Victoria miró a Thaddeus boquiabierta.

—¿Dices que el Monstruo de la Medianoche estaba en la fiesta de Delbridge? ¿Que era uno de sus invitados?

—No sé si recibió una invitación. —Thaddeus se frotó la nuca—. Pero estoy seguro de que estuvo allí aquella noche. También tengo la certeza de que es el cazador que he estado persiguiendo durante las últimas semanas.

Eran las cinco de la mañana pasadas. Estaban reunidos en la biblioteca. Leona y Victoria estaban en bata. Una de las cocineras que se había levantado para empezar con los preparativos del desayuno les había llevado una bandeja con té y tostadas. Leona no pudo evitar observar que el personal no se mostraba sorprendido por comportamientos que en otras casas habrían sido considerados definitivamente extraños.

Thaddeus era el único que no permanecía sentado. Estaba de

pie junto a la ventana y todavía llevaba su camisa negra, sus pantalones y sus botas. Una energía inquieta relucía invisible en el aire a su alrededor. *Fog* la había percibido un momento antes nada más entrar. Ahora el perro rondaba cerca de Thaddeus, siguiéndole cada vez que Thaddeus se desplazaba.

—¿Recuerdas aquel pote de colorete que estaba junto al cadáver del museo de Delbridge? —preguntó Thaddeus—. Tú lo pateaste.

Ella frunció el entrecejo.

—Recuerdo que pateé un objeto mientras intentaba quitarme tus manos de encima. —Se detuvo de golpe, consciente de que Victoria la miraba fascinada. Enseguida se aclaró la voz—. Es decir, recuerdo la puntera de mi zapato golpeando un objeto pequeño. Tú lo recogiste, pero yo nunca supe qué era.

—Un pote de colorete. —Él regresó al escritorio y señaló un pequeño pote de porcelana blanca decorado con rosas en miniatura—. El que encontré esta noche junto al cuerpo de Bella Newport se parece bastante a éste.

Los tres se quedaron contemplando el pote. Victoria se giró hacia Thaddeus.

—¿Qué tiene de especial un pote de colorete? —preguntó—. Dijiste que la pobre muchacha era prostituta. Todo el mundo sabe que esa clase de mujeres usan cosméticos.

Thaddeus frunció el ceño.

—¿Esa clase de mujeres? ¿Me estás diciendo que sólo los usan las prostitutas?

Victoria observó a Leona.

Leona carraspeó.

—Las actrices también usan cosméticos.

—Y las francesas, desde luego —añadió Victoria con aire sensato—. Una dama inglesa, sin embargo, sólo recurre a los más exquisitos tratamientos de belleza. Una puede tomar un baño suave y lavarse la cara con la más pura agua de lluvia aderezada con algunas rodajas de pepino o limón, pero nada más.

—Bueno, una también puede de vez en cuando aplicarse una

loción saludable para la piel hecha de nata y huevos blancos —opinó Leona.

—Pero nunca nada tan vulgar como el colorete —concluyó Victoria con firmeza.

Thaddeus se colocó las manos en las caderas.

—No me lo creo. ¿Vais a decirme que el rubor sonrosado que uno aprecia en los labios y mejillas de cada mujer que asiste a un salón de baile se debe a los baños diarios de agua de lluvia y pepinos?

—Las revistas femeninas proporcionan consejos para obtener ese brillo juvenil —admitió Victoria—. No es más que un simple artificio, como comprenderás.

—¿Qué clase de consejos? —quiso saber Thaddeus.

Leona se inclinó para servirse más té.

—Se recomienda que una se muerda el labio y se pellizque la mejilla con fuerza antes de entrar a un salón.

Thaddeus parecía serio e irritado.

—Ésas son tonterías y tú lo sabes bien. A los fabricantes de cosméticos les va de maravilla en Inglaterra. No me digas que hacen fortuna vendiendo sus productos únicamente a actrices, prostitutas y de vez en cuando a turistas francesas.

Leona dio un sorbo de té, mostrando una silenciosa deferencia hacia Victoria.

—Muy bien, Thaddeus —dijo Victoria conteniéndose—. A decir verdad hay muchísimos potes de colorete en los tocadores de toda Inglaterra, lo acepto. Pero tú no debes decir ni una sola palabra al respecto fuera de esta habitación. ¿Lo has comprendido?

Leona ocultó una sonrisa.

—La reputación de las mujeres de Inglaterra está en sus manos, señor.

Thaddeus se pasó una mano por el pelo.

—Toda esta tontería sobre si las mujeres usan cosméticos o no me parece inconcebible.

Victoria le dirigió una mirada reprobatoria.

—No se trata de lo que las mujeres respetables pueden hacer o no en la intimidad de sus dormitorios. Lo que intento dejar claro es que el uso de cosméticos es considerado una vulgaridad.

Tras sopesar esa observación, Leona miró a Victoria.

—Si un asesino quisiera resaltar que su víctima es una prostituta, podría dejar un pote de colorete en la escena del crimen.

Victoria asintió con la cabeza.

—Sí, sería un modo simbólico de señalarla como una mujer de la calle.

Las comisuras de los ojos de Thaddeus se estiraron ligeramente.

—En el caso de Bella Newport, hizo algo más que dejar el pote. Aplicó una gran cantidad de colorete sobre su rostro.

Victoria le miró horrorizada.

—¿El asesino le puso colorete en las mejillas? ¿Estás seguro de que no fue la misma víctima que se maquilló antes de que la mataran?

—Pude apreciar las zonas en las que el Monstruo tuvo que limpiar la sangre antes de aplicarle el maquillaje —dijo Thaddeus tranquilamente.

—Santo Dios. —Victoria se estremeció.

Leona frunció el entrecejo.

—¿Y qué hay de la mujer en el museo de Delbridge?

—En su caso no puedo afirmarlo —admitió Thaddeus—. Había poca luz, como recordarás, y no tuve tiempo de examinar el cadáver. —Thaddeus estudió el potecito que tenía en la mano—. Pero teniendo en cuenta que este colorete se hallaba en la escena del crimen, creo que podemos estar bastante seguros de que el asesino de aquella mujer es el Monstruo de la Medianoche.

—Un invitado en la casa de lord Delbridge. —Victoria meneaba la cabeza asombrada—. Pero ¿por qué haría una cosa así? Es una acción que no tiene lógica.

—Degollar prostitutas no tiene lógica —señaló Thaddeus—. Supongo que lo disfruta. Quizá los potes de colorete son la manera de dejar estampada su firma.

—Ese hombre debe de ser un demente —murmuró Leona.

—Un loco, quizá —coincidió Thaddeus—, pero no tiene un pelo de tonto. Es listo y consigue no salir de las sombras.

—Si Caleb Jones tiene razón y el Monstruo es un cazador, no es raro que haya evitado ser descubierto —observó Victoria.

Thaddeus seguía concentrado en el potecito.

—Un cazador que una noche al parecer escogió un tipo de presa distinta. La cuestión es por qué querría cambiar de modelo.

Leona alzó las cejas.

—¿Te refieres a la mujer muerta en la galería de Delbridge?

—Sí. —Thaddeus se apoyó en el canto del escritorio—. Sin importar lo que fuera, sabemos que esa mujer no era una ramera común y corriente. Era una profesional elegante y costosa. Y lo más interesante es que mi amigo de Scotland Yard me dijo que su muerte no había sido comunicada a la policía.

—Delbridge está ocultando el crimen —dijo Leona.

—El asesino saldrá a la luz —recitó Victoria suavemente.

—Esta vez parece que no —dijo Leona.

—No de momento, en todo caso —corrigió Thaddeus. Miró a Victoria—. Necesitamos información y la necesitamos ahora. Podrías ser mi ayudante, tía Vicky.

Los ojos de Victoria se dilataron.

—¿Quieres que te ayude en la investigación?

—Sólo si estás dispuesta —dijo Thaddeus—. Estoy seguro de que no supondrá ningún peligro.

Una alegría desconocida iluminó el rostro severo de Victoria.

—Para mí supondría un placer enorme llevar a ese asesino espantoso ante la justicia. ¿Pero en qué podría ayudar yo?

—Está claro que sabes mucho de cosméticos. Quiero que esta mañana vayas de expedición por las tiendas e intentes localizar el establecimiento en el que se vendió este pote de colorete. Evidentemente es muy caro. Eso debería reducir la lista de comercios que podrían vender productos de este tipo.

—Sí, por supuesto —dijo Victoria que aún parecía algo aturdida—. De hecho sólo se me ocurren unos pocos sitios donde venden estos cosméticos tan finos.

—¿Y qué pasa conmigo? —dijo Leona a Thaddeus—. Te aseguro que no voy a quedarme aquí sentada esperando mientras tú y tu tía investigáis.

Él sonrió.

—Hoy tú y yo vamos a visitar a un par de individuos. Creo que el primero conoce al asesino y podrá darme una descripción más detallada de él.

—¿En serio? Eso sería estupendo. ¿Quién es?

—Alguien a quien tú conoces bastante bien.

Ella le miró incrédula.

—¿Estás diciendo que conozco a alguien que conoce al Monstruo de la Medianoche?

—Me temo que sí —afirmó Thaddeus.

# 30

—Oiga, señora Ravenglass, ya le he dicho que no puede entrar con el perro en mi tienda. —Chester Goodhew se levantó de un salto de detrás del escritorio, mirando nervioso a *Fog*—. No es higiénico.

—Quizá no lo sea —dijo Leona. Sonrió detrás del velo negro de su sombrero—. Pero me he dado cuenta de que gracias a la mala calidad de los clientes que me envía últimamente necesito protección.

Sin saber que se le había insultado, *Fog* se echó en el suelo con las patas estiradas y se quedó observando a Goodhew fijamente.

Thaddeus había entrado detrás de Leona y *Fog*. Ahora estaba de pie a una escasa distancia, envuelto en su manto invisible de quietud y sombras, y contemplaba al médico con una expresión que, en opinión de Leona, tenía un notable parecido con la de *Fog*. Ambos miraban como si nada fuera a hacerles más felices que arrojarse al cuello de Goodhew.

Goodhew se fijó en Thaddeus por primera vez.

—Mis disculpas, señor —dijo al instante—. No le había visto. Supongo que ha venido a preguntar por el elixir vital masculino del doctor Goodhew. Enseguida estoy con usted.

—No se apresure —respondió Thaddeus. Le infundió a su voz una pizca de energía, la suficiente para expandir por toda la habitación una sensación de desastre inminente—. Estoy con la señora.

Goodhew palideció. Hizo un esfuerzo notable por tranquilizarse y se volvió hacia Leona.

—¿Qué es eso de la mala calidad de los clientes?

—Tenemos un acuerdo, doctor Goodhew —replicó ella seca y cortante—. Su parte del trato consiste en asegurarse de que la gente que me envía son clientes legítimos que necesitan de mis servicios como manipuladora de cristales. A cambio usted recibe una buena parte de mis honorarios. Pero el caballero que me envió anteayer, el señor Morton, parecía convencido de que mi especialidad de trabajo era algo distinta.

Goodhew alzó la cabeza. Su inquieta mirada se paseó de *Fog* a Thaddeus.

—No sé de qué está hablando.

Ella avanzó hacia el escritorio.

—Estoy hablando de cómo Morton se hizo a la idea de que yo estaría dispuesta a realizar cierta *terapia* concebida para aliviar la congestión del sistema nervioso masculino.

Apenas ella se puso en movimiento, *Fog* se levantó del suelo gruñendo suavemente. Goodhew se asustó y retrocedió, golpeándose contra la pared.

—De verdad, no sé de qué está hablando —repitió de forma convincente—. Si Morton ha hecho suposiciones no es mi culpa.

—Al contrario —insistió Leona—, él fue muy específico al afirmar que usted había diagnosticado que sus sueños eran el resultado de la congestión de ciertos fluidos masculinos que, al mismo tiempo, creaban un estado de tensión nerviosa y provocaban sueños perturbadores.

—Estoy seguro de que entendió mal.

—Dijo que usted le prometió una hora de una terapia privada en un ambiente *muy íntimo*.

—¿Y bien? ¿No son ésas las condiciones en las que usted desempeña su trabajo, señora? ¿No es acaso una terapia privada e íntima?

—Usted sabe muy bien que deliberadamente transmitió a Morton una idea equivocada de lo que podía esperar de la consulta. Y lo que es peor, le cobró una tarifa adicional por mis *servicios especiales*.

—Oiga, señora Ravenglass, el negocio ha decaído últimamente, usted lo sabe bien.

—¿Y eso qué tiene que ver con que me promocione como una prostituta?

Goodhew extendió los brazos.

—Intentaba ser creativo.

—¿Creativo? Pues parece que esté dirigiendo un burdel.

—A Morton no le fue bien con mi elixir vital masculino, y, para ser sincero, no tenía ningún interés en probar con su terapia de cristales. «No creo en esas chorradas paranormales», fue lo que me dijo. Le habría perdido definitivamente como cliente si no le hubiese propuesto un concepto innovador. Pero en ningún momento le di motivos para que esperara de usted algo más que una terapia de cristales para sus sueños.

—Le aseguro que el señor Morton esperaba algo más.

—No es mi culpa.

—En ese caso, ¿por qué le cobró una tarifa adicional?

Goodhew se irguió y sacó pecho.

—Lo hice por el bien de nuestro negocio. Creía que ya era hora de incrementar nuestros beneficios. Tenía toda la intención de compartir esa tarifa adicional con usted.

—De eso nada. Ni siquiera pensó que averiguaría que había cobrado esa tarifa especial. ¿A cuántos clientes más les ha diagnosticado congestión masculina?

—Señora Ravenglass, cálmese —dijo Goodhew agitando las manos—. La idea de enviarle a cierto tipo de clientes se me acaba de ocurrir, y le aseguro que sólo le envío a caballeros que antes lo han intentado con mi elixir y no han tenido suerte.

Ella avanzó un paso más hacia el escritorio.

—¿A cuántos más me ha enviado, Goodhew?

Tras un carraspeo, él se aflojó la corbata y miró inquieto a Thaddeus.

—Alguno más.

—¿Cuántos?

Goodhew parecía a punto de desplomarse.

—Dos en total. Morton fue el primero. El otro caballero tiene una cita con usted el miércoles.

Thaddeus se puso en movimiento, acercándose al escritorio con aparente tranquilidad.

—Enséñenos su libro de citas, Goodhew.

Goodhew frunció el entrecejo.

—¿Por qué habría de hacerlo?

—Porque quiero saber cuántos clientes con sueños eróticos causados por una congestión masculina me esperan en mi consulta —respondió Leona fríamente.

—Se lo he dicho, sólo he apuntado una cita más de este tipo. —Dio la vuelta al escritorio con sumo cuidado, alargó el brazo y abrió un diario de cuero—. Compruébelo usted misma. Se lo he dicho, ha sido una semana muy floja.

Con un imprevisto giro de muñeca Thaddeus dio vuelta el libro de citas. Junto con Leona revisaron de cabo a rabo la página de citas concertadas para esa semana. Había tres señoras que tenían hora, pero sólo dos caballeros, Morton y otro más.

Thaddeus ensartó a Goodhew con una mirada gélida.

—¿Son éstos los únicos dos hombres que envió a la señora Ravenglass en la última semana?

—Sí, sí, sólo estos dos —tartamudeó Goodhew.

Thaddeus señaló el casillero de la cita del miércoles.

—¿Cuándo pidió la cita el señor Smith?

—Anteayer.

—¿Por la tarde o por la mañana? —preguntó Thaddeus.

Goodhew dudó un momento.

—Al mediodía, creo. Oiga, ¿qué significa todo esto?

Thaddeus ignoró la pregunta.

—Descríbame al cliente.

Goodhew se encogió de hombros con delicadeza.

—Menor de treinta años. Cabello claro. Muy elegante. La clase de hombre que las mujeres encuentran atractivo, creo. —Miró a Leona con un dejo de rabia—. No había nada desagradable en él, se lo aseguro.

—Dígame cómo iba vestido —insistió Thaddeus.

—Con ropa costosa —espetó Goodhew enojado.

—¿Ropa clara u oscura?

—No lo recuerdo.

—¿Llevaba alguna joya? ¿Anillos? ¿Un alfiler de corbata?

Goodhew adoptó una expresión terca.

—Oiga, no puede esperar que recuerde tantos detalles de un cliente que sólo estuvo aquí unos minutos.

—Claro que sí, Goodhew —dijo Thaddeus, dotando ahora a cada palabra pronunciada de un poder hipnótico—. Recordará usted cada uno de los detalles del cliente que se hacía llamar señor Smith.

Leona se estremeció como si la hubiera rozado un fantasma. Pese a que Thaddeus no estaba aplicando sus poderes sobre ella, sentía la energía arremolinándose en el ambiente. *Fog* también la percibía. Emitió un gañido suave sin apartar la mirada de Goodhew.

Detrás del escritorio Goodhew se convirtió en una estatua humana. Tenía la mirada perdida en el vacío. Hasta el último vestigio de emoción desapareció de su rostro.

—Sí, recuerdo —dijo con voz monótona.

Implacable, Thaddeus hizo que les diera una descripción detallada del señor Smith. Una vez concluida, Leona supo que ya no cabían dudas. Desde el cabello rubio hasta el bastón, todo coincidía con la descripción del hombre que la señora Cleeves había visto fugazmente en Vine Street. Goodhew, que había visto a Smith de cerca, podía ofrecer más detalles.

—... en la mano derecha un anillo de ónice engarzado en plata —murmuró–... un bastón con empuñadura de plata, tallada con la forma de la cabeza de un halcón... ojos muy claros, de un azul grisáceo...

Una vez acabado el interrogatorio, Thaddeus miró a Leona. Sus ojos aún ardían insondables. Ella tuvo la sensación de que si se quedaba contemplando el fuego no sería capaz de resistir la tentación de adentrarse en las llamas.

—Se dirigió a tu consulta en Marigold Lane y esperó a que salieras —dijo Thaddeus—. Luego te siguió hasta tu casa y aguardó hasta que se le presentó la oportunidad de entrar.

Ella se estremeció.

—Es un hombre que disfruta asesinando. Sin duda fue *Fog* lo único que le impidió entrar mientras la señora Cleeves y yo estábamos en la casa. De no haber sido por él...

Se interrumpió, incapaz de acabar la frase.

Ambos miraron a *Fog*, que a su vez los contemplaba con un gesto de amable curiosidad.

Leona lo acarició y luego se volvió hacia Thaddeus.

—¿Crees que el señor Smith es el Monstruo de la Medianoche?

—No tengo la menor duda. —Thaddeus se dirigió hacia la puerta—. Vamos. Tenemos que llegar a nuestra próxima cita. Es muy importante que averigüemos el nombre de la mujer asesinada que hallamos en el museo de Delbridge.

Leona lanzó una mirada al hombre petrificado detrás del escritorio.

—¿Qué va a pasar con el doctor Goodhew?

—¿Qué va a pasar? —Thaddeus abrió la puerta principal de la tienda—. Por mí puede quedarse así hasta que las ranas críen pelo.

—No puedes dejarle así, Thaddeus. ¿Cuánto le durará el hechizo?

Sus ojos, que ya se habían enfriado, volvieron a echar chispas.

—No es un hechizo, maldita sea —contestó.

La dureza de la respuesta la pilló desprevenida.

—Lo siento —dijo mientras se dirigía con *Fog* a toda prisa rumbo a la puerta—. No quise ofenderte.

Él la miró como si pudiera ver a través de la gruesa malla del velo.

—No soy un hechicero —dijo impasible.

—Por supuesto que no —coincidió ella—. La hechicería no existe. Sólo usé el término «hechizo» en un sentido metafórico.

—Preferiría que no lo usaras en ningún sentido —manifestó él—. No al menos en relación conmigo. Soy un hipnotizador, uno muy poderoso, sin duda, pero mis poderes son psíquicos, no sobrenaturales.

—Sí, lo sé, pero...

Él desvió la barbilla hacia el hombre petrificado.

—No hay nada de mágico en la hipnosis. Uso mis dones para neutralizar sus sentidos temporalmente. Varios practicantes pueden conseguirlo en mayor o en menor grado. Es cierto que mientras se encuentra en ese estado el sujeto es susceptible de obedecer, pero la hechicería no tiene nada que ver con eso. Se trata simplemente de manipular ciertas corrientes.

De repente ella comprendió a qué se refería.

—Puedes estar seguro de que no eres el único al que se le ha acusado de coquetear con el ocultismo —dijo serenamente—. Cuando tenía mi negocio en Little Tickton recibí un sermón de un miembro del clero en más de una ocasión sobre los males que provocaba con mi práctica y se me exigió firmemente que abandonara mi profesión. En generaciones anteriores, las mujeres de mi familia a menudo se veían obligadas a ejercer sus habilidades en secreto, de otro modo corrían el riesgo de que las arrestaran y las quemaran. Más de una vez una tuvo que huir de un fanático que creía haber sido elegido por Dios para librar a la humanidad de brujas y hechiceras. Y hasta el día de hoy, incluso dentro de la sociedad, hay quienes consideran a los manipuladores de cristales poco más que un entretenimiento de feria.

Él se quedó allí de pie, tenso e inmóvil durante algunos segundos más, hasta que su tirantez empezó a menguar. Entonces la serenidad retornó a sus ojos.

—Así es —dijo—. Tú sí que comprendes. Siempre has comprendido, desde el principio. Vamos, hemos de seguir nuestro camino.

Ella se aclaró la voz.

—Thaddeus, de verdad creo que no debes dejar al doctor Goodhew en esas condiciones. ¿Qué pasa si no vuelve en sí? ¿Y si alguien entra en la tienda y piensa que ha sufrido un infarto o una parálisis? —La invadió un pensamiento horripilante—. ¡Dios Santo! ¿Qué pasa si la gente cree que ha muerto cuando todavía está vivo? Hay cuentos que narran historias como ésas, historias espantosas de personas que accidentalmente fueron enterradas vivas porque todo el mundo pensaba que estaban muertas.

Él la encandiló una vez más con su astuta sonrisa de lobo.

—¿Te han dicho que tienes una imaginación extraordinaria?

Ella se estremeció.

—El resultado de canalizar los sueños de los demás, supongo. No siento ningún cariño por el doctor Goodhew, pero Thaddeus, de verdad, no creo que esté bien que nos vayamos dejándolo en trance. Está indefenso.

—Cálmese, *madame*. Si no procedo a dar indicaciones específicas respecto de la finalización del trance, los efectos de la hipnosis suelen durar unas horas. Lo que pasa con la hipnosis, incluso con los estados más profundos, es que finalmente la compulsión desaparece. Algo que en este caso es de lamentar.

—Despiértalo —ordenó ella a punto de perder la paciencia—. En ese estado es demasiado vulnerable. ¿Y si un ladrón entra en la tienda?

Thaddeus hizo una mueca de disgusto con la boca.

—De acuerdo. Es difícil creer que haya muchos ladrones en Londres en busca del elixir vital masculino del doctor Goodhew para cubrir las necesidades del próximo año. Pero lo despertaré si eso te tranquiliza.

—Gracias.

La voz de Thaddeus se expandió suavemente por toda la habitación, rebasándola con la fuerza infinita de un mar descomunal.

—Goodhew, se despertará usted cuando el reloj marque la hora y cuarto. ¿Me ha comprendido?

—Sí —respondió Goodhew.

Thaddeus cogió a Leona del brazo y la escoltó hasta los escalones de la entrada principal.

Ella le miró por encima del hombro.

—¿Recordará lo que nos dijo mientras estaba en trance?

—No, a menos que yo vuelva y se lo ordene —Thaddeus volvió a sonreír, esta vez satisfecho y divertido—. Pero puedes estar segura de que recordará que estabas muy enfadada a causa de los clientes que te estaba enviando. Y no creo que se olvide de *Fog* durante mucho tiempo.

Ella suspiró.

—Parece que de un modo u otro necesitaré un nuevo agente para cuando todo esto acabe. Voy a andar muy escasa de clientes durante una temporada.

# 31

A las tres en punto de aquella misma tarde acudieron a la cita que tenían en Bluegate Square. *Fog* ya no les acompañaba, le habían dejado en el jardín de los Ware para que hiciera lo que le diera la gana.

Ambos fueron acompañados hasta una enorme biblioteca que exhibía la última moda en decoración. De las altas ventanas pendían unas cortinas de terciopelo color granate recogidas con cordones dorados. El suelo estaba cubierto por una moqueta que combinaba el rojo, el azul y el dorado en un elaborado motivo floral. Las paredes lucían un empapelado a rayas de elegante diseño resaltado con los mismos colores.

Adam Harrow se apoyó con lánguida elegancia en la esquina de una mesa amplia y lustrosa.

El señor Pierce tomó asiento detrás del escritorio. No era alto, pero a juzgar por su aspecto erguido y fornido parecía un hombre apto para los trabajos físicos. En su cabello negro afloraban las primeras vetas plateadas. Observó a Leona y Thaddeus con sus brillantes ojos azules.

Frente al fuego, despatarrado sobre la alfombra, había un gigantesco perro de caza. Leona había explicado a Thaddeus que el animal era la principal razón por la que *Fog* no podía acompañarles. *Caesar* no toleraba la presencia de otros perros en su territorio.

El animal se puso de pie con envejecido aire señorial y echó a andar para saludar formalmente a los recién llegados.

—Hola, *Caesar*. —Leona le frotó las orejas respetuosamente con una mano enguantada.

*Caesar* se volvió hacia Thaddeus, quien emuló el saludo. Satisfecho, el perrazo regresó a su sitio enfrente del fuego y volvió a echarse.

El señor Pierce estaba de pie detrás del escritorio.

—Señorita Hewitt —dijo con su voz curtida por el brandy y los puros—. Como siempre, es un placer.

Leona le ofreció una cálida sonrisa.

—Muchas gracias por acceder a recibirnos hoy, señor Pierce.

—Faltaba más. Siéntese, por favor. —Inclinó la cabeza hacia Thaddeus—. Señor Ware.

—Señor Pierce. —Thaddeus le devolvió el gesto, brusco y masculino, e hizo lo mismo con Adam—. Señor Harrow.

La boca de Adam se curvó en una sonrisa arisca y aburrida.

—¿Por qué será que últimamente cada vez que levanto un pie me lo encuentro, Ware?

—La coincidencia es una fuerza extraña —dijo Thaddeus.

Adam parecía afligido.

—No creo en las coincidencias, como tampoco creen los miembros de la Sociedad Arcana.

Thaddeus sonrió levemente.

—En tal caso, sólo espero que no considere necesario tomar medidas más drásticas para librarse de mí.

Pierce alzó las cejas en un gesto risueño.

—Tengo el presentimiento de que hacerlo desaparecer requeriría un esfuerzo considerable, señor.

«La clase de esfuerzo a la que probablemente ya está acostumbrado», pensó Thaddeus.

—Haré todo lo posible para que no tenga que tomarse esa molestia —dijo.

Pierce se rio entre dientes.

—En realidad, señor, creo que nos entendemos muy bien. Por favor, tome asiento.

La puerta de la biblioteca se abrió sigilosamente. Apareció un joven sirviente con la bandeja del té. La colocó sobre una mesa baja y miró a Pierce.

—Gracias, Robert —dijo Pierce—. Es todo de momento.

Thaddeus observó la delicada línea de la mandíbula de Robert y la curva de su pantorrilla que resaltaba bajo una librea ajustada. El sirviente era otra mujer vestida con ropa de hombre, al igual que el mayordomo que les había acompañado hasta la biblioteca. Toda la casa de Pierce parecía estar habitada por mujeres vestidas de hombre.

Pierce dirigió una mirada a Leona.

—¿Hace usted los honores?

—Por supuesto.

Leona se inclinó para coger la tetera.

Adam abandonó la esquina de la mesa y empezó a pasar de mano en mano las tazas que Leona iba sirviendo. Cuando le alcanzó la taza a Pierce, Thaddeus detectó un sutil aire de intimidad que envolvía ese pequeño gesto prosaico. La primera vez que había visto a la pareja, él había pensado que eran amantes. Ahora estaba totalmente convencido.

—Entonces, veamos —dijo Pierce—, tengo la lista de invitados de Delbridge, como me habían pedido. Perdonen mi curiosidad, pero antes de darles los nombres quisiera saber para qué los necesitan.

Leona volvió a asentar la tetera.

—Tenemos la esperanza de que el nombre de la mujer que encontramos muerta aquella noche aparezca en la lista.

—Sí, Adam me habló de ella. —Pierce frunció el entrecejo—. Si ni siquiera saben su nombre, ¿por qué están investigando su muerte?

Thaddeus se reclinó en su silla.

—Tengo varios motivos para pensar que quien la mató es la

230

misma persona que recientemente asesinó a dos jóvenes prostitutas.

Adam le miró pasmado.

—¿Se refiere a ese maniaco que la prensa llama el Monstruo de la Medianoche?

—Así es —dijo Thaddeus—. La Sociedad Arcana me ha contratado para encontrar al asesino.

Pierce parecía intrigado.

—¿Y por qué se interesa la Sociedad por esas muertes?

—Tenemos motivos para pensar que el asesino posee ciertas habilidades peligrosas que harán imposible la captura por parte de la policía.

—Ya veo. —Pierce no se mostraba especialmente impresionado—. Y la Sociedad siente la obligación de dar caza a ese asesino, ¿no es así? Un gesto muy noble.

—No se trata de un esfuerzo completamente altruista —dijo Thaddeus en un tono seco—. A la Sociedad, por supuesto, le preo-cupa que el asesino siga actuando por tiempo indefinido sin que las autoridades puedan impedírselo. Pero también teme que, en caso de que la policía le arreste, sus poderes paranormales sean revelados a la prensa. Los periódicos sensacionalistas crearían un estado de conmoción que podría tener efectos duraderos en la opinión pública.

—Ah, sí, ahora comprendo. —Pierce asintió una sola vez, satisfecho—. Lo que ustedes temen son las consecuencias de ese comunicado.

—En general, la opinión pública respecto de todo lo paranormal se divide entre el escepticismo y la curiosidad —dijo Thaddeus—. En el peor de los casos, la gente considera un fraude a quienes afirman tener poderes. En el mejor de los casos son vistos como proveedores de curas médicas controvertidas o simplemente artistas del entretenimiento.

Adam volvió a apoyarse en la esquina de la mesa.

—Pero si saliera a la luz que el Monstruo de la Medianoche posee un talento paranormal muy peligroso, la gente podría adoptar una actitud sumamente hostil. Podría volverse contra aquellos que afirman poseer dones paranormales, incluso contra aquellos que están dotados de poderes auténticos.

—Naturalmente la Sociedad Arcana preferiría que eso no ocurriera —admitió Thaddeus en un tono suave.

Pierce y Adam intercambiaron miradas cómplices.

—Es muy cierto que la gente puede hacerles la vida imposible a aquellos que no acatan la norma de lo que se considera respetable —declaró Pierce serenamente.

—¿Querrá ayudarnos? —preguntó Leona.

—Les daré la lista. —Pierce abrió un cajón del escritorio y sacó una hoja de papel.

Thaddeus se levantó de su silla y la cogió. Echó un vistazo a los nombres.

—No preguntaré cómo ha conseguido esta lista.

Pierce se encogió de hombros.

—No me importa decírselo. No es ningún secreto. Siempre que Delbridge da una fiesta contrata a un secretario que casualmente es amigo de mi secretario personal.

Leona sonrió.

—El mundo es un pañuelo.

Adam sonrió con sarcasmo.

—Ciertamente lo es cuando uno trata con el mundo de secretarios privados que trabajan para la elite. Sus círculos son aún más pequeños y cerrados que los de sus señores.

Thaddeus estudiaba la lista.

—La mayoría de estos nombres son masculinos. Es probable que el Monstruo de la Medianoche esté entre los invitados de Delbridge. Pero de momento me concentraré en las mujeres. Veo que por lo menos hay una docena.

—Todas ellas son damas caras de la noche —dijo Pierce.

—Una de ellas ya no está entre los vivos —observó Thaddeus—. Si bien no se informó de su muerte, es de esperar que alguna de las otras mujeres note su ausencia. El mundo de las cortesanas exclusivas también es muy reducido.

Pierce se reclinó en su silla.

—No sé si será relevante, pero hay una mujer que podría haber estado allí aquella noche y que no figura en la lista.

Al oír aquello Thaddeus alzó la vista.

—¿Quién?

—La amante de Delbridge. Les he visto juntos en el teatro. Nunca nos han presentado, pero me consta que es extraordinariamente hermosa. Nadie sabe mucho acerca de ella. Sin embargo, corren rumores.

—¿Qué clase de rumores? —preguntó Leona.

—Se dice que en su pasado fue actriz. Por otra parte, según las habladurías, no le es precisamente fiel a Delbridge.

Leona miró a Thaddeus.

—La mujer asesinada en la galería en apariencia tenía una cita secreta aquella noche.

—He oído que la amante de Delbridge tuvo varios romances pasajeros mientras estaba bajo su protección. Todos con hombres que coleccionan antigüedades.

Thaddeus se volvió hacia Pierce.

—Y Delbridge tiene tendencia a robar aquellas reliquias que no puede obtener por otros medios. Me pregunto si acostumbraba a usar a su amante para acceder a las colecciones de sus rivales.

—No sería la primera vez que un hombre usa a una mujer hermosa para conseguir sus objetivos —dijo Pierce.

—Es probable que Delbridge no se haya molestado en enviar una invitación formal a su amante porque él mismo la acompañaría —supuso Leona.

—O quizá su nombre fue excluido de la lista porque Delbridge ya sabía que no sobreviviría —dijo Thaddeus con aplomo—. En caso de que se abriera una investigación, a él no le convendría que un documento formal acreditara su presencia en la mansión aquella noche.

Se retiraron al cabo de un rato. En la calle les esperaba un carruaje alquilado. Thaddeus le tendió la mano a Leona para ayudarla a entrar en la cabina. La falda de su vestido violeta le rozó el brazo. Apreció el destello tentador de una pierna deliciosamente curva enfundada en una media, que rápidamente desapareció bajo una oleada de enaguas y volantes. Los recuerdos del interludio en el invernadero abrasaron sus sentidos. Sintió un nudo en lo más profundo.

Subió detrás de Leona, cerró la puerta y se sentó enfrente de ella. Mientras se arreglaba los pliegues y volantes de la falda, él la observaba.

—Puedo entender que una dama a veces encuentre más práctico y cómodo llevar ropa de hombre —dijo—. Pero desde el punto de vista de un hombre, hay mucho que decir en favor del deleite visual que ofrece una mujer cuando luce un vestido.

Leona sonrió con frescura.

—Desde el punto de vista de una mujer, hay mucho que decir en favor de la libertad de elección.

El carruaje se puso en marcha estrepitosamente. Thaddeus se giró para apreciar la espléndida casa de Pierce.

—Tengo la impresión de que todas las mujeres que rodean a Pierce han elegido renunciar a las enaguas y vestidos para vestirse como hombres.

—¿Te diste cuenta de que todos los sirvientes eran mujeres? —preguntó Leona sorprendida.

—Desde luego.

—¿Cómo lo adivinaste?

Él se encogió de hombros.

—Una vez que pones en duda lo obvio, empiezas a mirar debajo de la superficie.

Leona siguió su mirada y se quedó contemplando el frente de la casa.

—Lo fascinante es que muy poca gente mira debajo de la superficie. El señor Pierce y Adam y todos sus allegados del club Janus viven habitualmente como hombres, y nadie parece notarlo.

—No es el hecho de que sean mujeres disfrazadas de hombres lo que me intriga —dijo Thaddeus.

—¿Y qué es?

Él sonrió y estiró una pierna, procurando que rozara la falda de su vestido violeta como por casualidad.

—Es la reacción que podrían llegar a tener todos los caballeros que en este momento se encuentran bebiendo brandy y fumando puros en los clubes de St. James Street si supieran que uno de los lores más acaudalados y misteriosos de Londres es una mujer.

# 32

Un febril estremecimiento recorrió a Delbridge cuando entró en la cámara silenciosa. Llevaba meses esperando ese momento.

El antiguo recinto de piedra no tenía ventanas. Una energía tan densa y ominosa como la niebla exterior se concentraba entre las cuatro paredes.

El aura de la energía amenazante no era un producto de su imaginación. Sus sentidos permanecían abiertos y despiertos, registrando los potentes flujos paranormales que se arremolinaban en el interior de la cámara. Emanaban de los cinco hombres sentados a la enorme mesa con forma de herradura. Cada uno de ellos poseía un elevado grado de talento.

Él todavía no conocía las identidades de esos hombres. Los cinco miembros del Tercer Círculo de la oscura conspiración que él apenas conocía por el nombre de Orden de la Esmeralda vestían túnicas con capuchas, todas bordadas con crípticos símbolos de la alquimia. Llevaban las capuchas puestas, de modo que cada rostro permanecía oculto en la profundidad de una sombra. Debajo de las capuchas cada uno de los hombres llevaba una máscara que le cubría la mitad del rostro. Cuatro de las máscaras eran plateadas. La quinta, la del líder, era dorada.

—Buenas tardes, señor Delbridge —dijo el líder. Sus ojos centelleaban a través de los agujeros de la máscara—. Los miembros del Tercer Círculo de la Orden de la Esmeralda esperan con ansia su ofrenda.

La sangre de Delbridge retumbaba en sus venas. Ambas partes sabían que el cristal no era ninguna ofrenda, sino el precio que debía pagar por su admisión. Él había llevado a cabo la tarea encomendada por esos hombres. Había probado su valía para ser uno de ellos.

—Les he traído la piedra de aurora, como me pidieron —dijo Delbridge.

De repente sintió que la avaricia y —no había otra palabra para definirlo— la codicia se alzaban como llamas en el ambiente. Desde el principio había sabido que los cinco anhelaban el cristal desesperadamente.

Con un poco de suerte llegaría a descubrir por qué esa piedra era tan importante para ellos.

—Puede presentar su obsequio al Tercer Círculo —entonó el líder.

Con un ademán algo ostentoso, Delbridge sacó la bolsa de terciopelo del bolsillo de su chaqueta. Se oyó un murmullo de excitación entre los miembros.

Saboreando el momento se adentró en la curva de la herradura y dejó la bolsa sobre la mesa, delante del líder.

—Gentileza de la casa —dijo.

La máscara dorada volvió a brillar cuando el líder recogió la bolsa. Delbridge y los demás observaron cómo desataba el cordón y sacaba la piedra a la vista de todos, dejando el cristal sobre la mesa. Allí reposaba, apagado y poco atractivo bajo una luz opaca.

Hubo un silencio breve, incierto.

—No parece gran cosa —comentó uno de los hombres.

La ansiedad sacudió los nervios de Delbridge. Era el auténtico cristal. Tenía que serlo. Lo había arriesgado todo, hasta su posición social, para que ellos lo tuvieran en las manos. Si alguna vez salía a la luz que había unido fuerzas con un científico loco y un asesino a sangre fría con el propósito de acceder a una sociedad secreta estaría acabado. Dada su riqueza y su influencia podría evitar la prisión, pero el escándalo le perseguiría hasta el final de sus días.

El líder levantó el cristal y lo sopesó en la palma de la mano. Bajo el borde inferior de la máscara sus finos labios se curvaron con satisfacción.

—Puedo sentir su poder.

—Muchos cristales tienen poder —refunfuñó uno de los miembros del consejo—. ¿Cómo sabremos que es la piedra que buscamos?

El líder se puso de pie.

—Sometiéndola a un test, por supuesto.

Mientras cruzaba la habitación de piedra se oía un golpeteo metálico, como si llevara una antigua armadura debajo de su grueso atuendo. Un escalofrío erizó la nuca de Delbridge. Se preguntaba si el líder portaba una espada. De sólo pensarlo tragó saliva. Algo le decía que esa gente no toleraba el fracaso.

Pero no podían matarle en el acto sólo porque el cristal no reaccionara como ellos esperaban. Él era lord Delbridge. Su familia tenía contactos impecables. Se movía en algunos de los mejores círculos de la sociedad.

Sí, y recientemente había enviado al Monstruo de la Medianoche a matar a dos caballeros de excelentes contactos. Y había quedado totalmente impune. ¿Qué impedía a esos hombres realizar con él un acto semejante?

«Tranquilízate. Les has dado lo que querían, la auténtica piedra de aurora. Pronto serás uno de ellos.»

El líder se detuvo delante de una puerta baja y abovedada, enmarcada en la antigua pared de piedra, metió la mano en el interior de su larga túnica y extrajo una llave. Delbridge pensó que eso explicaba el insistente golpeteo metálico. El líder llevaba una cadena colgante con numerosas llaves debajo de su atuendo, no una espada. Tras darse cuenta percibió una clara sensación de alivio.

—Eso es, el test —dijo uno de los hombres poniéndose de pie—. Si consigue abrir la caja fuerte sabremos inmediatamente que lord Delbridge nos ha traído la piedra correcta.

Los otros le siguieron apurando el paso. Por un momento Delbridge pensó que se habían olvidado de él, pero entonces el líder se volvió una vez más para observarle, ensartándolo con una mirada fría.

—Venga con nosotros, señor. Usted también será testigo del resultado de sus esfuerzos.

«No les demuestres ni pizca de miedo», se dijo Delbridge.

—Como usted quiera —respondió, consiguiendo mantener lo que esperaba que fuera una actitud templada y cortés.

Entraron en fila por la puerta estrecha y pasaron a otra cámara más pequeña. El líder encendió una lámpara. Delbridge miró a su alrededor con una mezcla de curiosidad y espanto. Esa habitación también parecía datar de tiempos remotos. Tampoco había ventanas. Delbridge se fijó en la sólida puerta de hierro con una cerradura grande y concluyó que la pequeña cámara probablemente había sido utilizada alguna vez como una bóveda de seguridad.

La enorme caja fuerte de acero reposaba sobre una alfombra gruesa en el centro de la habitación. Parecía antigua. De finales del siglo XVII, calculó Delbridge, de la época de Sylvester Jones, el fundador de la Sociedad Arcana. ¿Acaso el Tercer Círculo tenía en su poder un artefacto relacionado con Sylvester? La excitación lo dominó por un instante, ahuyentando en parte su aprensión. Los secretos del fundador eran la esencia de mitos y leyendas dentro de la Sociedad.

La luz de la lámpara parpadeaba sobre la lámina dorada que cubría la parte superior curvada de la caja fuerte. Sobre el dorado había inscripciones de símbolos y palabras. Delbridge reconoció algunos de los símbolos por su origen alquímico y algunas de las palabras como una mezcla de latín y griego, aunque sin poder descifrar su significado. Un código secreto, pensó. Los antiguos alquimistas eran conocidos por su hermetismo.

La caja fuerte no tenía cerradura, ni una línea visible para identificar por dónde se abría. Sólo una profunda concavidad en el centro bordeada por una sustancia oscura y vidriosa.

El líder miró a Delbridge.

—Por su expresión puedo ver que tiene un vago conocimiento del valor de esta antigua caja fuerte.

—¿Perteneció a Sylvester Jones? —preguntó Delbridge sin poder evitar un tono temeroso—. Hace algún tiempo empezaron a correr rumores sobre un robo en Casa Arcana.

—No fue esto lo que robaron de Casa Arcana —le informó el líder.

La intuición de Delbridge languidecía.

El líder le dedicó una sonrisa llena de misterio.

—Y esto nunca perteneció a Sylvester Jones —añadió con voz suave—. Más bien era propiedad de alguien que estaba al corriente de sus secretos. Nosotros creemos que esos secretos se conservan en el interior de la caja.

Delbridge frunció el entrecejo.

—¿Uno de los rivales de Sylvester?

—Su gran rival: Sybil, la hechicera virgen.

Con mirada atónita Delbridge se quedó contemplando la caja.

—Creía que Sybil no era más que otra leyenda de la Sociedad Arcana. ¿Dice usted que realmente existió?

—Oh, puede estar seguro. —El líder le enseñó un libro antiguo que tenía en la mano—. Ella existió. Éste es uno de sus libros de notas. Lo estuve buscando durante años hasta que finalmente lo encontré en la biblioteca de un viejo miembro de la Sociedad Arcana. Tras su muerte, pude hacerme con él.

«Probablemente el dueño anterior del libro no falleció por causas naturales», pensó Delbridge.

—Por supuesto, el libro entero está escrito en el código secreto de la hechicera —prosiguió el líder—. Durante los últimos diez años de mi vida me he dedicado a descifrarlo. Tuve éxito, y sus contenidos me llevaron hasta la caja fuerte.

—¿Qué hay dentro? —preguntó Delbridge casi sin esperanza—. No será la copia de la fórmula del fundador.

—Eso es —contestó impaciente otro de los encapuchados—. Según el libro de notas, fue la misma Sybil la que robó la fórmula y la guardó en la caja.

—No lo entiendo —dijo Delbridge dirigiéndose a los rostros enmascarados que le rodeaban—. ¿Ustedes nunca han visto la fórmula?

—Lamentablemente, eso no ha sido posible hasta ahora. —El líder estiró la mano sobre la cubierta del libro—. La caja fuerte está sellada con el dispositivo más extraño. De acuerdo con las advertencias escritas sobre la lámina dorada cualquier intento de forzar el arca tendrá como consecuencia la destrucción de los secretos que descansan en su interior.

Delbridge frunció el entrecejo.

—¿Cómo piensa abrirla?

El líder levantó en el aire la bolsa de terciopelo.

—Las advertencias de Sybil son muy claras al respecto. La piedra de aurora es la llave.

Delbridge sintió otro escalofrío. Por fin comprendía la enormidad del obsequio que le había hecho al Tercer Círculo. No era de extrañarse que esos hombres le hubiesen prometido un sitio en la mesa de la cámara principal a cambio de que les trajera la piedra. Les había entregado la llave de algo que apreciaban por encima de todas las cosas, algo que no habrían podido obtener por sus propios medios. Sintió que su propia aura se expandía y latía con más fuerza. El poder se alimentaba del poder.

El líder le entregó el libro a uno de los encapuchados. A continuación volvió a levantar la piedra de aurora. Por un instante todos se quedaron mirando fijamente aquel cristal apagado e incoloro.

Con suma precisión el líder asentó la piedra en la oscura ca-

241

vidad de cristal dispuesta sobre la parte superior de la caja. Se escuchó un *clic*. Calzaba a la perfección, como si hubiera sido fabricada para posarse allí.

Delbridge contenía la respiración. Percibía que todos los demás, incluido el líder, hacían lo mismo.

Nada sucedía.

Transcurrió un silencio breve y tenso. El sudor cubría las cejas de Delbridge.

—No funciona —murmuró alguien.

Todos miraron a Delbridge. Un temor en bruto le paralizó durante un instante. Pero con un esfuerzo de voluntad consiguió sobreponerse.

—Ésta es la piedra que me pidieron —dijo lo más calmadamente posible—. Puedo sentir su poder, aunque ustedes no lo sientan. Si la caja no se abre no es mi culpa.

El líder envolvió la piedra de aurora en un puño. Durante un momento se concentró fijamente.

—Creo que tiene razón. Puedo sentir el poder resonante de la piedra. Es más intenso ahora que cuando está en contacto con la caja. Pero la energía es turbia y desenfocada. Después de todo parece que las últimas palabras de la advertencia de Sybil eran verdad. Yo había pensado que con ellas tan sólo pretendía desalentar cualquier intento de abrir la caja.

—¿Qué dice la advertencia? —quiso saber Delbridge.

—«Sólo aquella que pueda dominar la piedra de aurora podrá abrir la caja» —citó el líder.

—Entonces, tenemos la respuesta —dijo con excitación uno de los cinco—. La energía del cristal debe ser canalizada satisfactoriamente y empleada para abrir la caja.

El líder se enderezó y clavó en Delbridge una mirada letal.

—Nos ha traído usted la piedra de aurora, pero es inútil para nosotros a menos que encontremos a alguien con el don necesario para manipular el cristal.

Por primera vez en varios minutos, Delbridge se relajó. Ofreció al líder una sonrisa serena.

—Tendría que haberlo mencionado en su momento, cuando me asignó la misión de encontrar el cristal. Será para mí un placer traerle a una mujer capaz de manipular la piedra de aurora. ¿Eso le hará feliz?

—Tráiganos a una mujer que pueda abrir esta caja y la sexta silla de la mesa del Tercer Círculo será suya —prometió el líder.

# 33

—Se llamaba Molly Stubton —dijo Thaddeus—. Nadie ha vuelto a verla desde la noche de la fiesta de Delbridge. Hoy conseguí que una de sus colegas me la describiera. Estoy seguro de que es la mujer muerta que Leona y yo encontramos en la galería.

Era la hora del atardecer. Se habían reunido una vez más en la biblioteca para intercambiar información. Thaddeus estaba impaciente por que llegara la noche. Tenía planes para la velada.

—Por lo que veo la señorita Stubton no pertenecía a la buena sociedad —dijo Victoria—. Sin embargo encuentro desconcertante que no se haya publicado nada en la prensa sobre su muerte.

—Eso se debe a que no han encontrado el cuerpo, según mi informante en Scotland Yard —explicó Thaddeus—. Pero entre sus conocidas en el mundo de la prostitución de lujo circulan algunos rumores.

Leona le miró fijamente.

—¿Qué creen sus amigas y colegas que le ocurrió?

—La teoría en boga es que Delbridge la mató en un ataque de celos y se deshizo del cadáver aquella misma noche. —Thaddeus se detuvo delante de la ventana—. Tiene fundamento.

—¿Qué clase de fundamento?

—Dentro de los círculos sociales en los que Molly se movía todos sabían que ella tenía otros amantes. Pero a juzgar por la modalidad del crimen y la presencia del pote de colorete, creo que es más probable que la haya matado el Monstruo de la Medianoche.

Victoria frunció el entrecejo.

—Estoy de acuerdo. He estado con Delbridge en varias ocasiones. Me parece un hombre muy fino. No lo imagino cometiendo un crimen tan atroz. Sin duda quien lo haya hecho se debe de haber manchado con sangre.

Thaddeus volvió a arrimarse al costado de su escritorio y se cruzó de brazos.

—Estoy de acuerdo con ambas. Y da la casualidad de que hay otra evidencia que apoya nuestra teoría. Si bien todas las allegadas a la señorita Stubton coinciden en que tenía otros amantes de buena posición, algunas creen que ella sólo lo hacía para complacer a Delbridge.

La mano de Leona se quedó inmóvil sobre la cabeza de *Fog*.

—¿Por qué querría un caballero que su amante tuviera una relación con otro hombre?

Victoria hizo un gesto desdeñoso.

—Cuando haya vivido tantos años como yo, señorita Hewitt, comprenderá que no hay límites para la perversión.

Leona pestañeó y luego se sonrojó.

—¡Cielos! ¿Está diciendo que Delbridge disfrutaba sabiendo que su amante y otro hombre...? —Se interrumpió, agitando una mano ligeramente para acabar la frase.

—¿Que lord Delbridge disfrutaba observándola en la cama con otro hombre? —continuó Victoria—. Sí, eso es exactamente lo que digo.

Leona se atragantó.

—Qué extraño.

—Muy extraño —dijo Thaddeus en tono grave—. Sin embargo, creo que en esta ocasión podemos absolver a Delbridge del cargo de voyeurismo. Él es un coleccionista obsesivo. Los otros caballeros con los que la señorita Stubton tuvo una aventura también eran coleccionistas. —Hizo una pausa para enfatizar—. Sus dos últimos amantes fueron Ivington y Bloomfield.

Leona, excitada, abrió los ojos de par en par.

—Los dos hombres que mataron con el vapor venenoso.

—Correcto —dijo Thaddeus—. Delbridge utilizó a su amante para tener acceso a las colecciones de esos dos hombres. Fue tras la muerte de Bloomfield cuando empezaron a circular los rumores sobre el robo de la piedra de aurora. Tiene que haber sido el último que la tuvo en su poder antes de que Delbridge la robara. Caleb ha estado investigando. Parece muy probable que Bloomfield se apropiara de la piedra hace once años aproximadamente.

Leona se quedó tiesa.

—Entonces fue Bloomfield el que mató a mi madre.

Thaddeus observó a *Fog* apoyarse aún más contra ella.

—Eso parece —dijo delicadamentè.

—En todos estos años —susurró ella— no fui capaz de encontrar al asesino. Y ahora me entero de que está muerto, gracias a otro asesino.

Para asombro de Thaddeus, Victoria se inclinó hacia Leona y le dio unas palmaditas en la mano.

—Finalmente se ha hecho justicia, querida mía, aunque sea de una forma extraña —dijo con sosiego.

—Sí —respondió Leona. Pestañeó rápidamente—. Sí, supongo que así es.

Thaddeus descruzó los brazos, buscó en su bolsillo y sacó un pañuelo. Sin decir una palabra se lo alcanzó a Leona.

—Gracias —dijo ella. Se secó las lágrimas con la punta de puro lino.

—Bloomfield era tan obsesivo como Delbridge —continuó Thaddeus—. También era conocido por ser una persona extremadamente solitaria y reservada. Mantenía en riguroso secreto su posesión de la piedra. Pero tengo la corazonada de que al menos otro coleccionista sabía que él la tenía.

Victoria frunció el ceño.

—¿Te refieres a Ivington?

—Sí. Como recordarás, a Ivington lo envenenaron primero. Sospecho que lo mataron después de que revelara que Bloomfield tenía la piedra. Delbridge no quería dejar rastros.

Leona arrugó el pañuelo en una mano.

—¿Crees que Molly Stubton los envenenó?

—No —dijo Thaddeus—. Durante el curso de mi investigación, antes de conocerte, hablé con los sirvientes de las dos casas. Estaban absolutamente seguros de que no había nadie más con sus patrones la noche en que murieron. Ambos estaban profundamente dormidos, solos en sus camas, cuando se despertaron y enloquecieron.

Victoria asintió en el acto, comprendiéndolo todo.

—Los homicidios fueron llevados a cabo por alguien que se metió en las habitaciones de las víctimas sin ser detectado. Un cazador con talento.

—El mismo que se dedica a matar prostitutas —dijo Thaddeus.

—Pero anoche hubo otro asesinato y el rumor de que una prostituta había desaparecido —apuntó Leona—. ¿Por qué querría el cazador volver a matar prostitutas si ahora está al servicio de lord Delbridge?

Thaddeus la miró.

—Cualquiera que se dedique a matar mujeres de una manera tan salvaje y sin ningún sentido definitivamente está loco. Delbridge tiene un asesino a sus órdenes, de acuerdo, pero ha contratado a un demente que es incapaz de resistir el impulso de volver a matar a su presa favorita de vez en cuando.

Leona se estremeció.

—Ya entiendo.

Victoria hizo una mueca.

—Si yo fuera Delbridge, estaría muy preocupado teniendo a un empleado tan inestable. Puede que ese cazador le sea útil, pero a juzgar por los potes de colorete digamos que no ayuda demasiado dejando pistas en cada escena del crimen.

—Hablando de coloretes —dijo Thaddeus—, ¿pudiste localizar la tienda donde los venden?

Victoria adoptó una expresión engreída.

—Por supuesto. Los dueños son franceses, como me imaginaba. Los dos potes fueron vendidos en un pequeño establecimiento exclusivo que se encuentra en Wilton Lane. A un precio muy caro, por cierto.

Leona se volvió hacia ella, ansiosa por saber más.

—¿Le dieron una descripción de la persona que los compró?

—Era un hombre —dijo Victoria—. Pero lamento decir que no creo que sea el que estáis buscando. La dueña de la tienda me dijo que tenía bigotes grises y un pelo canoso bastante largo.

—Un disfraz, tal vez —se apresuró a decir Leona.

Victoria enarcó las cejas.

—Sí, supongo que podría ser el caso.

—¿La dueña de la tienda te dio algún otro detalle? —preguntó Thaddeus.

—El hombre llevaba un bastón muy fino —dijo Victoria—. La mujer se quedó admirada con la empuñadura de plata. Tenía la forma de la cabeza de un halcón.

El rostro de Thaddeus brilló de satisfacción y expectativa.

—El Monstruo de la Medianoche realizando las compras para su próxima víctima.

# 34

En la casa que Molly Stubton había alquilado se palpaba el silencio, el vacío propio característico de una residencia desocupada. Thaddeus sabía que había algunas personas dotadas con un talento especial para detectar los residuos psíquicos de quienes habían habitado una casa. La gente con ese don podía discernir el tipo y la intensidad de las distintas emociones que quedaban adheridas en las paredes. Pero la resonancia del vacío era algo que podían incluso percibir quienes poseían otra clase de sensibilidad.

Se quedó de pie durante un momento en el recibidor, prestando atención a cada uno de sus sentidos. No había rastros de energía reciente en el ambiente. Sin duda Molly tenía un ama de llaves, como mínimo, y quizás hasta una criada y un cocinero. Pero los que trabajaban en la casa evidentemente habían llegado a la conclusión de que su patrona ya no regresaría. Así que habían hecho las maletas para largarse.

Tal vez habían oído rumores sobre la muerte de Molly Stubton, pensó Thaddeus. Los sirvientes hablaban tanto como sus patrones. Si bien la mansión de Delbridge estaba a kilómetros de distancia, los sirvientes de ambas casas podrían haber tenido conocimiento del romance. Los cotilleos fluían libremente en todos los niveles de la sociedad, y, tal como Victoria le había recordado, una muerte siempre salía a la luz.

Satisfecho de tener todo el edificio a su disposición, inició una búsqueda metódica. Acababa de mantener una enérgica discusión con Leona, motivada por sus intenciones de allanar esa casa durante la noche.

—Correrás un riesgo enorme —le dijo ella.

—No tanto como el que tú corriste la noche que entraste en la mansión de Delbridge —replicó él.

—Ojalá dejaras de echarme eso en cara cada vez que discutimos.

—No puedo evitarlo. Encontrarte allí fue una experiencia inquietante.

—Aquel incidente sólo viene a demostrar que esas cosas se me dan muy bien. Iré contigo.

—No, no vendrás —dijo él—. Dos personas suponen el doble de riesgo.

—¿Qué esperas encontrar en la casa de Molly Stubton?

—Lo sabré cuando lo encuentre.

Ese comentario final sólo había servido para que ella sufriera un aumento de ansiedad, pero era la pura verdad. No sabía lo que esperaba encontrar y ni siquiera si había algo por descubrir. Pero a lo largo de su carrera como investigador había aprendido que por lo general reconocía una pista nada más verla. Lamentablemente no siempre podía descifrar el sentido de dicha pista, pero ése era otro tema. Cuando uno aplicaba el método de ir levantando piedras para resolver un crimen, tenía que levantar cantidad de piedras.

Todas las cortinas estaban corridas. Encendió una luz y realizó un rápido rastreo en la cocina y la minúscula habitación del ama de llaves. En ninguno de los dos espacios encontró algo que se pareciera remotamente a una pista. Lo mismo ocurrió con el salón.

Regresó al recibidor y subió al piso superior saltando los peldaños de dos en dos. Había dos habitaciones. Una parecía haber sido utilizada como vestidor. Había dos grandes armarios llenos de vestidos costosos, zapatos, sombreros y enaguas. La caja de las joyas, que ocupaba una posición de honor en lo alto de una cómoda, estaba vacía. Se preguntó si el personal se había servido el contenido de la caja antes de marcharse o si Delbridge había enviado a alguien a requisar las joyas que le había obsequiado a su amante.

Revisó los armarios en busca de cajones ocultos y levantó la alfombra para comprobar si había una caja fuerte en el suelo. Convencido de haber inspeccionado bien, se dirigió hacia la puerta que conducía al dormitorio.

Diez minutos más tarde halló una carta sin terminar debajo del colchón. Encendió una luz y se puso a leer.

Querido J.
Tengo buenas noticias...

No fue un sonido, pero algo se alteró en la siniestra atmósfera de la casa. Un susurro perturbador atravesó la puerta de la habitación. Thaddeus apagó la luz y agudizó sus sentidos al máximo, analizando el revelador pulso de energía que le advertía que ya no estaba solo en la casa.

Lo sacudió un ramalazo caliente de corrientes turbias, caóticas, paranormales. Por el modo sigiloso en que el intruso había conseguido entrar en la casa era evidente que se trataba de un cazador.

El Monstruo de la Medianoche había llegado.

... El poder de la piedra de aurora es un arma de doble filo. Debe usarse con la máxima discreción y sólo en casos extremos. El manipulador de cristales que domina las energías corre el riesgo de ser doblegado por ellas. Sólo los más fuertes deberían intentar manipular esta energía.

El mayor peligro es que cualquier manipulador de cristales lo bastante poderoso como para ejercer un control sobre la piedra también será lo bastante fuerte para transformar una herramienta curativa en un arma letal.

En manos de alguien que posea ese poder la piedra puede usarse para arrojar a la víctima a una pesadilla...

Una sacudida de pavor tan enervante como una descarga eléctrica partió en dos a Leona. Al caer en la cuenta de que Thaddeus corría grave peligro dejó de respirar. El diario de su madre que tenía en las manos cayó al suelo, junto a la cama.

*Fog* se incorporó sobre la alfombra y se acercó, emitiendo tiernos gañidos.

—Estoy bien —le dijo con voz suave.

La sensación de alarma se redujo. Al menos ahora podía volver a respirar. Sin embargo su mano empezó a temblar cuando la alargó hacia *Fog*. En lugar de darle las palmaditas tranquilizadoras que él esperaba, se aferró a él y hundió el rostro en su pelaje.

Un sentimiento ominoso, un vapor invisible flotaba en la habitación.

—Son mis nervios —dijo a *Fog*, procurando calmarse—. Últimamente he estado muy tensa.

*Fog* le lamió la mano y frotó el hocico contra su rostro, ofreciéndole un consuelo silencioso.

—¿A quién pretendo engañar? —Apartó las mantas y se quedó con los pies colgando sobre el suelo—. Estoy aterrorizada. Está en peligro y no hay nada que yo pueda hacer. No debería haberle dejado ir solo a esa casa.

Como si hubiera podido impedírselo.

El terror volvió a invadirla.

Thaddeus le había dejado la dirección de Molly Stubton.

Broadribb Lane 21. Un vecindario tranquilo y respetable. No te preocupes por mí. Estaré bien.

Se levantó pensando en eso y se dirigió rápidamente al armario. Con brusquedad abrió un cajón y cogió una camisa y unos pantalones, los mismos que había llevado la noche que entró en la mansión Delbridge.

# 35

El Monstruo de la Medianoche, tal como Thaddeus había imaginado, no estaba del todo cuerdo. La locura se hacía visible en su aura errática, inestable, que parecía llamear enrojecida y ardiente ahora que el Monstruo estaba de cacería.

Era sumamente difícil hipnotizar a aquellos que realmente estaban locos, ya que esos individuos generaban corrientes de poder violentamente impredecibles y fluctuantes. La naturaleza misma de sus mentes trastornadas hacía difícil que se mantuvieran en cualquier tipo de trance, incluso aquellos inducidos mentalmente.

Esa noche la cuestión era cuán loco estaba el Monstruo.

Thaddeus guardó la carta que había encontrado y rodeó la cama, de modo que ésta quedara situada entre él y la puerta abierta. Sabía que un colchón y una manta no eran la protección ideal ante un hombre que podía ver en la oscuridad, tan veloz y letal como cualquier depredador.

Sacó la pistola del bolsillo y apuntó hacia el rectángulo gris que enmarcaba la puerta.

Las sombras se movían en el pasillo, pero nadie se asomaba. Demasiado difícil para zanjar el asunto con un solo disparo rápido y certero.

El hombre que estaba en el pasillo se echó a reír. Sonaba demasiado chillón, demasiado histérico, casi una risa nerviosa. El aire parecía crepitar, encendido por alguna extraña forma de electricidad.

—Estás armado, Ware, estoy seguro —dijo el Monstruo—. Pero como miembro de la Sociedad Arcana deberías saber que una pistola no te servirá de mucho contra un hombre como yo. —A esto siguió otra risa malsana—. Soy un cazador, eso ya lo sabes. Ahora bien, dime una cosa, ¿qué clase de don posees tú? Sé que no eres un cazador. Una vez conocí a uno. Nos reconocimos enseguida. Ahora está muerto, por cierto. Yo era más fuerte.

El Monstruo quería alardear; y más aún, necesitaba que su presa comprendiera la naturaleza de sus poderes y le temiera. Era importante para él que la víctima deseada experimentara el mayor terror posible. ¿Y quién mejor que un miembro de la Sociedad Arcana para comprender y respetar el peligro que realmente suponía?

«La compulsión del Monstruo por la charla es algo muy bueno», pensó Thaddeus. De hecho, podía ser que ésta fuera su única esperanza. Con suerte, aquella extravagante conversación revelaría la causa de la obsesión compulsiva que llevaba a la bestia a matar. Un buen hipnotizador podía trabajar disponiendo de esa clase de conocimiento.

—Tú eres ése al que la prensa llama el Monstruo de la Medianoche, ¿no es así? —dijo Thaddeus sin dejar de vigilar la entrada.

—Un nombre gracioso, ¿no crees? Se le ocurrió a un corresponsal de *The Flying Intelligencer*. Hay que reconocer que tiene gancho. Deberías ver las caras de las chicas cuando finalmente saben quién soy. Todas han leído algo acerca de mí en la prensa sensacionalista. Son tan hermosas cuando les entra el miedo...

La voz del Monstruo se alteró ligeramente durante la última frase, volviéndose casi una caricia. Por un momento, las imprevisibles corrientes de poder que emanaban de él se estabilizaron. La evocación del terror femenino estaba ligado a la compulsión que lo incitaba. Se alimentaba del miedo.

—Si son tan hermosas, ¿por qué las maquillas con colorete una vez que están muertas? —preguntó Thaddeus.

—Porque son vulgares prostitutas y esa clase de mujeres se pintarrajean la cara. Todo el mundo lo sabe. Sólo las rameras usan cosméticos.

Las ondas de furiosa energía se agitaron, recuperando enseguida la estabilidad. El colorete estaba vinculado con la compulsión, y cada vez que el Monstruo se aproximaba a un pensamiento de matanza demostraba que era capaz de concentrarse. Era una extraña ironía que el único instante en que la energía del Monstruo se acercaba a un equilibrio fuera cuando él se sumergía en lo más profundo de su demencia.

Sin embargo, unos pocos segundos de insana claridad podrían ser suficiente. Thaddeus seguía apuntando con la pistola hacia la puerta. En caso de que fracasara la conversación sólo le quedaría disparar, y ese disparo tendría que aprovecharse al máximo. No bastaría sólo con herir al Monstruo, no en su demente estado.

—No me has dicho qué clase de talento posees —dijo el Monstruo, adquiriendo súbitamente un tono de conversación, como si estuviesen sentados juntos en un club.

—Tú no me has dicho tu verdadero nombre —le respondió Thaddeus con gentileza. Hizo una pausa—. ¿O es que tus socios simplemente te llaman Monstruo?

—Ésa ha sido buena, Ware. Me asombra que conserves tu sentido del humor en un momento como éste. Mi nombre es Lancing. Pero no creo que te suene. Tú y yo no nos conocemos de nada.

—Me sorprende oír eso. Tú te mueves en los círculos de Delbridge y él pertenece a todos los clubes de prestigio. Seguramente nos hemos cruzado en alguna ocasión.

—Yo no me muevo en tus círculos. —La rabia provocó que el aura de Lancing llameara violentamente—. Ni tampoco en los de Delbridge.

—La otra noche te invitó a su fiesta.

—¡Bah! Consiente que me mueva en la periferia de su grupo de gente exclusiva —dijo Lancing como si la amargura le corroyera la voz—. Apenas lo digiere, pero es el precio que tiene que pagar por mis servicios. —Hizo una pausa—. Tú fuiste el único que la vio aquella noche, ¿no es así?

—¿Te refieres a Molly Stubton? Sí. Reconocí tu firma en la escena del crimen. El pote de colorete.

La energía se alzó en llamas.

—¿Por qué diablos insistes con el colorete?

—Me interesa. ¿Qué pasó con el cuerpo? He estado preguntándomelo. Una muerte como ésa debería haber tenido gran repercusión en la prensa, como todos tus asesinatos.

—Cuando paró de llover me deshice del cuerpo, lo enterré en una tumba camuflada en medio del bosque. Nadie lo encontrará. Nadie se tomará siquiera la molestia de buscarla.

—Pero en la galería dejaste el pote de colorete junto al cadáver.

—Era una puta barata como todas.

—No tan barata, por lo que he oído. Era la amante de Delbridge.

—Me da igual cuántas joyas y vestidos le regalara. Ella era una prostituta y no era mejor que las demás. Así que la maté como a la puta que era.

—¿Delbridge no se opuso?

Lancing se rio histérico.

—Él me dio instrucciones para que me librara de ella. Ya no le servía.

—Parece un poco extraño que quisiera que la mataras allí mismo y aquella noche, con la mansión llena de invitados.

—Me ordenó que la llevara allí después de la fiesta para ocuparme del asunto. Pero noté que ella había empezado a sospechar de mí, así que no me quedó más remedio que matarla en la galería.

—Eso debe de haber molestado mucho a Delbridge.

Lancing se echó a reír.

—Estaba furioso, pero sabía que no le convenía perder los estribos conmigo. Fue un placer verle echar humo. Al fin y al cabo aquello le hizo darse cuenta de que no es mi amo.

—¿Temes que algún día decida que tú también has dejado de servirle?

—A diferencia de Molly, yo soy irremplazable. Delbridge lo sabe.

—En otras palabras, eres sólo un utensilio que él puede usar cuando le plazca.

—Eso no es cierto —rugió Lancing—. Soy mucho más poderoso que Delbridge. Soy una clase de hombre superior.

—Sin embargo estás a las órdenes de Delbridge. A mí me parece que no eres más que un utensilio.

—Soy mi propio amo, ¿lo entiendes, hijo de puta? —Lancing levantó la voz con estridencia—. Me conviene hacerle creer a Delbridge que cumplo sus órdenes, pero al final me quedaré con todo, con todo, ¿lo entiendes? Incluso con ese lugar en la mesa del Tercer Círculo que tanto codicia.

—¿Qué es el Tercer Círculo?

—Él no sabe que estoy al tanto de sus movimientos —prosiguió Lancing, como si no hubiera escuchado la pregunta. Ahora le energía latía ferozmente, volviéndose más oscura y constante—. Cree que porque mi madre fue una puta borracha soy menos que nada.

—¿Tu madre era prostituta? —Thaddeus se esmeró en conservar un tono frío y serio, como si el tema le despertara un interés puramente académico—. Eso explicaría por qué Delbridge no te acepta en sus círculos.

—Mi madre era una mujer respetable que fue arrojada a la calle por un hombre como Delbridge, un hombre con estatus y poder —gritó Lancing—. El cabrón la dejó embarazada y luego la abandonó. No le quedó más remedio que hacerse prostituta para sobrevivir.

—Y tú la odiabas porque se convirtió en eso; y por lo que eso te costó.

—Yo soy hijo de un *gentleman*, maldita sea.

—Pero nunca podrás reclamar tus derechos de nacimiento porque tu padre no se casó con tu madre. Lo que sucedió fue que tu madre se convirtió en prostituta y alcohólica y te arrastró con ella a los bajos fondos. Cada vez que matas a una prostituta, estás castigando a tu madre por lo que te hizo.

—No tienes ni idea de lo que dices. Mato porque eso aumenta mi poder y porque demuestra que soy un hombre altamente evolucionado que, por naturaleza, es superior a ti y a Delbridge y a cualquier hombre de Inglaterra que pueda considerarse un *gentleman*.

—Tú eres una bestia salvaje que afirma pertenecer a la especie humana.

—Cállate —gritó Lancing.

La energía arremetió con vehemencia en la oscuridad.

—Un hombre realmente superior, un cazador convencido de tener los mismos derechos y privilegios que un *gentleman* escogería a sus víctimas entre sus iguales —expresó Thaddeus con serenidad—. No asesinaría a prostitutas indefensas como su madre.

—Cierra tu maldita boca.

—¿Dónde está el reto en tu forma de matar? Cortarle el cuello a una prostituta desarmada no requiere de ninguna habilidad especial. Esa clase de asesinatos sólo demuestran que eres de una especie muy inferior a tus víctimas.

—Para ya de decir esas cosas.

—Delbridge sabe lo que eres en realidad. Cuando ya no te necesite te enviará de vuelta a los bajos fondos. Está claro que ése es tu hábitat natural.

Lancing soltó un aullido. No existiría otra palabra para describir el sonido extraño e inhumano que brotó de su garganta. Al mismo tiempo su aura se encendió.

Si bien Thaddeus estaba preparado, con la pistola apuntando hacia la puerta, no fue lo bastante rápido. El Monstruo se lanzó de un salto con la velocidad de un leopardo que derriba a su presa.

Thaddeus alcanzó a ver una silueta oscura recortada contra la tenue luz del pasillo y enseguida apretó el gatillo.

Pero en el preciso instante en que el estruendo aniquiló el silencio, Thaddeus supo que había fallado. Un momento después la silueta desapareció. El asesino estaba con él, invisible en la oscuridad de la habitación, acechándole.

Lancing soltó otra risa histérica. El sonido provenía de las sombras que se agitaban junto al armario.

—Esto es demasiado fácil. ¿Por qué no echas a correr? Un poco de deporte no estaría mal.

Lancing era invisible en la oscuridad, pero su aura seguía siendo intensa y constante. Su sed de sangre se había desatado. Prevalecía sobre todos los demás vestigios de energía. Una sed de sangre violenta y feroz, pero al mismo tiempo intensa y constante.

Thaddeus habló, cada palabra cargada de un poder hipnótico.

—No te muevas, Lancing. Eres un conejo que se encoge ante la presencia de un lobo, un cervato paralizado por el miedo. Tus brazos y piernas ya no pueden obedecerte.

No se produjo ningún movimiento cerca del armario. Thaddeus siguió hablando mientras encendía la luz.

—Esta noche no puedes matar. Estás indefenso.

La luz resplandeció poniendo al descubierto a Lancing, que estaba de pie, congelado, a la sombra del armario. Thaddeus levantó el cañón de la pistola apuntando directo al corazón de Lancing. Pero antes de que pudiera apretar el gatillo, las facciones de Lancing se retorcieron de miedo. En ese preciso instante su aura se encrespó y empezó a latir de manera salvaje, impredecible, haciendo pedazos su estado de trance.

Súbitamente liberado del poder de la hipnosis, Lancing se precipitó hacia la puerta con la rapidez de un cazador. Sin embargo ya no parecía estar gobernado por su sed de sangre. El pánico lo había abrumado.

—¡Alto! —ordenó Thaddeus. Pero el pánico era una forma de locura; inestable, incontrolable, sobre todo en alguien que ya estaba loco.

Lancing huyó por la puerta y se esfumó en el pasillo, valiéndose una vez más de la velocidad de un paradepredador.

Thaddeus le siguió, sabiendo que no había manera de alcanzarle.

Esperó a oír los pasos de Lancing en la escalera. Pero en cambio oyó una puerta en el pasillo que se abría de un empujón a sus espaldas. Se dio la vuelta y encendió un candelabro justo a tiempo para ver a Lancing desaparecer por esa puerta.

Corrió tras él empuñando la pistola. Un cazador acorralado y paralizado por el miedo podía ser tan peligroso como uno sediento de sangre.

Al otro lado de la puerta abierta se encontró inspeccionando el estrecho hueco de la escalera que conducía a la azotea. Lancing, en su estado de desorientación, o tal vez guiado por el instinto primitivo de alcanzar un nivel superior, se había escapado por el tejado en lugar de bajar a la calle.

Escaleras arriba retumbaban las pisadas. Thaddeus se sumergió con cuidado en el oscuro hueco, tanteando la pared para orientarse. Sus sentidos permanecían alertas, rastreando la energía irracional de Lancing.

Otra puerta se abrió bruscamente en lo alto. El aire de la noche ventiló el hueco de la escalera. Lancing salió al tejado.

Thaddeus le siguió. Las corrientes de miedo que emanaban del cazador atemorizado se aligeraron. Una vez más la rabia y la sed sanguinaria se convertían en fuerzas dominantes.

Thaddeus salió al tejado y encendió otra luz. Vio a Lancing rondando a una escasa distancia, el rostro desfigurado como una máscara. El Monstruo se contraía, preparándose para el salto.

—No te muevas, Lancing. Te quedarás quieto hasta que te ate las manos en la espalda. Entonces irás a Scotland Yard y confesarás que eres el Monstruo de la Medianoche.

Durante unos segundos las palabras del hipnotizador hicieron efecto. Lancing permanecía inmóvil, mientras Thaddeus avanzaba rápidamente hacia él. Tenía que acercarse lo suficiente para no fallar esta vez en el disparo.

Pero el instinto de supervivencia de Lancing, avivado por su don natural y su propia inestabilidad mental, desbordó una vez más la contención hipnótica del trance.

Gritó, se subió al parapeto de un salto y se entregó a la noche.

Tal vez su intención era caer en la azotea de la casa de al lado. De ser así cometió un error desastroso, saltando por encima del muro que daba a la calle.

El aullido concluyó en un silencio espeluznante.

# 36

El silencio no duró mucho. Un caballo relinchó asustado. Un perro empezó a ladrar. Alguien se puso a gritar con ira.

Thaddeus miró por encima del parapeto. Abajo las farolas de la calle iluminaban una escena caótica. Un coche acababa de dejar a un pasajero. El cuerpo de Lancing había caído casi delante del vehículo, espantando al caballo. El animal estaba terriblemente alterado y se agitaba nervioso entre sus correas. El cochero luchaba por controlarlo mientras le gritaba al pasajero.

—¡Usted, señor, tiene que pagarme! Y no se olvide de la propina que me prometió.

El pasajero le ignoró y echó a correr hacia el cuerpo. A Thaddeus le resultó familiar la manera en que aquel hombre se movía. Llevaba puesta una gorra que en ese preciso instante se le cayó. Una larga cabellera negra se derramó sobre sus hombros.

—¡Qué diablos! —chilló el cochero.

Un perro enorme saltó desde el interior del coche ladrando frenéticamente. También el perro le resultó familiar a Thaddeus.

—Y no se olvide del recargo por el maldito perro —gritó el cochero.

De repente Thaddeus sintió que la tensa energía generada por la confrontación con Lancing se concentraba en otro punto. Lo invadió una ráfaga de cólera. ¿Cómo se atrevía Leona a seguirle en una situación de peligro mortal? De haber llegado cinco minutos antes, sólo cinco minutos, ahora podría estar muerta.

—Maldita sea.

Se apartó del muro, atravesó el tejado a la carrera y emprendió un descenso temerario por la escaleras en plena oscuridad. En el recibidor abrió la puerta de un tirón y salió a la calle.

*Fog* fue el primero en reconocerle. Los furiosos ladridos dieron paso a un caluroso recibimiento.

Leona se estaba incorporando junto al cuerpo. Nada más verle echó a correr hacia él, como si mil demonios la persiguieran.

—¡Pensé que eras tú! —gritó—. ¡Dios mío, pensé que eras tú!

Parecía tan furiosa como él. Antes de que Thaddeus empezara a reñirla, Leona se aferró a él con todas sus fuerzas, apretando su cara contra su hombro.

—Pensé que eras tú, Thaddeus —susurró esta vez—. Fue horrible.

Él gimió a la vez que la estrechaba entre los brazos, hundiendo la cara en su pelo y aspirando su perfume.

—¿Se puede saber qué diablos haces aquí? ¿Tienes idea de lo que podría haber ocurrido si entrabas en esa casa unos minutos antes? Te habría matado en un santiamén, o tomado como rehén.

—Thaddeus.

Pronunció su nombre en medio de un sollozo. Quiso levantar la cabeza, pero él hizo que volviera a apoyar la cara en su abrigo.

—¿Qué hay de lo mío? —refunfuñó el cochero.

Sujetando a Leona contra su pecho, Thaddeus metió la otra mano en el bolsillo, sacó unas monedas y se las arrojó al cochero.

—Thaddeus —masculló Leona, el rostro aún apoyado en la lana gruesa de su abrigo—. Me falta el aire.

—Uno piensa que ya lo ha visto todo —dijo el cochero guardándose el dinero—, y de pronto aparece una puta vestida de hombre.

Thaddeus infundió a su voz toda la fuerza de su poder hipnótico.

—Quédate quieto o te retorceré el pescuezo.

El cochero obedeció. Pero su caballo empezó a alterarse, reaccionando como lo haría cualquier animal a las corrientes de energía que se agitaban en el ambiente. *Fog* también reaccionó. Elevó el hocico al cielo y se puso a aullar. Su llanto intempestivo resonaba en las calles.

Era más de lo que el caballo podía soportar. La criatura aplanó las orejas, reanudó los relinchos de pánico y empezó a corcovear. El cochero, sumido en el trance, nada podía hacer para controlarlo.

—Ya puedes moverte —gritó Thaddeus liberándolo—. Y haz que tu maldito caballo se tranquilice.

El cochero emergió del trance y enseguida cogió las riendas. Pero ya era tarde. El animal salió pitando en un arrebato de locura. El coche echó a rodar y en un viraje brusco se perdió de vista, mientras el cochero seguía llamando a voces a su desventurado caballo.

Una ventana se abrió de un empujón en una planta superior. Una cabeza coronada con un gorro de dormir se quedó contemplando la escena.

—¡Da la alarma! —gritó la mujer—. Hay un lobo suelto en la calle.

Un poco más allá se abrió otra ventana.

—Harold, ven a ver esto —gritó otra mujer—. Hay un lobo. Y un cuerpo. El lobo ha matado a un hombre. ¡Dios mío, que alguien llame a la policía!

—Maldita sea. —Thaddeus cogió a Leona del brazo y la llevó a rastras hasta la esquina—. Qué bonito desastre. Debemos salir ya mismo de aquí antes de que alguien se dé cuenta de que eres una mujer. No puedo hipnotizar a todo el vecindario.

*Fog* iba detrás de ellos dando brincos, entusiasmado por esa nueva aventura.

—Cielos —dijo Leona sin aliento—. Te preocupas por nada. Es imposible que alguien de por aquí me reconozca.

—Si mal no recuerdo, eso mismo dijiste la noche en que tuvimos que salir pitando de la mansión de Delbridge. Pero su mascota asesina no sólo te encontró, sino que entró en tu casa y te robó el maldito cristal.

—Dígame una cosa, señor, ¿va a recordarme ese pequeño incidente durante el resto mi vida?

—Me temo que sí.

Tardaron algún tiempo en encontrar otro coche y dirigirse a la casa del contacto de Thaddeus en Scotland Yard. Leona y *Fog* se quedaron esperando en el carruaje mientras él llamaba a la puerta de la modesta casa del detective. Apareció un hombre de aspecto soñoliento, en bata y con una vela en la mano, que mantuvo una conversación en voz baja con Thaddeus durante varios minutos.

Finalmente el detective volvió a entrar en la casa y cerró la puerta. A grandes zancadas Thaddeus bajó los escalones de la fachada y se metió en el coche. Leona enseguida advirtió que el hecho de informar al hombre de Scotland Yard sobre la muerte de Lancing no le había servido para disminuir su tensión.

—El detective Spellar se ocupará del cuerpo y terminará la investigación —dijo Thaddeus en un tono contenido aunque furioso—. Él fue el primero en sospechar que el Monstruo de la Medianoche era un cazador. Con suerte encontrará pruebas para inculpar a Lancing cuando registre su alojamiento. Un asesino tan desquiciado como ése seguramente llevaba un registro de sus crímenes. Estaba muy orgulloso de su trabajo.

No era necesario el cristal para adivinar que Thaddeus no estaba de un humor excelente. *Fog* reaccionó prestándole toda su

266

respetuosa atención, como un soldado que aguarda órdenes de un comandante. Leona hacía tamborilear sus dedos sobre el asiento. La conmoción y el terror experimentados al ver el cuerpo de Lancing se habían convertido en un tembloroso alivio. Ahora, sin embargo, esa emoción perturbadora se mezclaba con una exasperación creciente próxima a la ira.

Para cuando llegaron a la oscura mansión ella había alcanzado el punto límite.

—Vete a dormir —ordenó Thaddeus—. Mañana hablaremos.

Suficiente. El hecho de que ella tuviera que hacer exactamente lo que él le ordenaba sólo sirvió para enfurecerla aún más.

—¿Cómo te atreves? —dijo con firmeza.

Él entró en la biblioteca, ignorándola por completo. Arrojó su abrigo sobre el respaldo del sofá, encendió una lámpara y fue directo a servirse un brandy. Leona se apresuró a seguirle, cerró la puerta y se apoyó de espaldas en ella, asiendo el pomo con ambas manos.

—No tienes derecho a darme órdenes, Thaddeus —susurró furiosa.

—Tengo todo el derecho. —Sacó el tapón de la botella de un tirón y vertió una medida en un vaso—. Mientras seas mi huésped harás lo que te diga.

—Te recuerdo que tú me pediste que me quedara. Ahora veo que acceder a tu petición aquella vez te dio una idea totalmente equivocada de nuestra asociación.

—¿Nuestra asociación? —Él le lanzó una mirada burlona y volvió a llenarse el vaso—. ¿Es así como lo llamas? Suena como un acuerdo empresarial.

—Bueno, en cierto modo es eso.

Ella supo entonces que había cometido un grave error. Las intensas corrientes energéticas que flameaban invisibles en torno a Thaddeus se levantaron como un fuego arrasador, alcanzando un nuevo nivel de peligro.

Con sumo cuidado él dejó el vaso de brandy sobre la mesa y atravesó la sala en tres largos pasos. Se detuvo delante de ella, la acorraló contra la puerta y capturó su rostro con las manos. Al hablar, su voz surgió desde el corazón de una tormenta. Ella se vio envuelta en una cadencia hipnótica.

—Por todos los santos y los demonios, *madame*, sea lo que sea esto que hay entre nosotros, no es un acuerdo empresarial.

Ella requirió de toda su energía para impedir que la abrumara. El calor la desbordó. Se preguntó si tenía fiebre.

—¿Por qué estás tan enfadado? —dijo.

—Porque esta noche casi consigues que te maten.

—Tú también.

Él no reparó en esa lógica.

—Nunca más volverás a correr semejante riesgo. ¿Me has entendido, Leona?

—Tú eras el que estaba en peligro —replicó ella—. No tenía elección. Y deja de darme órdenes con voz de hipnotizador. Soy inmune a tus poderes, ¿recuerdas?

Él apretó su rostro entre las manos. Los ojos de Thaddeus eran mares atestados de peligros pero con corrientes insoportablemente excitantes.

—Lamentablemente —dijo por lo bajo—, yo no soy inmune a los tuyos.

Hizo cautiva a su boca, y entonces ella descubrió que un beso suyo tenía un poder hipnótico superior al de su voz. Ni siquiera quería apelar a un intento de resistencia. Como si él se lo hubiese ordenado, la volátil mezcla de miedo, frustración, dolor y rabia que la atenazaba de pronto se transformó en una pasión desenfrenada.

Lo envolvió con sus brazos, luchando con él por un abrazo. En medio de aquellos besos húmedos, ardientes, hambrientos, él empezó a quitarle toda la ropa de hombre que llevaba puesta. Chaqueta, camisa, zapatos y pantalones acabaron en una pila en el suelo. Con las prisas ella había pasado por alto la ropa interior, por lo que de pronto se encontró completamente desnuda.

Él recorrió con ambas manos los contornos de su cuerpo, las palmas se deslizaban posesivas, ávidas a lo largo de su espalda, las curvas de su cintura y las olas de sus caderas. Halló el tierno corazón que se derretía entre sus piernas y lo acarició hasta sentirla húmeda; hasta que ella estuvo a punto de gritar pidiendo más.

La levantó y la llevó en brazos hasta el otro extremo de la alfombra. Con la sangre hirviendo de excitación, ella cerró los ojos mientras le daba vueltas la cabeza. Cuando él se disponía a bajarla, ella se imaginó tendida de espaldas sobre los cojines del sofá o sobre la moqueta. Pero en cambio sintió una superficie de madera dura y pulida justo debajo de su trasero desnudo.

Abrió los ojos, sorprendida, y descubrió que estaba sentada sobre el borde del escritorio. Antes de que ella pudiera siquiera preguntar, Thaddeus ya tenía abierta la parte delantera del pantalón y se abría camino entre sus muslos.

Él le aferró la nuca con una mano y se acercó a sus labios para besarla. Ella sintió que él deseaba hacerle tomar conciencia de esa fuerza que los unía.

—Sea lo que sea, esto no es un acuerdo empresarial —repitió él.

Con su boca devoró la de ella. Al mismo tiempo la embistió de un modo pausado, implacable, haciéndole saber que reclamaba un derecho. Una presión increíblemente excitante, estimulante.

Se movía dentro de ella con estocadas largas y contundentes. Instintivamente ella lo rodeó con sus piernas, reivindicando su propio derecho femenino. Él respondió con un gemido. Ella sentía en las palmas la humedad de su camisa. Él apartó las manos de su nuca y se aferró a sus caderas, penetrándola aún más. Tan profundamente que ella creyó que estallaría en pedazos, llegando a pensar por un momento que se habían fundido en un solo ser.

Se dejó caer de espaldas sobre el escritorio y estiró los brazos a ambos lados. Se oían algunos ruidos sordos a medida que todos los objetos pequeños salían volando para caer sobre la moqueta. Se agarró a los bordes de la mesa con tal fuerza que parecía imposible que no dejara pequeñas muescas en la madera. Como si se le fuera la vida en ello.

Un momento después la desbordó el orgasmo. Esto fue suficiente para arrastrar a Thaddeus con ella. Mientras él se entregaba a su propia oleada de placer, Leona sintió que por un instante intemporal sus auras se fusionaban.

Fue una sensación exquisitamente íntima, tan increíblemente intensa que ella no podía soportarla. Se retorció por última vez y luego se rindió, apenas consciente de las lágrimas que se filtraban por las comisuras de sus ojos entrecerrados.

# 38

Thaddeus volvió en sí, consciente de que se sentía prácticamente agotado. Todo lo que quería era desplomarse. Aún estaba inclinado sobre Leona, con las manos rodeando su cuerpo tibio y suave. Sus piernas, que hacía un momento estaban ceñidas a su cintura, se habían aflojado abruptamente y ahora colgaban sobre el canto de la mesa.

La vio entregada debajo de él, con los ojos cerrados, la boca blanda y gruesa, y tuvo una sensación de eufórica satisfacción diferente a todo lo que había sentido hasta entonces. Con cuidado y a regañadientes emergió desde el fondo de su corazón henchido y apretujado. Apoyándose en el escritorio, se limpió con un pañuelo y se puso los pantalones. Luego se dejó caer en la silla más próxima.

Se reclinó, dejó descansar los brazos a los costados, estiró las piernas y disfrutó de la escena de Leona servida como un delicioso banquete ante sus ojos. El cristal rojo que ella llevaba en el cuello aún brillaba tímidamente.

Al cabo de un rato, cuando ella se movió y abrió los ojos, él se espantó al apreciar el brillo de sus lágrimas. Sintió una culpa desgarradora. Enseguida se levantó y con la punta de los dedos limpió los vestigios de humedad que quedaban en su rostro.

—¿Te he hecho daño? —preguntó.

—No. —Ella le ofreció una extraña sonrisa y se incorporó con cuidado, dándole la espalda, como si de repente aflorara su timidez—. Ha sido una experiencia algo intensa, eso es todo.

—¿Algo? Prueba a decir increíble, indescriptiblemente intensa. Prueba a decir agotadora. No sé cómo haré para subir las escaleras.

—Puede que tenga el mismo problema.

Se bajó de la mesa y presurosa cruzó la habitación para recoger su ropa. Él la miraba distraído mientras ella volvía a ponerse la camisa de hombre y los pantalones, disfrutando del placer de verla vestirse una vez exprimida la pasión, saboreando la intimidad del momento.

—¿Crees que todas nuestras discusiones acabarán así? —le preguntó, contemplando sonriente esa posibilidad.

Ella hizo una pausa mientras se abotonaba la camisa y le lanzó una mirada calma.

—Lo mejor sería no tener estas discusiones a menudo.

Él meditó sobre el motivo de la pelea, hasta que su gesto risueño se desvaneció.

—Tienes razón —dijo entrecerrando levemente los ojos—. No quiero que esta noche se repita.

Ella frunció el ceño a modo de advertencia.

—Thaddeus...

—No creo que mi corazón resista —concluyó él.

Ella le miró como si estuviera dispuesta a seguir discutiendo, pero en cambio frunció la nariz y dijo:

—El mío tampoco.

Él le sonrió. Ella le sonrió.

Con o sin discusiones, pensó Thaddeus, estaban entrelazados con las hebras de una telaraña invisible. No había escapatoria para ninguno de los dos. Pero prefirió no decirlo. Era demasiado pronto, era un momento delicado.

Ella terminó de vestirse y se quedó allí, mirándole con aire sombrío y de preocupación. «¿Y ahora qué?», se preguntó él.

—Esa bestia, Lancing —dijo ella—. ¿Realmente saltó?

Así que era eso. Ella estaba inquieta ante la posibilidad de que Thaddeus lo hubiese matado. Una reacción que él tendría que haber previsto. Exhaló despacio, volviendo a revivir la escena en el tejado.

—Sí —respondió. Qué diablos, era la verdad, tal como él lo había percibido.

El rostro de Leona se iluminó bajo una expresión de alivio.

—Comprendo.

Él se levantó y se acercó a la mesa donde había dejado el brandy por la mitad. Bebió un trago, aguardó a que el calor recorriera su cuerpo y volvió a apoyar el vaso.

—Pero yo deliberadamente lo empujé a hacerlo —dijo.

—No lo entiendo.

—Me costaba mantenerlo en trance más de unos segundos. —La miró a los ojos desde el otro extremo de la sala—. Estaba... trastornado. Gran parte de su energía era un caos. Estaba bajo mi control y al minuto siguiente huía. Pero era muy consciente de lo que sucedía y eso hizo que le entrara pánico. Subió al tejado.

—Y tú fuiste tras él.

—Así es. —Él no apartaba sus ojos de ella—. Creo que quería saltar al tejado de al lado, pero en su estado de miedo y confusión saltó hacia el lado equivocado. Y acabó en la calle.

—Comprendo.

—Yo fui quien lo llevó a ese estado de desorientación extrema. Yo lo maté, Leona, como si lo hubiera empujado desde el tejado. Mientras le seguía por las escaleras quería acabar con él, porque sabía con certeza que no podría ser confinado en una prisión lo bastante segura. Estaba desquiciado, pero aun así era muy poderoso. Y muy peligroso. Quería dispararle, pero...

Ella asintió una sola vez con la misma solemnidad, y caminó hacia él. Thaddeus se dio cuenta de que estaba conteniendo el aliento.

Ella se colocó delante y apoyó una mano sobre el perfil de su rostro.

—Era un perro rabioso. Hiciste lo que tenías que hacer.

—Pero ahora me miras con otros ojos porque tramé la muerte de un hombre.

Ella negó con la cabeza lentamente y sus dedos le rozaban la mejilla con dulzura.

—Son sólo ojos de preocupación.

Eso lo tomó por sorpresa.

—¿Qué es lo que te preocupa?

—A diferencia de Lancing, eres un hombre civilizado con conciencia y sentido de la decencia. Los hombres civilizados no matan impunemente, ni siquiera cuando se trata de una causa justa. El acto siempre tiene un precio. De no ser así, tú mismo no te diferenciarías de un animal. Tendrás sueños, Thaddeus. Quizá no esta noche. Quizá tampoco mañana. Pero tarde o temprano tendrás sueños.

Se quedó quieto, temeroso de que ella apartara la mano de su rostro si él se movía.

—Sí —dijo—. Supongo que tendré sueños.

—Prométeme que acudirás a mí cuando empiecen a torturarte. No puedo ahuyentarlos del todo, pero puedo evitar que se vuelvan abrumadores.

Ella no estaba espantada por lo que él había hecho. Se ofrecía a ayudarle a enfrentar las consecuencias inevitables de sus acciones. Respiró despacio, enormemente aliviado.

Tomó sus dedos con la mano, se los llevó a la boca y los besó.

—Si necesito ayuda con los sueños, acudiré a ti.

Ella asintió satisfecha y dio un paso atrás.

—Al menos ahora tenemos algunas respuestas y el Monstruo de la Medianoche está muerto.

—Lo cual me recuerda algo. —Se dio la vuelta, recogió el abrigo que había dejado sobre el sofá y extrajo una hoja de papel del bolsillo—. Encontré esta carta debajo del colchón de Molly Stubton. Nunca la terminó. Por algún motivo tuvo que esconderla.

La leyó en voz alta.

Querido J.

Tengo buenas noticias. Estoy llevando a cabo mis planes tal como esperaba. Anoche le informé a D. que esperaba que me pagara mucho más de lo que actualmente me ofrece por los riesgos que estoy corriendo. Al principio se negó; me insultó y me dijo que si no fuera por él ahora no estaría mezclándome con «gente superior» en los círculos de la buena sociedad. Fue muy aburrido. Pero cuando le recordé que si no fuera por mí él nunca habría sabido el nombre del coleccionista que poseía ese pedazo de roca que tanto codiciaba, finalmente entró en razón.

Le pregunté por qué era tan importante ese cristal. Pensé que merecía la pena saberlo. Pero todo lo que me dijo es que era el requisito para ser admitido en un club sumamente exclusivo.

Aunque espero que me vaya bien con los ingresos de D., sé mejor que nadie que no puedo fiarme de él. Por eso he decidido buscarme otro amante. Una mujer que está sola en el mundo no puede permitirse vivir sin la protección de un caballero adinerado. Tengo mis ojos puestos en un tal señor S., un hombre muy rico y poco inteligente. Excelente combinación.

La carta terminaba de forma abrupta. Al levantar la vista del papel Leona le miraba absorta.

—Parece que tu amigo Caleb Jones tenía razón al sospechar que el plan abarcaba mucho más —dijo pensativa—. Delbridge no robó mi cristal sólo para tenerlo en su colección personal. Lo quería porque era el precio que debía pagar para unirse a una especie de club secreto.

Thaddeus plegó la carta lentamente.

—Un club que consideraba tan importante que estaba dispuesto a cometer asesinatos.

—Ella menciona que está buscando un nuevo amante. Debe de haber sido el hombre que aquella noche entró en la galería para encontrarse con ella.

—Tal vez —dijo Thaddeus—. Una cosa es cierta, y es que debo regresar a la mansión de Delbridge lo antes posible.

Los ojos de Leona brillaron de ansiedad.

—¿Crees que volveremos a encontrar el cristal en el mismo sitio?

—Lo dudo. Si por casualidad el cristal todavía está en manos de Delbridge, esta vez habrá tomado la precaución de esconderlo en un lugar menos obvio.

—¿Entonces para qué regresar a la mansión?

—Porque quiero encontrar algo que podría ser mucho más importante que el maldito cristal.

Ella parecía sorprendida de que pudiera existir algo más importante que la piedra de aurora.

—¿Qué?

—Información sobre el club secreto en el que Delbridge quiere ingresar. Tal vez, con un poco de suerte, consiga averiguar los nombres de los otros miembros.

—Comprendo. Bueno, supongo que sería una información muy útil para ti y Caleb Jones.

Él se acercó al escritorio, abrió un cajón y sacó el programa de actividades habituales de Delbridge que él y Caleb habían confeccionado al comienzo de la investigación.

—Si Delbridge sigue su rutina habitual, mañana por la noche estará en su club hasta muy tarde. Sólo dos sirvientes viven en la casa, el ama de llaves y su esposo, el mayordomo. Los demás van a diario, pero ninguno está en la casa por la noche.

—Qué extraño. La mayoría de los sirvientes viven en la casa de sus patrones.

—Delbridge tiene secretos que proteger, muchísimos —le recordó él—. Y los sirvientes hablan, como lo hace todo el mundo. En cualquier caso, el matrimonio que vive en la mansión mañana tiene la tarde libre. Siempre van a visitar a su hija. Pasan la noche en la casa de ella.

—¿Y si Delbridge cambia los hábitos al enterarse de que su mascota ha muerto?

—No me parece probable. En todo caso, la noticia de la muerte de Lancing nos da la garantía de que se ceñirá a su programa diario. Estará sumamente nervioso y no querrá que nadie lo relacione con la muerte de Lancing.

—Entiendo —dijo Leona—. A estas alturas muchos socios de Delbridge deben de estar al tanto de que conocía a Lancing y que incluso lo invitaba a su casa.

—Delbridge se verá obligado a desligarse del Monstruo y a mostrarse tan conmocionado como los demás miembros de la Sociedad al conocer la noticia de que Lancing estaba vinculado con una serie de crímenes espantosos. La mejor manera de disimular es continuar con su rutina diaria. Y si le preocupa el largo brazo de la ley, acudir al club le reportará un beneficio adicional.

—¿Cuál?

—Pocos sitios en el mundo están más lejos del alcance de un detective que un club de caballeros.

Leona sacó pecho. Su rostro adoptó una expresión resuelta demasiado familiar. A Thaddeus se le hizo un nudo en el estómago. Ya sabía lo que venía a continuación.

—Mañana por la noche iré contigo —dijo ella.

—No.

—Me necesitarás.

—No.

—Sí, por lo mismo que me necesitaste la última vez. Por favor, Thaddeus, sé razonable. La posibilidad de que el cristal esté en la mansión es remota. Pero si allí estuviera, yo sería la única que podría detectarlo. Y si tú accidentalmente hicieras saltar otra de esas terribles trampas venenosas, ¿qué harías sin mí? Te guste o no estamos juntos en esto. Así ha sido desde el principio. Nos necesitamos el uno al otro.

«Tiene razón», pensó él. Sin duda la necesitaba, como nunca había soñado que necesitaría a una mujer.

—Me lo pensaré —dijo suavemente.

Ella sonrió. «No es un gesto de victoria —pensó él—, más

bien de alivio.» Realmente había pasado una noche aterradora ignorando si él estaba a salvo.

—Buenas noches, Thaddeus —dijo con ternura—. Y gracias por ser razonable.

«La razón poco tiene que ver con esto», pensó él. Cuando se trataba de esa mujer se sentía paralizado por una pasión tan dominante como un estado de trance.

Cruzó la habitación con ella y le abrió la puerta.

—Una cosa más —dijo antes de que ella saliera—. ¿Cómo supiste que corría peligro?

Ella dudó un instante, mostrándose primero sobresaltada y luego levemente preocupada. Finalmente sacudió la cabeza.

—No tengo ni idea. De pronto lo supe.

—Es porque los lazos que nos unen se hacen cada vez más fuertes —explicó él con serenidad.

Los ojos de ella se ensombrecieron de ansiedad. Antes de que pudiera empezar a discutir, él la besó suavemente en los labios.

—Buenas noches, Leona.

# 39

A la mañana siguiente llegó el detective Spellar, justo cuando Leona, Thaddeus y Victoria se estaban sentado a desayunar. Le acompañaron inmediatamente al salón.

Saludó a Victoria de un modo respetuoso aunque familiar.

—Señora Milden —dijo.

Ella le devolvió una majestuosa inclinación de cabeza.

—Buenos días, detective. Hoy llega temprano.

Leona pestañeó ante tan tranquilo y cordial recibimiento. Era algo más que insólito que en una casa como aquélla invitaran a un policía a desayunar.

Thaddeus le presentó a Spellar.

Ella sonrió.

—Detective.

Spellar inclinó la cabeza con cortesía.

—Es un placer, señorita Hewitt.

—Sírvase —dijo Thaddeus señalando el aparador cargado de platos—. Y cuéntenos qué noticias nos trae.

—Gracias, señor, muy amable. —Spellar miró la vajilla de plata con entusiasmo—. No he parado en toda la noche y debo admitir que estoy un poco hambriento.

Leona lo observaba con curiosidad. Nunca antes había conocido a un policía. A tío Edward nunca le había hecho mucha gracia relacionarse con policías.

La noche anterior sólo había visto a Spellar fugazmente mientras hablaba con Thaddeus. Ahora comprobaba que era de mediana estatura, con una silueta robusta y rellena que hacía pensar que disfrutaba a lo grande con la comida. Un grueso bigote resaltaba en su semblante amplio y alegre y servía para distraer al observador de la inteligencia perspicaz que brillaba en sus ojos color turquesa. Tanto su chaqueta como sus pantalones estaban hechos a medida para favorecer su figura corpulenta.

Thaddeus advirtió la manera en que ella lo escudriñaba. Le hizo gracia.

—Creo que debo mencionar que el detective Spellar es miembro de la Sociedad Arcana. Posee un don que es sumamente útil en su profesión. Puede leer la escena de un crimen como si se tratara de un libro.

—A decir verdad —apuntó Spellar de pie junto al aparador—, unos libros son más complejos que otros.

—¿Tuvo alguna dificultad para sacar algo en claro de la pensión donde se alojaba Lancing? —preguntó Thaddeus.

—Ninguna. —Spellar se sirvió huevos y salchichas con notable habilidad—. Puede estar seguro de que el hombre que saltó anoche desde la azotea era el Monstruo de la Medianoche.

—¿Encontró alguna prueba? —quiso saber Leona.

—*Souvenirs* de cada uno de sus crímenes, créalo o no. Y también un libro de notas. —Spellar se sentó y cogió un tenedor—. El hijo de puta... —Se interrumpió, enrojeciendo de rabia—. Sepan disculparme, señoras.

Victoria agitó una mano impaciente.

—No se preocupe, detective. Por favor, continúe. Estamos ansiosos por conocer el resultado de su investigación.

Spellar se aclaró la garganta.

—Como les iba diciendo, el Monstruo conservaba recuerdos de todos sus asesinatos y un informe detallado de cómo acechaba a sus víctimas. —Chasqueó los labios indignado—. Había un botón perteneciente al vestido de una mujer. Un pañuelo de otra pobre chica, un lazo de la tercera muchacha y un medallón de la cuarta. Cada cosa perfectamente dispuesta en pequeños cofres con el nombre de la víctima.

Leona dejó el tenedor sobre la mesa, incapaz de terminarse los huevos.

—¿Dice que fueron cuatro víctimas en total, Detective?

—Sara Jane Hansen, Margaret O'Reilly, Bella Newport y Molly Stubton.

—¿Y que hay de las tres desaparecidas? —preguntó Leona con apremio.

—Aún no hemos encontrado los cuerpos —dijo Spellar—. Todo lo que puedo decirle es que no había *souvenirs* ni informes referentes a esas tres. Es probable que esas desapariciones no estén relacionadas con el caso. No encajan con el método criminal del Monstruo.

Tras cavilar unos instantes Thaddeus agitó la cabeza.

—El tabernero dijo que la tercera mujer, Annie Spence, describió al hombre que la acechaba como un caballero elegante de cabello rubio.

—Coincide con Lancing —admitió Spellar—. Quizá se deshizo de su cuerpo y de los de las otras dos.

—Como hizo con el cuerpo de Molly Stubton —dijo Leona.

Thaddeus entornó los ojos.

—Lancing me dijo que el asesinato de Molly Stubton se lo había encargado su jefe. Disfrutó del trabajo y procuró que encajara en su patrón. Pero como estaba a las órdenes de Delbridge no pudo seguir su procedimiento habitual. Se le ordenó enterrarla en el bosque.

Victoria frunció el ceño.

—Quizá Delbridge también le ordenó que se deshiciera de las otras chicas que desaparecieron de un modo similar.

—¿Por qué haría eso? —preguntó Leona—. Está claro que Molly Stubton se había convertido en un problema para Delbridge. Quería quitarla del medio. ¿Pero por qué iba a estar interesado en una pobre prostituta como Annie Spence? Ella era la clase de mujer a la que el Monstruo seguía los pasos y mataba por puro placer.

Los anchos hombros de Spellar se elevaron y cayeron.

—Como decía, puede que las tres desapariciones no estén relacionadas con el caso. Puede que nunca sepamos qué ocurrió con Annie y las otras dos. Seguramente no eran las primeras que desaparecían de las calles de Londres sin dejar rastro. Pero al menos nos hemos librado del Monstruo. A lo largo de mi carrera he aprendido que hay que celebrar las pequeñas victorias siempre que se presentan.

—¿Y qué hay de Delbridge? —preguntó Victoria—. ¿Ha encontrado alguna prueba que demuestre una conexión entre él y el Monstruo?

Spellar exhaló un largo suspiro.

—Todavía no. Está claro que se conocían. Pero Delbridge se las arreglaba para mantener a Lancing distanciado de su círculo social. Según he podido averiguar, la fiesta de la otra noche fue la primera ocasión en la que Lancing fue invitado a la mansión.

—Lo invitaron para que se encargara de Molly Stubton —dijo Thaddeus—. Lancing probablemente exigió una invitación a la fiesta a modo de honorarios. Envidiaba la posición social de Delbridge. Creía tener el mismo derecho a ocupar esa posición.

—Hablando de lord Delbridge —dijo Spellar limpiándose la boca con una servilleta—. Pasé por su mansión antes de venir aquí. Sabía que no accedería a hablar conmigo, pero pensé que no costaría nada echar un vistazo al lugar, sólo para observar si había algún movimiento interesante. Sentía curiosidad por conocer su reacción al enterarse de que el Monstruo había muerto.

Leona miró a Thaddeus. Su rostro se mantuvo impasible, pero ella captó el mensaje enseguida. Él no quería que a ella se le ocurriera siquiera insinuar que tenían planeado registrar la mansión de Delbridge. Ella lo comprendía perfectamente. El detective Spellar era la persona a quien la Sociedad Arcana había solicitado con suma discreción que investigara al Monstruo de la

Medianoche, pero él no podía permitirse consentir en público el allanamiento ilegal de la casa de un caballero. Sería un suicidio profesional. Era mejor para todos que él permaneciera felizmente desinformado.

—¿Observó algo interesante en la mansión? —preguntó Thaddeus mostrándose ligeramente curioso.

—No había nada que observar. —El bigote de Spellar se crispó. Alargó la mano hacia una tostada—. La casa estaba vacía y bien cerrada. No se veían sirvientes por ningún lado. Nada que confirmara la presencia de Delbridge.

Thaddeus permaneció inmóvil.

—¿Cree que Delbridge se ha ido de Londres?

Leona se irguió de golpe. El maleante había huido con su cristal. Ya nunca podría recuperarlo.

Su indignación y alarma se hicieron evidentes para Thaddeus, que le dirigió una mirada sutil y silenciosa. Con resentimiento, ella se tragó todas las preguntas que quería lanzarle al detective Spellar como flechas y procuró parecer gentilmente interesada.

—Delbridge debe de haberse enterado de que su asesino a sueldo ha muerto en circunstancias sospechosas que podrían comprometerle —comentó Spellar untando su tostada con mantequilla—. El Monstruo, un suicidio delante de la casa que antes había ocupado la amante de Delbridge, desaparecida misteriosamente. Demasiado alarmante.

Victoria frunció el entrecejo.

—¿Pero cómo pudo enterarse tan pronto de la muerte de Lancing?

—No estoy seguro. —Spellar le dio un mordisco a su tostada—. Tal vez tenían una cita y Lancing no se presentó. O quizás oyó rumores de su muerte en el club, corrió a casa, hizo las maletas y se largó.

—Pero ¿por qué querría irse? —preguntó Leona—. Por lo que dicen todos, él tomaba la precaución de interponer una distancia social entre él y Lancing. ¿Qué motivos puede tener para preocuparse tanto y echar a correr tras enterarse de que Lancing ha muerto? Para él tendría más sentido permanecer en la ciudad y simular que está tan asombrado como todo el mundo por la noticia sobre la identidad del Monstruo.

El espeso bigote de Spellar osciló de arriba abajo unas cuantas veces.

—Todo esto es pura especulación, como comprenderá, pero se me ocurre que tal vez las peculiares circunstancias de la muerte de Lancing dieron a Delbridge un motivo para temer que el próximo en morir de una manera similar pudiera ser él.

Thaddeus ni siquiera se inmutó, pero Leona casi se ahogó con el té.

Lo sabe, pensó ella. Valiéndose de su intuición psíquica el detective Spellar había adivinado que la muerte de Lancing tampoco había sido un accidente, ni un simple suicidio. Sabía lo que realmente había sucedido en el tejado la noche anterior; lo sabía e iba llevarse el secreto a la tumba.

A Leona se le ocurrió que un policía a lo largo de su carrera probablemente llegaba a guardar muchos secretos. Y un policía que además era miembro de la Sociedad Arcana seguramente guardaba muchos más.

# 40

La casa de Delbridge asomaba envuelta en niebla a la luz de la luna, parecía una mansión encantada surgida de una novela gótica. La noche de la fiesta las plantas inferiores resplandecían de luz, pero ahora todas las ventanas estaban oscuras.

Leona y Thaddeus permanecían de pie junto a la verja, en la parte de atrás de los extensos jardines. Ella temblaba, sacudida por la tensión, la ansiedad y una sensación de pavor. Pero hacía todo lo posible por ocultarle a Thaddeus sus emociones. Sabía que a él no le costaría nada cambiar de opinión y negarse a que ella le acompañara al interior de la mansión.

—El detective Spellar tenía razón —dijo ella—. La casa parece desierta.

—El hecho de que los sirvientes hayan partido junto con su amo indica que Delbridge tiene pensado estar ausente durante una larga temporada —afirmó Thaddeus—. Tiene un pabellón de caza en Escocia. Tal vez se refugie allí.

—En Escocia. —Ella se quedó pasmada—. ¿Cómo haré para recuperar mi cristal si se lo ha llevado a Escocia?

—La Sociedad Arcana tiene un brazo largo —dijo Thaddeus. Daba la impresión de estar reprimiendo la risa.

Ella alzó la barbilla.

—Te recuerdo que el cristal es mío, no de la Sociedad.

—Y yo te recuerdo que acordamos posponer cualquier discusión acerca de su propiedad hasta haber recuperado la maldita piedra. ¿Estás lista?

—Sí.

Thaddeus iba de negro como de costumbre. Ella también se había vestido para un trabajo a medianoche. Además de la chaqueta de sirviente y los pantalones que Adam le había provisto para la primera expedición a la mansión Delbridge, esta vez llevaba una camisa oscura de lino que Thaddeus le había dejado.

La camisa, naturalmente, le iba demasiado grande. Ella se las había arreglado para meter toda la tela sobrante dentro del pantalón, pero el resto no podía ocultarse y creaba un efecto llamativamente abultado debajo de su chaqueta ajustada. Se sentía como un muñeco de trapo y sospechaba que ése era el aspecto que tenía.

—Entraremos por la ventana de la biblioteca —dijo Thaddeus.

—¿Y si ha colocado una de sus trampas peligrosas justo allí? —preguntó ella.

—No lo creo. Le corría mucha prisa irse. No tuvo tiempo de colocar trampas elaboradas. ¿Para qué molestarse? El cristal se lo habrá llevado con él.

—Sí, ya lo creo —dijo ella tristemente—. Y ahora estará camino de Escocia.

—¿Qué ha sido de ese rasgo inconfundible y siempre irritante que te hacía adoptar un pensamiento positivo desenfrenado?

Ella decidió ignorarle.

Enfilaron por un camino a lo largo del inmenso jardín descuidado. Si bien Thaddeus estaba convencido de que Delbridge no había colocado trampas, ambos tomaron la precaución de cubrirse la nariz y la boca con una tela gruesa mientras él introducía la ganzúa en la cerradura de una ventana.

Entraron en la biblioteca en un santiamén. Todas las cortinas estaban corridas, oscureciendo la habitación por completo. Una energía perturbadora se agitaba en el ambiente. Un resplandor amarillo dejaba al descubierto una colección de extrañas reliquias distribuidas por toda la sala. Leona supo enseguida que los flujos paranormales emanaban de esas antigüedades.

—Quizás éstos sean los objetos que él considera menos valiosos —observó Thaddeus—. Los que no merecen ser expuestos en el museo de arriba.

Ella se estremeció, convencida de que el desagradable hormigueo que ahora sentía no era nada comparado con lo que había experimentado en la galería, donde se hallaban las principales obras de la colección de Delbridge.

—Debe de haber dedicado gran parte de su vida a adquirir estos objetos —dijo ella.

—Delbridge es de lo más obsesivo con las antigüedades paranormales. —Thaddeus se acercó al escritorio, abrió un cajón y sacó unos papeles—. ¿Algún indicio del cristal?

Ella se dio media vuelta, agudizando sus sentidos. El aura inquietante de los objetos que la rodeaban era cada vez más intensa, pero no percibió ninguna señal que pudiera reconocer como la energía característica de la piedra de aurora.

—No —respondió.

—La información que hay aquí tampoco es muy útil. —Thaddeus abrió otro cajón—. Facturas de trajes y de guantes que lleva varios meses sin pagar y algunas invitaciones.

—No pongas esa cara. Pensar que Delbridge tendría anotada en alguna parte la dirección del club al que desea unirse era esperar demasiado.

—Tienes razón. Sólo trataba de ser positivo. —Volvió a guardar los papeles en el cajón—. Vamos a echar un vistazo arriba.

Subieron las escaleras. La mansión parecía resonar de una manera extrañamente silenciosa. Como si estuviera habitada por fantasmas, pensó Leona.

Al cabo de un rato estaban delante de la puerta de la habitación de Delbridge.

—Hum —murmuró Leona.

Thaddeus le dirigió una mirada veloz e inquisitiva.

—¿Qué?

—No hay nada que indique que ha huido desesperadamente. De hecho, todo parece estar muy ordenado, como si hubiera salido hace unos minutos.

Sosteniendo un farol en lo alto, Thaddeus inspeccionaba la habitación.

—Probablemente le dio instrucciones precisas al ama de llaves para que le hiciera las maletas. Le dijo que tomara la precaución de dejarlo todo muy ordenado.

—Tal vez —dijo ella en un tono de duda—. Aun así, debería haber algún indicio de nerviosismo o apuro. Delbridge tendría que haber estado ansioso por abandonar la ciudad. Mira, todas sus cosas para el afeitado están sobre el tocador.

Thaddeus cruzó la habitación y abrió las puertas del armario. En su interior había una colección completa de ropa.

—No ha salido de Londres —dijo Thaddeus.

Una intuición brilló en los ojos de Leona.

—Quizá mi cristal todavía esté aquí.

—¿Percibes alguna señal?

—No, no en esta habitación. Intentémoslo en el museo.

Regresaron por el oscuro pasillo hacia la antigua escalera de piedra que unía el ala nueva de la casa con la parte más vieja que albergaba el museo. Leona se preparaba para la agitación nerviosa que le provocaban las antigüedades de la galería. Aun así, los murmullos de una energía desapacible la rebasaban con el mismo efecto perturbador de la primera vez. Ella sabía que esa sensación también afectaba a Thaddeus.

Al llegar a lo alto de la escalera atravesaron el desgastado suelo de piedra y se adentraron en la galería. La luz del farol salpicaba con frías llamas infernales los objetos y las vitrinas.

Cruzaron la puerta de la escalera que habían usado para escapar la noche de la fiesta. Leona miró al pasar el armario donde habían encontrado el cristal. No percibió ni rastro de aquella energía.

—No está por ningún sitio —dijo totalmente vencida.

—No, pero hay algo más. —Thaddeus levantó el farol un poco más alto.

Leona siguió su mirada a lo largo de la galería y divisó el enorme altar de piedra detrás del cual se habían escondido en su visita anterior. Pero ahora parecía distinto. Tras unos pocos segundos Leona cayó en la cuenta de que la figura oscura y desgarbada que yacía sobre el altar era un cadáver.

—Cielos —susurró deteniéndose en seco—. Que no sea otra mujer.

Thaddeus fue hasta el altar y se quedó contemplando aquella figura inerte. Bajo la luz parpadeante, Leona pudo apreciar un pequeño río de sangre seca que nacía en el pecho de un hombre apuñalado con una daga antigua, se extendía sobre una chaqueta fina y una camisa que alguna vez había sido blanca, recorría la superficie de la piedra y desembocaba en el suelo.

—Sin duda alguna Delbridge no está en Escocia —dijo Thaddeus—. Sospecho que el cristal tampoco.

# 41

Más tarde Thaddeus se dejó caer en uno de los dos sillones orejeros que estaban delante de la chimenea. Hacía girar un vaso de brandy entre las manos, observando con gesto ausente cómo la luz del hogar transformaba el contenido en un líquido dorado, del color de los ojos de Leona.

—Sólo nos queda suponer que la causa del asesinato de Delbridge ha sido el cristal —dijo—. Sería demasiada coincidencia que lo hubiera apuñalado un ladrón.

—Estoy de acuerdo —dijo Leona desde el otro sillón—. Mi cristal ha desaparecido una vez más. Maldita sea. Después de tantos años. —Con su mano libre asestó un manotazo sobre el brazo del sillón—. Pensar que hace sólo unos días lo tenía conmigo.

*Fog* estaba echado delante de la chimenea, el hocico apoyado en las patas. Tenía los ojos cerrados, pero una de sus orejas temblaba, atenta a la frustración y tensión que sentía Leona. El barómetro para medir el estado de ánimo de su ama, pensó Thaddeus.

En cuanto a la conexión entre él y Leona, Thaddeus no necesitaba más pruebas que la plenitud que experimentaba cada vez que ella estaba presente. Sin saberlo, se había pasado toda la vida buscándola. Ella llenaba hasta el último espacio vacío, curándolo por completo. Él sentía una enorme satisfacción por el simple hecho de estar vivo y en su compañía.

Se distendió en el sillón, dispuesto a saborear el placer visual y sensorial que suponía tener a Leona sentada cerca de él. Ella se había quitado la chaqueta y ahora sólo llevaba puestos los pantalones ceñidos y la camisa de una talla descomunal que él le había prestado.

Un momento antes, nada más entrar en la casa, ella había tirado bruscamente de los faldones de la camisa que se hinchaban como velas dentro del pantalón. Ahora la prenda caía holgadamente a su alrededor, resaltando la delicadeza de su cuello y sus muñecas que asomaban bajo los puños arremangados. ¿Cómo podía una mujer tener un aspecto tan irresistiblemente sensual vestida con ropa de hombre?, se preguntó él. Recordó la primera impresión que tuvo la noche en que ella surgió de un recodo de la galería para echar a volar hacia sus brazos. Una mujer llena de secretos y misterios.

Ahora además era una mujer que hervía de indignación.

—Encontraremos el cristal —dijo él tranquilamente.

Ella no parecía oírle. Sólo contemplaba el fuego que ella misma había encendido, una mirada oscura y feroz.

—Es como para pensar que de verdad era una hechicera —susurró Leona—. Quizá maldijo esa piedra.

Thaddeus no respondió, sólo dejó que sus palabras flotaran en el aire, a la espera de que ella se diera cuenta de lo que había dicho.

Leona permaneció inmóvil. Después, con un notable esfuerzo de voluntad, consiguió levantar el vaso que tenía en la mano y beber un buen trago de brandy.

Él hizo una mueca y esperó a que ocurriera lo inevitable.

Cuando el brandy surtió efecto Leona aspiró bruscamente. Empezaron a llorarle los ojos. Se quedó sin aliento y empezó a toser. Desesperadamente metió la mano en un bolsillo y no encontró nada.

Thaddeus sacó un pañuelo de lino del bolsillo y se lo alcanzó.

—La próxima vez que te vistas de hombre recuerda que un caballero nunca sale de casa sin un pañuelo limpio —le aconsejó.

Ella le ignoró, secándose los ojos mientras recobraba el aliento. Finalmente retomó la compostura.

—Estoy más acostumbrada al jerez —dijo con la voz entrecortada.

—Evidentemente. Ahora bien, creo que ya llevamos demasiado tiempo jugando este juego.

—¿Juego? —Su voz seguía entrecortada a causa del brandy—. ¿Qué juego?

Él hizo girar el vaso entre las manos.

—Creo que va siendo hora de que me expliques por qué estás tan convencida de que tienes un derecho sobre la piedra de aurora.

Ella permaneció inmóvil, como si él la hubiera inducido a un trance. *Fog* levantó la cabeza y se quedó absorto mirándola.

—Es una antigua reliquia familiar —contestó tranquilamente.

—Que tu familia tiene la costumbre de perder con bastante frecuencia.

—Principalmente porque la gente vinculada a la Sociedad Arcana tiene la costumbre de robarla una y otra vez —replicó.

Él se encogió de hombros y bebió otro sorbo de brandy.

Ella exhaló profundamente, estiró las piernas hacia la chimenea y se hundió en el sillón.

—Tú ya lo sabes, ¿verdad? —dijo.

—¿Que eres descendiente de Sybil, la hechicera virgen? Hasta ahora era una suposición, pero creo que bastante lógica y razonable, dadas las circunstancias.

Ella esbozó una mueca.

—Siempre hemos odiado esa etiqueta que le puso la Sociedad, ¿sabes?

—¿La hechicera virgen? —Thaddeus se encogió de hombros—. Para mí es fácil de recordar. Es lo que se espera de una leyenda.

—Ella no practicaba la hechicería, no más de lo que lo hacemos tú y yo. Era una alquimista brillante, psíquicamente dotada, tanto como vuestro infame Sylvester Jones. Hoy día sería considerada una científica.

—Sybil, la virgen científica, no es tan pegadizo.

—Tampoco era virgen —dijo Leona en un tono seco—. No lo fue al menos mientras vivió. Yo soy una prueba de ello. También mi madre y mi abuela y toda la larga rama de ancestros femeninos anteriores a ellas. Todas descendemos de Sybil.

—De acuerdo, te concederé que el término «hechicera virgen» puede que tenga algo de adorno teatral.

Ella hizo un gesto desdeñoso.

—La típica leyenda de la Sociedad Arcana.

—Ese tipo de cosas se nos dan bien —coincidió Thaddeus.

Leona frunció el entrecejo.

—Lo de hechicera lo comprendo, pero ¿por qué diablos le pusieron la etiqueta de virgen?

—Échale la culpa a Sylvester. Estaba furioso porque ella se negó a entregarle dicha virginidad. Según su diario, ella le dijo que había consagrado su vida a la alquimia.

—Él no la amaba —dijo Leona con firmeza—. Sólo quería usarla como parte de un experimento para comprobar si sus poderes psíquicos podían ser transmitidos a su descendencia.

—Lo sé. La reemplazó por otras dos mujeres que poseían dones similares, una de las cuales puedo contar entre mis ancestros. Pero Sylvester nunca dejó de sentir rabia por el rechazo de Sybil.

Leona apoyó la cabeza en el respaldo del sillón.

—¿Cómo fue que lo supiste?

—La primera pista, desde luego, me la dio tu habilidad con los cristales.

—No soy precisamente la única manipuladora de cristales en el mundo.

—No, pero según la leyenda, la piedra de aurora se diferencia de todos los demás cristales. Sylvester sostenía que el don necesario para canalizar la energía a través de la piedra era sumamente difícil de encontrar. Sybil fue la única persona que él conoció en vida que era capaz de manipular el cristal. Es evidente que alguien que hubiera heredado su talento también debería ser capaz de aplicarlo.

Leona apretó los labios. No apartó la vista del fuego.

—Humm —expresó con recelo.

Él esperó a que continuara. Cuando se hizo evidente que ella no iba a añadir nada más, él clavó la mirada en *Fog*.

—La leyenda también dice que Sybil tenía un lobo fiel como compañero. Sylvester sospechaba que ella y el animal tenían un vínculo telepático. A él le parecía fascinante ya que hasta entonces creía que sólo los humanos poseían el potencial para desarrollar talentos paranormales.

—Parece que sólo podías basarte en algunas pocas coincidencias con la leyenda.

—Además está el diario de Sylvester, en el que anotó una breve descripción de Sybil. Guarda un extraño parecido contigo.

Ella se volvió para mirarle.

—¿Extraño?

—«La hechicera es extremadamente peligrosa, con su cabello oscuro como la noche y sus ojos de un raro tono ámbar» —citó él—. «Posee el poder de controlar nuestros sueños.»

Leona se mostró súbitamente interesada.

—¿Crees que soy extremadamente peligrosa?

—En el más delicioso de los sentidos.

—¿Qué más decía Sylvester de Sybil? —preguntó ella.

—Si mal no recuerdo, los términos «bruja traidora», «arpía», «zorra» y «fiera» abundan en el diario.

—Suena poco halagador.

—Depende de cómo lo mires, supongo. Para mí suena... intrigante.

—¿Eso es todo? ¿Así que llegaste a la conclusión de que soy descendiente de Sybil basándote en descripciones bastante desfavorecedoras y en algunas coincidencias poco convincentes?

—Y en una última pista que resultó no ser tan floja.

—¿Cuál?

Thaddeus se levantó, cogió la botella de brandy y se sirvió un poco más.

—No hiciste la pregunta correcta cuando te conté que Caleb Jones cree que existe un plan para robar el secreto mejor guardado de la Sociedad Arcana.

Leona le miró, recelosa y confusa.

—Si mal no recuerdo, te hice un montón de preguntas cuando me hablaste de la conspiración.

—Ah, pero no me hiciste la pregunta más obvia. No me pediste que te desvelara qué clase de secreto podía hacer que los hombres se mataran entre sí.

Tras un pestañeo ella suspiró agotada.

—Maldita sea.

—No necesitabas preguntármelo, ¿verdad? —Él le dedicó un saludo con el vaso en alto y volvió a tomar asiento—. Ya lo sabías todo acerca de la fórmula.

—La leyenda de la formula del fundador es parte de mi herencia familiar —admitió ella—. Se ha transmitido de madre a hija durante generaciones. Sybil decía que la obsesión de Sylvester con perfeccionar el elixir para expandir y aumentar sus poderes paranormales era una locura. Él creía incluso que podía alargar su vida. Ella estaba convencida de que en realidad eso fue lo que lo mató.

—Y sin embargo Sybil robó la fórmula.

Leona lo miró ceñuda.

—Ella fue su ayudante durante un tiempo. Copió la fórmula y se la llevó consigo el día que se largó. No se la robó.

—¿Por qué se la llevó si creía que no iba a funcionar?

—Durante un tiempo soñó con perfeccionarla, para así demostrar que ella era superior a Sylvester. Rivalizaron encarnizadamente hasta la muerte. Pero al final Sybil empezó a creer que el uso del elixir siempre supondría un grave peligro. Aun así no fue capaz de destruir la copia de la fórmula. O eso es al menos lo que da a entender en sus cartas.

—Fascinante.

Leona extendió los brazos.

—Muy bien. Así que sabes quién soy. Supongo que no importa cómo llegaste a saberlo. El diario de los experimentos de Sybil se perdió. Nadie sabe qué pasó con él ni con la caja fuerte donde supuestamente guardaba ese y otros secretos. Pero tengo en mi poder dos libros de notas que ella usaba a modo de diario y algunas cartas que escribió. En ellas expresa de una manera terriblemente clara lo que sentía por Sylvester.

—¿Qué más tenía que decir sobre él? —preguntó Thaddeus.

—Entre otras cosas, se refiere a él como un saltimbanqui arrogante y un gran mentiroso.

—¿Por qué le llama mentiroso?

—Intentó seducirla con la promesa de que trabajarían codo con codo, compartiendo sus secretos y desarrollando sus poderes. Ella se enamoró de él y creyó que él también la amaba. Pero al darse cuenta de que todo lo que Sylvester quería era usarla para sus experimentos de apareamiento, ella se puso furiosa. Entonces comprendió que sólo existía una gran pasión en la vida de Sylvester y que esa pasión era su fórmula. Así que se marchó.

—Llevándose la piedra de aurora y una copia de la fórmula.

—Tenía derecho a ambas cosas —replicó Leona convencida.

Él sonrió.

—¿Qué es lo que te resulta tan divertido? —preguntó ella.

—Lo que encuentro infinitamente divertido es que acudiré al baile de primavera de la Sociedad Arcana en compañía de una descendiente de Sybil, la hechicera. No hay nada que la Sociedad o mi familia disfruten más que una buena leyenda.

# 42

—¿Es descendiente directa de Sybil? —Gabriel Jones esbozó una amplia sonrisa—. Espera a que Venetia se entere de esto.

El nuevo Maestro de la Sociedad Arcana tomó asiento detrás del escritorio de su biblioteca, un moderno caballero inglés de los pies a la cabeza. Uno nunca diría, pensó Thaddeus, que Gabriel era uno de los hombres más peligrosos de Londres gracias a sus dones.

Como muchos otros en la rama de los Jones, él era un paradepredador dotado de reflejos, sentidos e instintos tan agudos como los de cualquier animal de rapiña. Incluso si se encontraba sereno y a gusto, las señales latentes de energía paranormal en su aura podían distinguirse fácilmente si uno era capaz de percibir ese tipo de cosas.

—¿De qué tengo que enterarme? —preguntó Venetia desde la entrada de la biblioteca. Sonrió al advertir la presencia de Thaddeus—. Thaddeus. Me alegro de verte. No sabía que estabas aquí.

—Buenos días, Venetia. —Thaddeus se puso de pie—. Estás preciosa, como siempre. ¿Vienes de hacer un retrato?

—La verdad es que sí.

Además de desempeñar un nuevo papel como esposa del Maestro de la Sociedad, Venetia era una fotógrafa reconocida y estaba muy solicitada. Sin embargo entre sus clientes, gente de elite y adinerada, muy pocos sabían que su talento se extendía más allá del arte de hacer bellas fotografías.

Venetia poseía un don que le permitía apreciar el aura de las personas con total claridad. Era cierto, claro está, que mucha gente, incluso aquella que se burlaba de todo lo paranormal, también tenía cierta sensibilidad para detectar el aura humana. Pero cualquier reacción inexplicable que la mayoría experimentara en torno a determinados individuos, ya fuera inquietud o fascinación, lo atribuían a su propia intuición.

Lo cierto era que en realidad estaban percibiendo un débil susurro del aura de la persona en cuestión. Aquellos que estaban dotados de un poder paranormal superior eran por naturaleza más sensibles a los rastros de energía que emanaban de los otros. Pero muy pocas personas poseían ese sexto sentido necesario para ver el espectro completo del aura de las otras personas, como podía verlo Venetia.

—Nunca adivinarías quién acompañará a Thaddeus en el baile de primavera —dijo Gabriel. Se acercó para recibir a Venetia—. Una manipuladora de cristales que casualmente es descendiente directa de Sybil, la virgen hechicera.

Venetia se quedó atónita.

—Creía que la historia de Sybil y la piedra de aurora era sólo otra leyenda de la Sociedad Arcana.

—Ya sabes lo que se dice: en toda buena leyenda hay una pizca de verdad.

La besó, una bienvenida breve, frugal y afectuosa. Pero en el abrazo Thaddeus percibió las corrientes del calor, la intimidad, el amor. El Gran Maestro de la Sociedad Arcana era un hombre felizmente casado.

—También es cierto que toda buena leyenda tiene dos versiones —dijo Thaddeus mirando a Venetia que se había sentado enfrente de él—. Leona está totalmente convencida de que la piedra de aurora le pertenece. Dice que para empezar era de Sybil, y yo creo que no se equivoca.

—El problema —dijo Gabriel— es que, al igual que la fórmula, la piedra tiene fama de ser peligrosa.

—¿En qué sentido? —preguntó Venetia.

—No está del todo claro. —Gabriel volvió a sentarse detrás del escritorio—. Según el diario de Sylvester es capaz de destruir los poderes de un hombre.

Venetia movió la boca en una contracción nerviosa.

—Oh, Dios mío. ¿Quieres decir que puede dejar a un hombre impotente? No me extraña que los Jones estéis tan ansiosos por recuperarla y guardarla bajo llave.

Thaddeus se echó a reír.

—Suponemos o al menos esperamos que los poderes en cuestión sean psíquicos y no de otra índole.

—Aun así, toda precaución es poca —dijo Gabriel. Se volvió más serio—. Sylvester creía que Sybil de algún modo alteró el cristal para que sólo ella pudiera manipular su energía. Se sabe que algunas de sus descendientes heredaron esa habilidad.

—Leona puede manipularlo —confesó Thaddeus con discreción.

Venetia frunció el entrecejo.

—Pero si nadie más puede manipularlo, ¿por qué hay tantas personas dispuestas a matar por él?

—No lo sabemos —admitió Gabriel—. Pero Caleb sospecha que, de un modo u otro, todo apunta a un nuevo intento de robar la fórmula del fundador.

Venetia lanzó un suspiro.

—Si quieres saber lo que pienso, ésa es una leyenda de la Sociedad Arcana que debería haber permanecido como tal. Si tú y Caleb no la hubierais descubierto al excavar la tumba de Sylvester, ahora no tendríamos todos estos problemas.

—Eso no te lo discuto —dijo Gabriel—. Pero el error ya se cometió. Y aún hay más, algo me dice que la dichosa fórmula se va a convertir en un serio problema para la Sociedad a partir de ahora.

—Los hombres como Lancing también lo son —apuntó Thaddeus—. Por razones obvias la policía siempre tendrá dificultades para detener a esa clase de criminales.

—Es cierto. —Gabriel entrelazó las manos encima del escritorio—. De hecho últimamente he estado pensando mucho en eso. Creo que la Sociedad no sólo tiene la obligación de proteger sus secretos más peligrosos, sino también de controlar a esos canallas superdotados como Lancing.

—¿Qué tienes en mente? —preguntó Thaddeus.

—Creo que ha llegado la hora de crear un departamento dentro de la Sociedad que se dedique a asuntos de seguridad. Estará supervisado por el Consejo y el Gran Maestro.

—¿A quién pondrás a cargo? —preguntó Venetia.

Thaddeus sonrió lentamente.

—¿Tal vez a alguien que tenga un talento excepcional para hallar patrones donde los demás sólo ven caos? ¿Un teórico de la conspiración de primer nivel?

—¿Cómo lo has adivinado? —Gabriel se echó a reír—. Hablaré con Caleb de inmediato.

# 43

El zapatero era un hombre esquelético y arrugado, con aire nervioso y unas gafas de montura dorada. Le acompañaban dos ayudantes fornidos.

—Le ruego que me disculpe por la confusión respecto a la hora de la cita —dijo—. Lo que pasó fue que Madame LaFontaine me envió un mensaje informándome que tenía que llegar a las once en punto para procurarle a la señorita Hewitt los zapatos de baile.

—No le esperábamos hasta las tres —dijo Victoria—, pero como ya hemos acabado con el sombrerero bien podríamos ocuparnos de los zapatos. Será una cosa menos que atender esta tarde.

—Sí, por supuesto. —El zapatero se volvió hacia Leona y le ofreció una sonrisa obsequiosa, llena de ansiedad—. No nos llevará mucho tiempo. Madame LaFontaine insistió firmemente en que los zapatos tenían que hacer juego con el color su vestido. He traído varios pares para que pueda elegir.

Leona se fijó en la caja grande de madera que los ayudantes habían dejado en el suelo. Más decisiones, pensó con tristeza. En circunstancias normales habría disfrutado del proceso de selección de unos zapatos de baile que combinaran con el precioso vestido que Madame LaFontaine había diseñado. De hecho todos los preparativos para el baile de primavera tendrían que haberle resultado muy excitantes. Nunca antes había sido invitada a un acontecimiento de estas características. No sólo sería una ocasión magnífica y brillante, sino que estaría en los brazos de un hombre de quien se había enamorado de los pies a la cabeza.

Pero las circunstancias no eran normales en absoluto. La única razón por la que acudiría a ese baile era para ayudar a Thaddeus a identificar a las personas que estaban involucradas en una peligrosa conspiración. Además, si salía a la luz que era la sobrina de Edward Pipewell, la mujer que, aunque fuera sin darse cuenta, le había ayudado a esquilmar a los hombres más importantes de la Sociedad Arcana, era probable que la hicieran arrestar allí mismo. Esos dos hechos habían disipado gran parte de su entusiasmo por cuestiones como la elección de los zapatos apropiados para el baile.

Victoria, sin embargo, se mostraba extraordinariamente animada. Evidentemente había tenido otra noche de sueños agradables. Miraba la caja depositada en el suelo con gran expectativa.

—Enséñenos lo que ha traído —dijo al zapatero.

—Por supuesto, señora. —El hombre se volvió hacia los dos asistentes—. Las muestras, por favor.

Uno de los hombres fue a abrir el cajón de embalaje. Leona sintió que se le erizaban los pelos de la nuca. ¿Por qué el zapatero necesitaba dos ayudantes tan corpulentos?

Miró a Victoria, cuya atención estaba concentrada en aquella caja larga como un ataúd. Ahora el asistente sostenía la tapa abierta. Leona no veía zapatos en el interior.

—Si no le importa, cerraré la puerta para que no nos interrumpan —dijo suavemente el zapatero.

Leona se volvió hacia él, impulsada por un sentimiento de alarma inexplicable.

—No —dijo—. No...

Pero ya era tarde. Uno de los ayudantes la cogió, sujetándole los brazos y oprimiendo sus labios con una mano pesada. Ella oyó el grito ahogado de espanto que profirió Victoria y a continuación un silencio espeluznante. El fuerte olor de los gases químicos se expandió rápidamente.

Luchó encarnizadamente, enterrando las uñas en los brazos de su captor y atizándole violentos puntapiés.

—¡Deprisa! —ordenó el zapatero—. No tenemos mucho tiempo.

—Es una loca de atar —dijo entre dientes el hombre que sujetaba a Leona—. Debería estrangular a esta zorra.

—Ni se te ocurra hacerle daño —gruñó el zapatero, ahora furioso—. ¿Me has oído? La necesito con vida.

—Le he oído —murmuró el hombre—. Date prisa, Paddon.

Ahora el segundo hombre estaba justo delante de ella. Tenía un trapo húmedo en la mano. Leona alcanzó a oler la sustancia química nociva que lo impregnaba.

Él apretó violentamente la tela contra su nariz. Ella intentó alcanzarle con una patada en la entrepierna, pero las faldas de su vestido frustraron el esfuerzo. ¿Por qué no llevaría hoy su ropa de hombre?

Los vapores anegaron sus sentidos. El mundo se torció. La habitación soleada de la mañana se llenó de oscuridad y ella se sintió arrastrada hacia una noche sin fin.

La última imagen que vio fue la de *Fog*. Empezó a aullar en el jardín. Parecía un alma perdida en medio del infierno.

# 44

—Ojalá ese condenado perro dejara de aullar —murmuró
Victoria. Se recostó en el sofá con un trapo húmedo en la frente
y una vigorizante taza de té a su lado—. Los sirvientes me dije-
ron que empezó en el momento que los secuestradores nos atacaron. Está afectando a mis nervios.

Thaddeus miró a *Fog*, que seguía en el jardín. El perro estaba detrás del cristal de la puertaventana. Levantó la cabeza y liberó uno de esos aullidos que hielan la sangre.

Thaddeus lo comprendía. Él también quería elevar al cielo un
grito de rabia, sólo que conseguía frenar el impulso. No podía
permitirse el lujo de exteriorizar sus emociones de un modo tan
inútil. El tiempo apremiaba, él lo sabía, y con la misma certeza
sabía quién se había llevado a Leona. El secuestrador la necesitaba, pero no por mucho tiempo.

Decidió no angustiar excesivamente a Victoria haciéndole
saber que sin duda fue la necesidad del secuestrador de mantener a Leona con vida lo que había salvado a ambas. Por eso el cabrón había usado cloroformo, y no aquel vapor que provocaba
pesadillas.

Hacía un cuarto de hora que había regresado a casa para encontrarse con el desastre. El personal de servicio no había caído

en la cuenta de que pasaba algo raro hasta poco antes de su llegada. La escena era de pánico y caos.

—Encontré a la señora Milden tirada en la alfombra —le había narrado Gribbs, el mayordomo, en un tono angustiado—. El zapatero y sus ayudantes se habían ido un momento antes, llevándose a la señorita Hewitt.

Los secuestradores habían metido a Leona en la caja de madera y habían salido por la puerta de servicio. A nadie le había parecido raro que el zapatero y sus ayudantes se marcharan poco después de haber llegado. El zapatero había explicado en un tono de disculpa que había habido una confusión respecto a la hora de la cita y que la señora Milden les había ordenado que regresaran a una hora más oportuna.

Afuera les esperaba un coche donde cargaron el cajón de embalaje, y en un abrir y cerrar de ojos ya habían desaparecido en medio de la niebla.

Pero con un poco de hipnosis Thaddeus había conseguido que Gribbs le diera descripciones detalladas del zapatero y sus ayudantes. El aspecto físico del zapatero no le había resultado familiar, pero no cabían dudas acerca de las identidades de los dos fortachones que le habían ayudado a secuestrar a Leona.

—Eran los dos guardias que Delbridge contrató la noche de la fiesta —informó a Victoria—. Probablemente el hijo de puta no conocía a nadie más que pudiera hacer este trabajo así que volvió a ponerse en contacto con ellos.

Ella frunció el entrecejo.

—Me he perdido.

—Yo también, pero al menos ya tenemos por dónde empezar.

—Cielos, corre peligro de que la maten, ¿no es cierto?

—Sí.

Thaddeus cruzó la biblioteca para abrir la puertaventana.

*Fog* dejó de clamar venganza al cielo y lo miró, las orejas erguidas, una frialdad mortal en sus ojos.

—Ven conmigo —dijo Thaddeus en un tono calmo—. La encontraremos.

# 45

Leona se despertó con náuseas y oyendo los murmullos delirantes de una lunática. Durante un instante de horror pensó que era ella la que mantenía esa conversación demente y espantosa.

—El demonio viene del infierno. Lo ves y nunca lo dirías, pero viene directo desde el infierno, de ahí viene. ¿Tú también vienes de ahí?

Leona abrió los ojos con recelo. El mundo ya no daba vueltas como en el instante en que había perdido el conocimiento, pero seguía siendo un lugar oscuro. La caja del zapatero. Tal vez estaba atrapada ahí dentro.

Una oleada de terror atravesó todo su cuerpo. Se incorporó de prisa; demasiado de prisa. Tenía el estómago revuelto. Por unos segundos pensó que se pondría muy enferma. Cerró los ojos y procuró respirar hondo. Poco a poco la sensación de turbulencia disminuyó.

—Él es el demonio, pero será mejor que no se lo digas. Cree que es especial, eso cree. Se llama a sí mismo científico.

Leona se arriesgó a abrir los ojos otra vez y descubrió que estaba sentada en el borde de un catre apoyado contra la pared de una diminuta habitación de piedra. A través de los barrotes dispuestos en la puerta de la celda se filtraban algunas franjas de luz de los faroles, pero no había ventanas. Eso explicaba la intensa oscuridad.

—Son los sirvientes del demonio los que te trajeron al infierno.

Leona se concentró durante unos segundos y llegó a la conclusión de que las voces no provenían de su cabeza. En la celda había alguien más. Miró a su alrededor y vio a la mujer acurrucada en un rincón.

La otra prisionera llevaba un atuendo marrón descolorido. Miraba a Leona a través de una maraña apelmazada de pelo rubio. Tenía una mirada desesperada, ojerosa.

—Dice que es un científico, pero en realidad es un demonio —explicó a Leona.

—Si te refieres al hombre que se hace pasar por zapatero, estoy de acuerdo contigo —respondió Leona por lo bajo.

—No, no, no, el zapatero no. —La mujer se sacudió violentamente en su agitación—. El científico.

—Comprendo —dijo Leona amablemente—. El científico en realidad es un demonio.

—Sí, eso es. —La mujer parecía aliviada ahora que lo más importante había llegado a comprenderse—. Un demonio terrible. Tiene pociones mágicas que vuelven reales las pesadillas.

Leona se estremeció.

—Lo sé.

Un pequeño escalofrío de comprensión se agitó en su interior, poniéndole los pelos de punta. Thaddeus y *Fog* la estaban buscando. Lo sabía con la misma certeza que sabía que el sol salía por la mañana. Necesitaba tiempo para que ellos la encontraran.

—Dice que es un científico, pero es un monstruo, igualito que el otro —musitó la mujer aterrorizada.

Leona frunció el entrecejo.

—¿De quién hablas? ¿Quién es el otro?

—Yo creía que era un caballero, ya sabes. Tan guapo como era. —La voz de la mujer dio paso a un suspiro melancólico—. Tan fino y elegante. Tenía el pelo más hermoso. Como el oro. Parecía uno de esos ángeles que aparecen en los cuadros antiguos.

Leona se aferró a los bordes del catre.

—¿Dices que tenía el cabello dorado?

—Y una sonrisa tan bonita que nunca dirías que es un monstruo. —La voz de la mujer se volvió ronca de desesperación—. Yo sabía que no me quitaba ojo. Pensé que me pagaría bien. Pero mintió. Me trajo aquí, al infierno me trajo.

—Santo cielo —susurró Leona—. Tú eres Annie Spence.

Annie se sacudió con violencia y apretó su cuerpo contra el sucio rincón.

—¿Cómo sabes mi nombre? ¿Tú también eres un demonio?

—No, no soy un demonio. Annie, escúchame, el monstruo de pelo dorado que te trajo hasta aquí ha muerto.

—No, no, los monstruos y los demonios no mueren.

—Se llamaba Lancing y te juro que está muerto. —Leona buscaba la manera de acabar con las fantasías de Annie—. El monstruo murió cuando se encontró con el Fantasma.

—He oído hablar del Fantasma. —Por un momento la voz de Annie se encendió con una chispa de esperanza—. En la calle se habla de él.

—Lancing quiso huir del Fantasma. Pero acabó muerto.

—No, no puede ser. —Annie volvía a hundirse en la desesperación—. El monstruo es uno de los demonios. Ni siquiera el Fantasma puede matar a un demonio.

—Yo vi el cadáver, Annie, con mis propios ojos. Y te digo más, el Fantasma pronto vendrá a rescatarnos.

—Nadie puede rescatarnos —dijo Annie tristemente—. Ni siquiera el Fantasma. Es demasiado tarde. Ya estamos en el infierno.

—Mírame, Annie.

Annie se mantuvo encogida, pero buscó los ojos de Leona.

—Demasiado tarde.

—No, no es demasiado tarde —insistió Leona con firmeza—. El Fantasma vendrá directo al infierno y nos sacará de aquí.

Annie la miró dudosa.

Una puerta se abrió en la habitación contigua a la celda. Annie ocultó el rostro entre las manos y empezó a sollozar.

Un figura familiar apareció al otro lado de los barrotes. La luz de un farol iluminaba la cabeza calva del zapatero y hacía brillar la montura de sus gafas.

—Veo que ya está despierta, señorita Hewitt. —Sonrió con placer—. Excelente. Su público se está reuniendo en este preciso momento. Esperan de usted una actuación deslumbrante. De hecho puede considerarla la actuación de su vida.

Leona no se movió.

—¿Quién es usted?

—Deje que me presente. Soy el doctor Basil Hulsey. Al igual que usted, señorita Hewitt, soy un experto en la energía de los sueños. A diferencia de usted, sin embargo, me dedico a crear pesadillas.

# 46

Shuttle había crecido en la calle, y había visto un montón de cosas, cosas que podían hacer que un hombre adulto se pusiera a temblar. Pero nada tan aterrador como la figura sombría que ahora tenía delante de él. Había oído rumores sobre el Fantasma, pero siempre se había reído de esas historias. Esta noche no se reía.

—Era sólo otro trabajillo que nos encargaron a mí y a Paddon —dijo en tono de urgencia, desesperado por que le creyeran—. No hicimos daño a las señoras, lo juro. Sólo las dormimos durante un rato con una de las pociones del doctor.

—A una de ellas la secuestraste —dijo el Fantasma.

Shuttle se puso a temblar. Esa voz tenía algo extraño. Todo lo que había cerca, incluido él mismo y el Fantasma, lo convertía en sombra. El Fantasma no estaba a más de dos metros, pero aun así Shuttle no alcanzaba a verle la cara. En parte se debía a que ya era casi medianoche. Sin embargo había una farola muy cerca. ¿Por qué no podía verle la cara con total claridad?

—No fue un secuestro —dijo, ansioso por explicar lo sucedido—. Sólo la metimos en una caja y la cargamos en un coche. Un secuestro es cuando uno retiene a una persona hasta que otra paga un rescate, ya sabes. Y no fue así. Para nada. Fue sólo un trabajo por encargo, ¿comprendes? A Paddon y a mí nos pagaron por el día, y eso fue todo.

—Dime adónde llevasteis a la mujer.

La voz lo arrolló como un ola inmensa. Se vio indefenso, paralizado.

Reveló al Fantasma el lugar al que habían llevado a la mujer.

# 47

—Es una lástima que usted y yo, señorita Hewitt, no nos hayamos conocido en otras circunstancias —dijo Hulsey a través de los barrotes—. Habríamos hecho un buen equipo trabajando en mi laboratorio.

—¿Eso cree? —Leona no pensaba en otra cosa que no fuera prolongar su conversación con Hulsey.

—Sí, por supuesto —respondió Hulsey entusiasmado—. Su conocimiento acerca del poder de los cristales para influir en los sueños habría sido de gran utilidad. Estoy deseando que una vez satisfechos, los miembros del Tercer Círculo me permitan disponer de usted. Sería muy interesante comprobar si puede valerse de la piedra de aurora para liberarse a usted misma de una de mis pesadillas químicas.

Annie lloriqueaba en el rincón.

Leona se levantó y se acercó hasta la puerta de la celda. Observó detenidamente a Hulsey. Parecía un insecto sobredimensionado.

—Me sorprende que un investigador que se precia de ser científico conceda el menor crédito a los poderes de una mujer que afirma ganarse la vida trabajando con los cristales —dijo—. Nunca hubiera dicho que cree usted en lo paranormal, doctor.

Hulsey lanzó una risa ahogada y entrelazó firmemente las manos a la altura de su diminuto pecho.

—Ah, pero es así, señorita Hewitt. Verá, yo también poseo dotes paranormales. De hecho, soy miembro de la Sociedad Arcana desde hace muchos años.

Leona sintió un escalofrío en la espalda.

—¿Qué clase de don posee?

Hulsey se mostró orgulloso.

—No soy un simple químico, señorita Hewitt. Poseo una genio único para la ciencia. He dedicado todo mi talento al estudio de los sueños.

—¿Por qué?

—Porque me fascina. Verá, el estado onírico es uno de los que contribuyen a desdibujar las barreras que separan lo normal de lo paranormal. Todo el mundo sueña, señorita Hewitt. Eso prueba que todos los individuos poseen un lado paranormal, sean conscientes de ello o no.

—Da la casualidad de que estoy de acuerdo con usted. ¿Qué le parece?

—La felicito por su profundo conocimiento. Pero evidentemente usted no ha llevado su entendimiento acerca de los sueños a una conclusión lógica.

—¿Como cuál?

Los ojos de Hulsey brillaron detrás de los cristales de sus gafas.

—¿Es que acaso no lo ve? Si uno puede manipular los sueños de una persona, puede controlarla por completo.


Las ruinas de la antigua abadía se alzaban bajo la blanca luz de la luna. Thaddeus permanecía de pie en la oscuridad a un costado del bosque, a un lado tenía a Caleb y al otro a *Fog*. Los tres observaban con detenimiento aquella mole de piedra.

—Está allí —afirmó Thaddeus.

—A menos que los bastardos se la hayan llevado a otro sitio después de que Shuttle y su socio la trajeran aquí —añadió Caleb.

—Está allí —repitió Thaddeus—. Observa a *Fog*. Él también siente su presencia.

Observaron a *Fog*, que se mantenía tenso y alerta, con el hocico apuntando hacia la abadía.

—Es difícil de creer que su olfato canino pueda detectarla a esta distancia y con ese montón de piedras en medio —dijo Caleb muy pensativo.

—Creo que comparte con ella alguna clase de vínculo. Yo también.

Caleb no discutió.

—¿Crees que podrás controlarlo cuando entremos a buscarla? Si se suelta y empieza a ladrar esos bastardos sabrán que estamos aquí.

Thaddeus tiró con delicadeza de la correa atada al cuello de *Fog*. El perro no reaccionó. Toda su atención permanecida fijada en la abadía.

—Para serte sincero, no sé si seré capaz de contenerlo cuando se acerque a Leona —dijo Thaddeus—. Lo único que sé es que lo necesitamos. Es nuestra mayor esperanza de encontrarla pronto en medio de ese montón de piedras.

# 48

—¿Por qué trajo a Annie hasta aquí?

—¿Annie? —Hulsey parecía confuso—. ¿Ése es su nombre?

En el rincón, Annie lloraba como si hubiera sigo golpeada.

—¿Ni siquiera sabe su nombre? —preguntó Leona.

—Ella no importa. Es sólo un objeto de estudio. Las últimas dos murieron durante el experimento. Le dije a Delbridge que necesitaba otra. Él envió a la Bestia para que me trajera una.

—Usted es el único responsable por esas chicas que desaparecieron. Usted dirigía los experimentos que se hacían con ellas.

Hulsey se rio entre dientes.

—Sería difícil experimentar conmigo, ¿no le parece?

—¡Cómo se atreve! —replicó Leona con fiereza.

—En serio, señorita Hewitt, no hay necesidad de que se emocione de esa manera. Soy un científico, necesito gente para mis experimentos. Annie no es importante. Tampoco lo eran las otras dos. Eran sólo vulgares prostitutas.

—¿Qué le ha hecho a ella?

—He estado intentando crear el antídoto para el vapor que provoca las pesadillas. Sería muy útil en caso de accidente. Hasta ahora las pesadillas son irreversibles. Annie inhaló el vapor ayer. Anoche le di el antídoto.

Leona apretó los puños.

—No parece tener efecto.

—En realidad Annie ha sobrevivido más tiempo que las otras dos, pero debo admitir que el experimento no ha sido un éxito hasta el momento. —Hulsey se lamentó liberando un breve suspiro—. Ahora Annie está completamente loca. No se recuperará. Tendré que deshacerme de ella y encontrar a otra para la próxima fase de experimentos.

Leona deseaba cogerlo de su escuálido cuello y estrujarlo hasta arrebatarle la vida. En lugar de eso se esmeró en hallar otro tema de conversación.

—Lancing ha muerto —anunció.

—Sí, me he enterado. —El rostro anguloso de Hulsey se contrajo en una mueca de disgusto—. Se cayó mientras intentaba saltar de un tejado a otro, eso dicen. Que se pudra. Debo admitir que el hombre poseía algunos dones extremadamente primitivos que eran de cierta utilidad, pero era mentalmente inestable. Le dije a Lord Delbridge que era peligroso, pero a él le hacía mucha gracia la idea de tener contratado a un paradepredador como asesino a sueldo.

—Delbridge murió pocas horas después de Lancing. Lo apuñalaron con uno de sus objetos, una daga antigua. ¿Fue obra suya?

—Claro que no. —Hulsey se sintió agraviado—. Soy un científico. La violencia física no me interesa. Si hubiera querido que lord Delbridge muriera, habría utilizado uno de mis vapores.

—¿Quién mató a Delbridge?

—El líder del Tercer Círculo.

—¿Por qué no le mató a usted también?

Hulsey lanzó una risita, espontáneo y divertido.

—¿Y por qué habría de matarme? Soy el único que sabe lo suficiente de química como para poder descifrar la fórmula del fundador una vez recuperada. Soy el único lo bastante inteligente como para prepararla y dirigir los experimentos necesarios a fin de garantizar la seguridad de su uso. No, no, querida mía, le aseguro que los miembros del Tercer Círculo me necesitan.

—Así que todo esto tiene que ver con la fórmula del fundador. En ese caso, ¿por qué todos están detrás de la piedra de aurora?

—La piedra de aurora es necesaria para recuperar la fórmula, como pronto verá. Los miembros del Tercer Círculo necesitan que usted manipule el cristal para abrir una caja fuerte. Ellos esperan encontrar la fórmula en el interior de la caja.

Una conspiración, pensó Leona, justo lo que había deducido Caleb Jones, aunque quizá más compleja de lo que él había imaginado. Era como si los conspiradores estuviesen organizados para ir escalando círculos de poder. Si había un tercer círculo, lo lógico sería que también hubiera un primero y un segundo, y tal vez más.

—Ya que ha mencionado la piedra —prosiguió Hulsey—, me gustaría saber qué ocurrió exactamente aquella noche en la galería de Delbridge. Alguien hizo saltar la trampa, pero nunca llegamos a encontrar el cuerpo. Era Ware, ¿no es cierto?

Ella se estremeció.

—¿Conoce al señor Ware?

—Sí, por supuesto. Lord Delbridge estuvo investigando y averiguó que Ware es miembro de la Sociedad Arcana. —Hulsey frunció el entrecejo—. Él es un hipnotizador, ¿verdad?

«No hay que darle más información de la necesaria», pensó Leona. Se mantuvo en silencio.

Hulsey asintió para sí mismo.

—Me lo imaginaba. Debe de haberse sentido muy mal después de inhalar el vapor. Siento mucha curiosidad por saber cómo utilizó el cristal para salvarle.

—¿Qué le hace pensar que yo le salvé?

—Es la única explicación. Nadie ha conseguido sobrevivir a una de mis pesadillas. —Hulsey asintió una vez más—. Sí, y que lo diga, creo que sin lugar a dudas merezco que se me permita disponer de usted una vez que los miembros del Tercer Círculo ya no la necesiten. Dejaré claro que deben entregármela si quieren que aporte mis conocimientos para descifrar la fórmula. —Hulsey sacó su reloj de bolsillo y lo abrió—. Esto no tardará mucho más. El último miembro del grupo llegó hace un momento. En breve le enviarán a alguien para que la escolte hasta la cámara.

Hulsey se dio media vuelta y aceleró el paso. Leona escuchó una puerta que se abría y se cerraba. La habitación contigua permaneció en silencio.

Annie empezó a gimotear otra vez.

—Estamos en el infierno. ¿Es que no lo entiendes?

Leona se volvió hacia ella.

—Estamos en el infierno, Annie, pero saldremos de aquí.

—No. —Annie sacudió la cabeza con desesperación—. Nos quedaremos aquí atrapadas para siempre.

Leona cruzó la pequeña habitación. Se desabrochó los tres botones superiores de su canesú y extrajo el colgante con el cristal rojo.

—Quiero que mires mi collar, Annie. Concéntrate en él tanto como puedas y cuéntame tus sueños.

Annie se sentía aturdida, pero estaba demasiado cansada para desobedecer. Miró fijamente el cristal.

—Estoy en el infierno —susurró—. Hay demonios a mi alrededor, pero el más horrible de todos es el científico...

Leona sintió una agitación familiar ante la energía procedente de un sueño perturbador. Se concentró en la pequeña tormenta que se desataba en el interior de la piedra, canalizando sus propias energías psíquicas.

El cristal empezó a resplandecer.


La puerta de la habitación contigua se abrió otra vez. A través de los barrotes de la celda Leona vio entrar a dos hombres vestidos con túnicas negras y encapuchados. Las máscaras que cubrían la mitad de sus rostros emitían destellos bajo la luz. Ella se sacudió el pavor que amenazaba con asfixiarla e invocó todos los trucos escénicos que tío Edward le había enseñado.

—Nadie me dijo que la invitación era para un baile de disfraces —soltó.

—Cuida tu lengua si quieres seguir viva durante el resto de la noche —replicó uno de los hombres—. La Orden no tolera las insolencias.

Ella recordó lo que Hulsey le había dicho hacía un momento. Era evidente que los miembros de la organización necesitaban las habilidades de una manipuladora de cristales. Mientras los malos necesitaran sus servicios había esperanza. Las palabras de tío Edward resonaron en su cabeza:

«Piensa siempre en positivo, Leona. No saldrás ganando nada si te aferras a lo negativo.»

—Está claro que la Orden tampoco tolera el sentido del humor —dijo escrutando a los hombres a través de los barrotes—. Decidme, ¿vais al sastre para que os confeccione los trapitos y las máscaras o lo compráis todo hecho en Oxford Street?

—Cierra el pico, estúpida —siseó uno de los hombres—. No sabes con qué clase de poder te enfrentas esta noche.

—Pero pronto lo sabrás —prometió el otro.

Una forma de hablar muy ruda, pero con acento de clase alta. Esos dos sin duda no se habían criado en las calles; los de su clase moraban exclusivamente en clubes de caballeros.

Uno de ellos metió la mano dentro de su atuendo. Las llaves tintinearon. Un momento después la puerta de la celda se abrió bruscamente, haciendo chirriar las bisagras. El primer hombre entró, la cogió del brazo y la arrastró fuera. El otro rápidamente cerró la puerta y echó llave.

Ninguno de ellos prestó la menor atención a Annie, que estaba acurrucada en el rincón conversando consigo misma en voz baja.

—Nos han traído al infierno, ya ves —susurró—. Hay demonios por todas partes.

Las figuras vestidas con túnicas obligaron a Leona a enfilar sus pasos por la habitación contigua y a lo largo de un tenebroso corredor de piedra. En los candelabros de pared las velas ardían y humeaban.

—¿Sabéis una cosa? Creo que deberíais ir pensando en instalar el gas —dijo Leona—. Las velas ya están pasadas de moda. Da la impresión de que la Orden no va con los tiempos.

Uno de los hombres le apretó el brazo con tal fuerza que ella supo que tendría magulladuras por la mañana. Eso en el caso de que llegara con vida al día siguiente. «No, no pienses así». Se propuso concentrarse, como lo hacía cada vez que canalizaba la energía onírica. «¿Dónde estás, Thaddeus? Sé que me estás buscando. ¿Puedes sentirme? Estoy aquí. Espero que llegues pronto. La situación empieza a ser un tanto desesperada.»

Los dos hombres se detuvieron delante de una puerta de madera y hierro. El encapuchado de la izquierda la abrió. El otro empujó a Leona al interior de una cámara iluminada por velas.

—La manipuladora de cristales —anunció uno de ellos.

Tres enmascarados vestidos con túnicas ocupaban una mesa en forma de herradura. No había ni rastro de Hulsey.

—Traedla aquí —ordenó el hombre que estaba sentado a la cabecera.

Uno de los que la había acompañado alargó el brazo para cogerla otra vez. Ella lo esquivó fácilmente y echó a andar hasta plantarse delante del hombre que había hablado. Al acercarse observó que llevaba una máscara dorada.

—Soy la señorita Hewitt —dijo en un tono frío—. Y debo decirle que la gente adulta considera que llevar capuchas y máscaras ridículas es un juego de niños. Ciertas actividades no cumplen con los requisitos mínimos de madurez.

Hubo un murmullo de enfado en torno a la mesa, pero el líder parecía inmutable.

—Aplaudo su ánimo, señorita Hewitt —le respondió risueño—. De hecho va a necesitarlo. ¿Sabe por qué está aquí?

Decidió no mencionar que Hulsey le había dicho que la necesitaban urgentemente. Tal como venía la mano, no era la carta más alta de la baraja, aunque tampoco la más baja.

—Supongo que lo que quiere es que haga funcionar algún cristal —dijo—. De verdad, no era necesario todo este drama para solicitar mis servicios. Estoy disponible. Podría haberle dado hora para principios de la semana que viene.

—Esta noche nos va mejor —dijo la máscara dorada—. Nos han informado de que usted puede manipular un tipo de cristal conocido como la piedra de aurora. Espero, por su bien, que eso sea verdad.

Su pulso, ya acelerado, empezó a latir con mayor intensidad.

—Nunca he dado con un cristal que se me resista.

—Éste es uno muy singular. Es la llave de acceso a una caja fuerte. Si consigue abrirla, los miembros del Tercer Círculo estaremos muy contentos. De hecho, más adelante podríamos ofrecerle otros trabajos.

—Siempre estoy buscando nuevos clientes.

—Si falla, en cambio, ya no nos servirá —concluyó la máscara dorada—. Más bien se convertirá en una carga.

Ella prefirió ignorar ese comentario. «Piensa en positivo.»

—Será un placer intentar hacer algo por ustedes —dijo en un tono enérgico—. Supongo que están al corriente de mis honorarios habituales.

Se produjo un silencio breve y pasmoso. Nadie había pensado en pagarle por su trabajo. Eso probablemente fuera un mal presagio.

—No importa, les enviaré una factura más adelante —prosiguió tranquilamente—. Entonces, veamos, ¿por qué no me enseñan esa piedra de aurora y empezamos de una vez?

El hombre de la máscara dorada se puso en pie.

—Por aquí, señorita Hewitt.

Caminó hacia una puerta. Los otros se levantaron, formaron un lazo en torno a Leona y avanzaron.

El hombre de la máscara dorada abrió la pesada puerta, dejando ver al otro lado un recinto más pequeño iluminado por velas. Leona reconoció el zumbido de la energía que brotaba de la piedra de aurora. Tuvo especial cuidado en mostrarse imperturbable. Cuanto menos supieran los del Tercer Círculo acerca de su habilidad para manipular ese cristal, mejor para ella.

En el interior de la pequeña cámara, una antigua arca de acero decorada con símbolos alquímicos reposaba sobre una alfombra. La piedra de aurora, apagada y opaca, descansaba sobre la concavidad de la parte superior.

A pesar de la terrible situación en la que se encontraba, Leona se emocionó con un ligero soplo de excitación. Era la caja fuerte de Sybil. Para varias generaciones de mujeres de su familia no había sido más que una leyenda.

Haciendo todo lo posible por parecer tranquila y serena, se acercó a la caja fuerte y la examinó. La lámina dorada que cubría la tapa estaba grabada con inscripciones en un código de alquimia que le resultaba muy familiar. Era el código en el que estaba escrito el diario de su madre, el código que habían heredado todas las hijas de Sybil durante doscientos años.

En silencio tradujo las advertencias que Sybil había dejado.

«La piedra de aurora es la llave. Todos los misterios que encierra esta caja se destruirán si es forzada por la mano del hombre.»

—Interesante —dijo ella, como si la caja no fuera más que un objeto exhibido en un museo. Miró al hombre de la máscara dorada—. ¿Puedo saber por qué sencillamente no han abierto la caja?

—Da la casualidad, señorita Hewitt, que en cierto modo soy un experto en el código usado por Sybil, la virgen hechicera. De acuerdo con lo que dice en la tapa, la piedra de aurora es la única llave segura que puede emplearse para abrirla.

Maldición. Él también podía traducir el código de Sybil.

—Qué curioso.

—Estamos esperando, señorita Hewitt. —El hombre de la máscara dorada empezaba a perder la paciencia—. Las instrucciones son claras. Quiero que se sigan al pie de la letra. Sólo queda por ver si usted posee el don para activar la piedra. Si no lo consigue, me veré obligado a solicitar los servicios de otra manipuladora de cristales.

—Déjeme ver lo que puedo hacer —dijo ella.

Se colocó en el extremo opuesto de la caja fuerte, de cara a sus cinco espectadores. Lentamente, procurando infundir al momento el mayor drama posible, levantó las manos y apoyó las puntas de los dedos sobre la piedra de aurora.

Sintió un murmullo de poder. Una pequeña cantidad de energía fue encauzada hacia el interior de la piedra.

El cristal titiló con el brillo de la luna.

Los encapuchados aspiraron sobresaltados y se acercaron en tropel.

Estaban fascinados, tal como ella quería.

—Lo está consiguiendo —dijo uno de ellos, sobrecogido.

—Maldita sea —murmuró otro—. ¿Habéis visto eso?

«Debes controlar a tu público, Leona. Nunca dejes que ellos te controlen.»

Abrió sus sentidos entregándose al poder del cristal.

# 49

*Fog* pasó corriendo bajo el arco de una puerta e irrumpió por otro pasadizo, la cabeza rozando el suelo de piedra. Thaddeus y Caleb le seguían empuñando sendas pistolas. Thaddeus procuraba que la correa no se le escapara de las manos. Al entrar en la abadía el perro no había ladrado, como temía Caleb. Más bien, como si comprendiera que era necesario darse prisa y guardar silencio, se había lanzado a la cacería.

Les había guiado por un laberinto a través de varios corredores, pasando por la antigua sala de escritura hasta llegar a las cocinas en ruinas de la abadía. Allí había empezado a lloriquear hasta que Thaddeus abrió una puerta. Entonces había bajado a la carrera por una escalera estrecha, rasguñando las piedras.

Hasta ese momento no se habían cruzado con nadie. Eso preocupaba a Thaddeus más que cualquier otra cosa. ¿Dónde estaban los captores de Leona?

—Debería haber guardias —dijo a Caleb.

—No necesariamente. —Caleb levantó su farol para iluminar una cámara vacía por la que pasaban—. Quieren mantenerse en secreto, pero por otro lado casi no tienen motivos para temer la presencia de la policía.

—Tienen motivos para temer nuestra presencia.

—Eso es cierto. —Caleb sonrió con frialdad—. Pero de momento ignoran que estamos aquí, ¿no crees?

*Fog* se detuvo delante de otra puerta. Volvió a lloriquear suavemente.

—Apártate —dijo Thaddeus.

Caleb apoyó la espalda en la pared. Thaddeus abrió la puerta. Desde el otro lado no llegaron gritos ni disparos, aunque una luz brillaba débilmente en la cámara.

—Alguien ha estado aquí —dijo Thaddeus avanzando pausadamente. Observó el farolillo que iluminaba la habitación—. Y no hace mucho tiempo.

*Fog* no tenía ninguna duda. Echó a correr ansiosamente hacia una puerta de barrotes, agitando la cola como una bandera.

Al otro lado de la puerta se oyó un grito ahogado de alarma. Thaddeus cruzó la habitación y miró a través de los barrotes. Había una figura acurrucada sobre un catre pequeño. A él se le hizo un nudo en el estómago. El color de pelo de la mujer no era el que esperaba.

*Fog* ya había perdido todo interés por aquella celda.

—¿Quién eres? —preguntó Thaddeus a la mujer que estaba en el catre. La puerta era antigua, pero la cerradura era nueva. Sacó la ganzúa del bolsillo de su abrigo—. ¿Dónde está Leona?

Vacilante, la mujer se puso de pie.

—¿Se refiere a la señorita Hewitt?

—Sí. —Thaddeus metió la ganzúa en la cerradura—. Ella estaba aquí, ¿no es cierto? El perro puede olerla.

—¿El perro? Creía que era un lobo. —La mujer dio un paso al frente—. Hace un momento vinieron dos hombres y se llevaron a la señorita Hewitt. Ese mal bicho, el doctor Hulsey, dijo algo así como que los miembros del Tercer Círculo necesitaban sus poderes para hacen funcionar el cristal.

Thaddeus consiguió abrir la puerta de la celda.

—¿Adónde se la llevaron?

—No lo sé.

—Todavía están aquí —dijo Caleb. Ladeó la cabeza hacia el

farolillo—. Si no anduvieran cerca no habrían dejado la lámpara encendida. Podría provocar un incendio y el fuego llamaría la atención sobre su escondite secreto.

Thaddeus miró a la mujer.

—Sal por la misma puerta por la que entramos. Las escaleras conducen a las cocinas de la abadía. Abandona las ruinas lo antes posible y refúgiate en el bosque. Si no salimos en media hora, tendrás que encontrar tú sola el camino de regreso a la ciudad. Ve a Scotland Yard y pregunta por el detective Spellar. Dile todo lo que ha ocurrido. Dile que te ha enviado el Fantasma. ¿Has comprendido?

—Sí. Tiene que encontrar a la señorita Hewitt. Ella me salvó de las pesadillas con su cristal. Quiero corresponderla con el sombrero más bonito que una mujer haya llevado nunca.

—¿Quién eres tú?

—Me llamo Annie Spence.

Él sonrió.

—Me alegra saber que estás viva, Annie Spence.

—No tanto como a mí, se lo aseguro. —Se detuvo junto a la puerta y se volvió, en sus ojos había una mezcla de agotamiento y asombro—. Ella dijo que usted bajaría al infierno y nos encontraría. Yo no la creía. Pero ella decía la verdad.

# 50

«Procura ofrecer siempre un espectáculo, Leona.»

El consejo de tío Edward resonaba en su cabeza, aquietando sus ánimos. «Es sólo una función más», pensó. Encauzó más energía hacia el interior de la piedra. La luz de la luna resplandeció, alumbrando las crípticas inscripciones de la lámina dorada.

—Está funcionando —dijo alguien aliviado—. La llave está abriendo el arca.

Los miembros del Tercer Círculo miraban extasiados. Leona podía percibir su intensa concentración. La atención del grupo estaba focalizada por completo en el cristal. Involuntariamente habían desnudado ante ella sus sentidos paranormales.

De cada hombre emanaba un deseo malsano. Leona intuía que no era un deseo vinculado a la sensualidad. Los cinco perseguían los secretos de Sybil con una pasión que poco distaba de la obsesión.

—He hecho que se despierte el verdadero poder del cristal —recitó ella en su mejor tono teatral. Tío Edward estaría orgulloso.

El brillo plateado en el corazón de la piedra comenzó a arder intermitentemente, oscureciendo y mudando de color. Ella intensificó el patrón de resonancia de las corrientes. Unas ondas fantasmagóricas, luminiscentes, se formaron alrededor del cristal expandiéndose hasta envolverla. No había palabras para describir la extravagancia de los colores que se creaban, se disolvían y volvían a crearse. Ella sabía que se hallaba en un baño de luz cambiante.

—Una aurora —susurró anonadado el hombre de la máscara dorada.

Ella nunca había manipulado el cristal de esa manera. La energía emergente despertaba hasta el último de sus sentidos. La invadió un excitación alegre. ¿Pensamiento positivo? Quería echarse a reír. Era una sensación que iba mucho más allá del pensamiento positivo. Era un júbilo absoluto. Era euforia. Era lo que se sentía al ejercer un poder puro y verdadero.

La luz del cristal salpicó a diestro y siniestro toda la habitación, convirtiéndola en un horno de llamas frías, paranormales. Con las manos ahuecadas ella alzó la piedra retirándola de su cuna. Sosteniéndola delante de su rostro miró al círculo de máscaras a través de un velo radiante de energía luminosa.

Sonrió, saboreando el fuego estremecedor que formaba un arco a través y alrededor de ella.

—Tienen ustedes un aspecto terriblemente ridículo con esas máscaras, ¿lo sabían?

Tal vez fuera su sonrisa, o quizá la intuición del hombre de la máscara dorada que finalmente advirtió el peligro. Fuera cual fuera el motivo, él dio un súbito paso atrás, aterrorizado, llevándose las manos a la cabeza como si estuviera frente a un demonio.

—¡No! —gritó—. Déjela donde estaba.

—Me temo que es demasiado tarde —dijo Leona amablemente—. Usted quería conocer los secretos de Sybil. Éste es uno de ellos. Se ha ido trasmitiendo de generación en generación durante más de doscientos años, hasta llegar a mí. Tiene su origen en la propia hechicera que, por cierto, no era virgen.

Emitió otra oleada de energía a través de la piedra. Los flujos ondulantes de la aurora luminosa se acoplaron a la estructura energética de los cinco hombres, con un efecto aplastante.

Los miembros del Tercer Círculo empezaron a chillar.

Un momento después, cuando Thaddeus abrió la puerta de una patada y entró escoltado por *Fog* y un desconocido, los cinco hombres del Tercer Círculo todavía seguían chillando.

# 51

La tarde siguiente se reunieron en la biblioteca. Thaddeus ocupaba su sitio habitual detrás del escritorio. Acababa de llegar de una reunión con Caleb y Gabriel Jones, trayendo consigo la fragancia del día. Un momento antes, al entrar en la habitación y rozar deliberadamente su falda al pasar, Leona había percibido un aire fresco y soleado mezclado con su intrigante perfume masculino. La combinación la había revitalizado más que cualquier otra cosa desde que él la rescatara de la abadía la noche anterior.

Ella estaba sentada en el sofá con Victoria, esperando a oír las últimas novedades. *Fog* estaba echado a sus pies, lánguidamente contento, como si nada excitante hubiera ocurrido en las últimas horas. Leona envidiaba su don canino para vivir el momento presente. Los perros no perdían el tiempo dándole vueltas al pasado, ni tampoco se preocupaban por el futuro. Se podía aprender mucho del pensamiento positivo de esos animales, pensaba Leona.

Por su parte, si bien estaba totalmente agotada después de haber manipulado la piedra de aurora hasta un nivel de poder extremo, no había podido dormir muy bien. Cada vez que conseguía cerrar los ojos tenía que soportar sueños de una naturaleza tan extraña y delirante que había pasado la noche en vela, sobresaltada. Victoria le había dado una loción de pepino y leche que se había aplicado en el rostro y los pómulos antes de bajar, pero aun así tenía la impresión de que su apariencia era terriblemente demacrada.

Thaddeus se inclinó hacia delante y entrelazó las manos sobre el escritorio.

—En relación con la sospecha inicial que le sugería su instinto, Caleb estaba en lo cierto. Según parece existe una conspiración bien organizada dentro de la Sociedad Arcana. Él cree que la dirige una camarilla de hombres de la cúpula con mucho poder. Sus miembros se refieren a la conspiración como la Orden de la Esmeralda.

Leona cogió su taza de té.

—Ése es el título de uno de los antiguos textos de la alquimia. Dice que las instrucciones para la transmutación de las sustancias primordiales fueron escritas originariamente por Hermes Trismegistus en una lápida de esmeralda. Los antiguos alquimistas creían que interpretando correctamente el código en el que estaban escritas accederían al secreto de la vida y por tanto adquirirían enormes poderes.

—Sin olvidar el aprendizaje de algunos trucos de salón, como convertir el plomo en oro —dijo Victoria torciendo la boca en una mueca desdeñosa.

—La orden debe ser disuelta —dijo Thaddeus—. Pero Gabe y Caleb creen que será un proceso difícil. Cuando le dejé, Caleb estaba pensando en la creación de una red de agentes de confianza, para lo cual cuenta conmigo. Parece que mi futuro profesional como investigador privado se ha vuelto más prometedor.

Por primera vez en muchas horas Leona sintió que retornaba parte de su energía natural.

—¿Dices que piensa reclutar a varios investigadores para que trabajen en este caso?

Thaddeus enarcó las cejas.

—No te hagas ilusiones. Ya has contribuido bastante a esta

investigación. Más intervenciones de tu parte acabarían por destrozar mis nervios.

Ella le dedicó su mejor sonrisa teatral.

Thaddeus suspiró.

—Estoy condenado.

Victoria chasqueó la lengua.

—¿Qué diablos esperan conseguir estos conspiradores?

—Poder —dijo simplemente Thaddeus—. Es la mayor de todas las tentaciones.

—¿Un poder de naturaleza psíquica? —preguntó Victoria con incredulidad—. Es ridículo. ¿Por qué querría alguien aumentar sus dones paranormales? Hasta hace poco mis propias habilidades intuitivas me resultaban sumamente frustrantes. Y mírate tú, Thaddeus. Tu talento no sólo ha coartado tu vida social sino también tus posibilidades matrimoniales. Hace años que deberías haber tomado una esposa y formado un hogar. Pero las mujeres tienen miedo de tus poderes.

El rostro de Thaddeus parecía tallado en una roca. Leona se ruborizó y se agachó para acariciar a *Fog*. ¿Qué pensaría Thaddeus de sus poderes ahora que sabía lo que ella era capaz de hacer con un cristal como la piedra de aurora?

—Muchas personas consideran que sus poderes son mucho más importantes que sus amigos, su familia o su cónyuge —dijo Thaddeus indiferente—. La fórmula del fundador, en caso de ser reproducida con éxito y sin contratiempos, ofrece todo el potencial necesario para aumentar y extender en gran medida la magnitud de los propios dones individuales. Sólo piensa en lo que sería capaz de hacer si, además de ser un hipnotizador, poseyera los dones de un cazador, y tal vez los de un científico paranormal.

Sobresaltada, Victoria abrió los ojos de par en par.

—Serías una especie de superhombre, un ser superior.

—Superior, no —enfatizó Thaddeus—. Ése es un juicio moral y ético que no procede. Pero sin duda alguna podría ser sumamente poderoso. Y si además me inclino por la actividad criminal... En fin, estoy seguro de que ves dónde está el problema.

—Dios mío —musitó Victoria espantada—. Ahora lo comprendo. Hay que detener a esos conspiradores antes de que se conviertan en una amenaza para todos nosotros.

—Gabe piensa lo mismo —dijo Thaddeus—. Además, está convencido de que ahora que los rumores del descubrimiento de la fórmula del fundador han empezado a circular entre los miembros, la Sociedad Arcana se verá asediada indefinidamente por hombres que buscarán sin descanso la manera de apropiarse de ella. De ahí la creación de un departamento permanente de investigación.

—Pero seguramente esos monstruos que Caleb y tú cogisteis anoche aportarán la información necesaria para abortar esta conspiración —insistió Victoria.

—Lamentablemente, no es tan simple —señaló Thaddeus—. Anoche puse en trance a cada uno de ellos para interrogarles. No tardé en comprender que, si bien podían describir la estructura general y sus objetivos, desconocían las identidades de los miembros de los círculos superiores e inferiores. Sólo se conocían entre ellos.

—Una organización muy bien pensada —comentó Leona—. Si uno de los círculos es descubierto, sus miembros no pueden traicionar a los otros.

—Correcto —dijo Thaddeus—. Y la camarilla de la cúpula está muy bien protegida. Caleb tendrá mucho trabajo para identificar a la gente que controla la Orden.

—¿Qué pasará con el doctor Hulsey y esos monstruos que secuestraron a Leona? —preguntó Victoria.

—Hulsey desapareció anoche en medio del caos, pero encontramos su laboratorio. Caleb está planeando su captura. En cuanto a los cinco miembros que ya fueron capturados, la situación es un poco complicada.

—No veo por qué —dijo Victoria—. Como mínimo deberían ser juzgados por secuestro.

—Lamentablemente, no hay manera de detenerles sin arrastrar a Leona al centro de un terrible escándalo —explicó Thaddeus—. Su reputación se vería mancillada si trascendiera que cinco hombres la tuvieron encerrada en esa abadía durante varias horas junto con una prostituta.

—Dios mío, es verdad —susurró Victoria—. Debería haberlo pensado. La sociedad siempre culpa a la mujer cuando hay una sospecha de violación. Es tremendamente injusto.

—Lo cierto es que ya tengo algo de experiencia sobreponiéndome a un escándalo —apuntó Leona—. Aunque dudo que muchos de los miembros de la Sociedad Arcana puedan decir lo mismo.

—¿Qué quiere decir? —preguntó Victoria.

Leona le dio unas palmaditas a *Fog* mientras miraba a Thaddeus.

—Sospecho que la Sociedad tiene sus propios motivos para querer evitar un juicio público, motivos que no tienen nada que ver conmigo.

Victoria frunció el entrecejo.

—No alcanzo a comprender.

—Piense en la repercusión social que podría tener si alguien testificara que unos ilustres caballeros estaban secretamente involucrados en prácticas ocultistas que conllevaron el secuestro de una mujer para utilizarla en sus tenebrosas ceremonias.

Victoria estaba indignada.

—Pero eso no es del todo cierto. En cualquier caso, el estudio de lo paranormal no es una práctica ocultista. Los miembros de la Sociedad Arcana no se dedican a contactar con los muertos, ni a invocar espíritus o demonios. Esa clase de tonterías es competencia de charlatanes y embaucadores que se hacen llamar médiums.

—Lo sé —dijo Leona—. Pero no creo que se pueda contar con que la prensa será capaz de distinguir entre lo paranormal y lo oculto, ¿no le parece?

Victoria se enfureció; parecía claramente empeñada en seguir discutiendo. Pero después de dejar pasar unos segundos de rabia contenida se tranquilizó en medio de un suspiro.

—Sí, tiene usted mucha razón. —Se volvió hacia Thaddeus—. Sin embargo, esos cinco delincuentes no deberían quedar impunes.

La sonrisa de Thaddeus fue lo bastante fría como para conseguir que Leona se estremeciera.

—Puedes estar segura de que están pagando por sus crímenes y que los seguirán pagando durante el resto de sus vidas —dijo.

—¿Cómo? —preguntó Victoria.

La mano de Leona se quedó inmóvil sobre la cabeza de *Fog*.

—Según el diario de mi madre, cuando la piedra de aurora es utilizada como un arma del modo en que yo la empleé anoche provoca un daño irreversible en el sistema nervioso. No es que los cinco hombres que estaban en esa cámara se hayan vuelto locos para siempre, pero todos sus poderes paranormales han sido prácticamente destruidos. Sufrirán trastornos nerviosos durante el resto de sus vidas.

Los ojos de Victoria brillaron llenos de satisfacción.

—Una sentencia apropiada.

Leona miró a Thaddeus, cargando sobre sus hombros todo el peso del castigo que había infligido sobre aquellos hombres.

—Tendrás sueños —dijo él, repitiendo aquellas palabras que ella le había dicho una vez—. Cuando empiecen a torturarte, acudirás a mí.

Sonó como una promesa y un compromiso.

Ella sintió un alivio en su interior.

—¿Cuál de esos hombres mató a Delbridge? —quiso saber Victoria.

—El líder del Tercer Círculo, lord Granton —informó Thaddeus—. Cuando lo hipnoticé me explicó que Delbridge se había convertido en una carga. El doctor Hulsey presenció la ejecución y se complació en ofrecerle al líder no sólo sus servicios sino también a la manipuladora de cristales que sería capaz de activar la piedra de aurora.

—Yo —dijo Leona.

—Tú —confirmó Thaddeus.

—Annie Spence podrá suministrarnos mucha información sobre Hulsey —apuntó Leona.

—Caleb ya la ha entrevistado —dijo Thaddeus.

—Hablando de Annie, creo que la Sociedad debería compensarla por lo que ha sufrido —continuó Leona—. Después de todo, de no haber sido por la existencia de la fórmula del fundador y la Sociedad Arcana ella no habría sido secuestrada y utilizada como objeto de investigación.

—Gabe es muy consciente de la responsabilidad de la Sociedad en relación con todo esto —afirmó Thaddeus—. Parece que el sueño de Annie es abrir su propia tienda de sombreros para señoras. Gabe me ha asegurado que los fondos necesarios para su iniciativa estarán a su disposición de inmediato.

—Hoy tengo que ir a verla. Ha sufrido mucho por culpa de ese demente, Hulsey. Quiero asegurarme de que sepa que puede acudir a mí si las alucinaciones se repiten.

—Yo he ido a visitarla para decirle que puede contar con el dinero —dijo Thaddeus—. Su amigo, el tabernero, está cuidando muy bien de ella. Cuando la dejé ya estaba haciendo planes para salir a ver locales de alquiler para su tienda.

Leona sonrió aliviada.

—Creo que Annie lo hará muy bien. El suyo es un espíritu resistente.

—Como el tuyo —dijo Thaddeus.

De pronto ella se sentía mucho más alegre. El pensamiento positivo.

Victoria frunció el ceño.

—Después de tanto alboroto, ¿qué había en la caja fuerte de Sybil?

—Su diario de experimentos y unos aparatos de hace doscientos años usados para la alquimia —dijo Leona. Levantó las cejas descaradamente—. Lo cual, como todo el mundo sabe, me pertenece.

Victoria parecía consternada.

—Pero, querida, tanto el diario como la piedra son muy peligrosos.

Leona frunció la nariz.

—En vista de ello he permitido a la Sociedad Arcana que se haga cargo de la piedra de aurora y de los contenidos de la caja fuerte a condición de tener libre acceso a esos objetos siempre que así lo desee.

—Excelente decisión. —Victoria parecía más tranquila.

Alguien llamó a la puerta de la biblioteca.

—Adelante —respondió Thaddeus.

Gribbs se asomó.

—Perdón por la interrupción, señor, pero ha llegado la modista. Dice que tiene una cita para la segunda prueba del vestido de la señorita Hewitt.

Leona sintió la sacudida de la realidad, que de repente la arrojaba fuera de su pequeña y grata fantasía.

—Ya no hay necesidad de que asista al baile de primavera —se apresuró a decir—. No necesitaré el vestido.

Victoria abrió la boca. Pero Leona nunca llegó a saber lo que ella tenía intención de decirle, ya que Thaddeus enseguida se puso de pie y dio la vuelta al escritorio lanzando órdenes.

—Dígale a la modista que la señorita Hewitt estará lista para la prueba en unos minutos.

—De verdad, no le veo ningún sentido... —empezó a decir Leona. Al ver que Thaddeus se plantaba enfrente de ella dejó su frase inconclusa.

Él se inclinó, la cogió de la muñeca y sin cortesías la obligó a levantarse.

—Ven conmigo —le ordenó.

Y se dirigió hacia las puertaventanas, casi arrastrándola.

Ella no estaba del todo segura, ya que se sentía completamente azorada, pero hubiera jurado que oyó a Victoria proferir un sonido muy extraño a sus espaldas. Era la clase de sonido de alguien que intenta reprimir una carcajada.

# 52

De día el invernadero era un lugar muy diferente. La atmósfera húmeda y tropical era la misma, y también los olores exóticos y fragantes. Pero el aluvión de la radiante luz solar que se filtraba a través del cristal abovedado despojaba al paraíso en miniatura de la cualidad mágica de la noche. Nada quedaba de la sensación de haber sido transportado a un paraíso oculto de otra dimensión. Eso era el mundo real, aunque uno de sus escenarios más bonitos. También Thaddeus era real. Y no estaba de buen humor.

La llevó bajo la sombra de una palmera imponente.

—Habíamos quedado en que dejarías que te acompañe a ese maldito baile.

—Pero eso fue cuando pensábamos en tender una trampa —dijo ella—. Ese plan ya ha sido descartado, por lo que supongo que no tengo motivos para estar presente.

—Tú no supones nada. Intentas hallar la manera de no acompañarme. Creo que tengo derecho a saber por qué.

—Tú ya sabes por qué. Mi relación con la Sociedad Arcana es más bien tensa. Ahora que ya no hay presiones para que asista al baile creo que sería mejor para los dos evitar que nos vieran juntos.

—Quieres seguir con lo nuestro en secreto, ¿no es así?

Ella se aclaró la voz.

—Bueno, sí, me parece que podría ser lo más razonable.

—¿Cuándo tú y yo hemos hecho las cosas de un modo razonable?

—Como comprenderás, todo esto resulta un poco incómodo para mí.

—Porque no quieres que te vean conmigo, ¿no es cierto?

Ya era demasiado.

—¿Cómo puedes decir eso? —preguntó ella indignada—. Por si no te has dado cuenta, en los últimos días he atravesado por momentos de mucha tensión. He encontrado dos personas muertas, me he visto obligada a huir de mi casa ante la amenaza de un asesino que resultó ser un lunático y fui secuestrada por un científico loco y cinco conspiradores. Por no mencionar que perdí la virginidad aquí mismo en este invernadero.

Prorrumpió en llanto. La lágrimas brotaron de la nada, tomándola por sorpresa. Súbitamente había pasado de una rabia terrible a llorar como una magdalena. ¿Qué demonios le ocurría? «Piensa en positivo.»

Pero los consejos de tío Edward eran inútiles ante la marea de emoción que amenazaba con consumirla. Le dio la espalda a Thaddeus, se cubrió el rostro con las manos y lloró.

Lloró por la madre que había perdido cuando era joven; por el tío en el que había confiado y la había abandonado; por Carolyn, la amiga con la que había pensado compartir una casa y una vida; por los hijos que podría haber tenido si se hubiera casado con William Trover. Sobre todo lloró por las noches que había pasado despierta mirando el techo, intentando concentrarse en el futuro, y por toda la energía que había gastado tratando de pensar en positivo cuando estaba claro que era una absoluta pérdida de tiempo.

A lo lejos oyó un ladrido de *Fog*, pero ella no conseguía acallar su llanto durante el tiempo suficiente para ir a tranquilizarlo. Al darse cuenta de esto se echó a llorar con todas sus fuerzas.

Sintió las manos de Thaddeus que le apretaban los hombros. La hizo girar hacia él sin decir nada y la estrechó con firmeza entre sus brazos.

Ella se desplomó sobre su pecho y sollozó hasta quedar exhausta, hasta que ya no le quedaban lágrimas. Cuando finalmente se tranquilizó, con el rostro pegado a su chaqueta humedecida, él la besó en la coronilla.

—Lo siento —dijo atentamente—. Por todo.

—Ajá. —Ella no levantó la cabeza.

—Por casi todo —aclaró él.

Ella asintió aturdida.

—La mayor parte de todo lo que ha ocurrido no ha sido culpa tuya.

—Salvo lo de la virginidad.

—Bueno, sí, eso sí.

Él la tomó por la barbilla y se quedó contemplando sus ojos anegados.

—Eso es algo por lo que no puedo disculparme. No siento ningún remordimiento, ¿comprendes?

—¿Por qué habrías de sentirlo? —dijo ella secándose los ojos con la manga—. Era mi virginidad, no la tuya.

—La razón por la que no me arrepiento de mi participación en ese asunto es porque hacer el amor contigo resulta ser la cosa más increíblemente maravillosa que me ha sucedido en toda mi vida.

—Oh. —De la nada volvió la esperanza, como si nunca se hubiera extinguido del todo—. Por mi parte opino lo mismo.

Él frunció en entrecejo.

—Entonces, ¿por qué incluiste la pérdida de tu virginidad en la lista de cosas que han salido mal durante los últimos días?

—Nunca dije que fuera una lista de cosas que han salido mal. La incluí en la lista de cosas que me habían provocado cierta tensión.

—¿Qué demonios se supone que es eso?

Ella le miró echando chispas por los ojos.

—Por el amor de Dios, Thaddeus, el hecho de que algo sea placentero, incluso trascendental, no significa que no conlleve cierta tensión.

—Es ridículo. ¿Por qué debería existir la más mínima tensión en momentos como ése?

—¿Ahora vas a quedarte ahí parado y discutir conmigo sobre lo que sentí o dejé de sentir cuando perdí mi virginidad?

—Pues sí, ya lo creo que vamos a discutirlo. Aquella noche yo también me vi involucrado y no sentí ninguna clase de tensión.

—Tal vez porque no estabas emocionalmente involucrado.

—Maldita sea, mujer, la primera noche cuando usaste la piedra de aurora para salvarme de los efectos de aquel veneno te dije que entre nosotros había una especie de vínculo paranormal.

Ella se enderezó, los hombros erguidos, dispuesta a apostar todo su futuro. «Piensa en positivo.»

—Yo no pensé que se tratara de un vínculo paranormal —dijo amablemente—. El único vínculo que sentí aquella noche fue el vínculo del amor.

Ahora le tocaba a él quedarse perplejo.

—¿Qué has dicho?

—Me enamoré de ti en el carruaje cuando combatimos juntos los demonios y pude apreciar la fortaleza y la pasión de tu espíritu. Supe que eras el hombre que llevaba esperando toda mi vida.

Una exultante satisfacción estalló en el ambiente envolviendo a Leona. Thaddeus pegó un grito que seguramente se oyó desde la casa. La tomó de la cintura, la levantó y la hizo girar vertiginosamente en el aire.

—Te amo, Leona Hewitt —rugió con su voz cautivadora, hipnótica—. Te amaré todos los días de mi vida y en la eternidad. ¿Me oyes?

Una risa feliz y luminosa resonaba en las paredes de cristal del invernadero. Le llevó un rato caer en la cuenta de que era ella la que estaba riendo.

—Yo también te amo, Thaddeus Ware. Y te amaré todos los días de mi vida y en la eternidad.

Los votos eran tan vinculantes como los pronunciados entre las paredes de una iglesia. Tras la última vuelta en el aire Thaddeus la dejó en el suelo, la atrajo hacia sí y la besó incansablemente.

En la biblioteca Victoria se sintió invadida por una intensa satisfacción. En ocasiones su don podía ser frustrante, pero siempre era gratificante cuando su acierto quedaba demostrado.

Miró a *Fog*, que había dejado de aullar y ahora tenía el hocico apoyado contra el cristal de la puertaventana. Las orejas erectas, la mirada fija en el invernadero.

—Te dije que no hacía falta lloriquear tanto —comentó Victoria en un tono enérgico—. Serán muy felices. Lo supe desde el primer momento en que los vi juntos. Soy muy perceptiva para ese tipo de cosas, ¿sabes? Nunca me equivoco.

# 53

En el salón de baile había suficiente energía para encender las arañas de luces. Por separado, cada individuo de la elite de miembros superdotados de la Sociedad Arcana podía moverse entre las multitudes pasando inadvertido, pero un centenar de ellos reunidos en espacios cerrados como ése podían hacer que el ambiente brillara intensamente. El primer baile de primavera era una ocasión fulgurante tanto en el plano de lo normal como en lo paranormal.

Leona, Thaddeus y Victoria permanecían al margen de la concurrencia. Observaban a los bailarines conversando. En el centro del salón, el nuevo Maestro de la Sociedad Arcana conducía a su esposa hacia el primer vals. La gente manifestaba su aprobación con una ronda de aplausos. Era evidente, sin embargo, que para Gabriel y Venetia no había nadie más en el salón.

—Hechos el uno para el otro, esos dos —anunció Victoria. Bebió una saludable dosis de champán y bajó la copa, dando la impresión de sentirse muy contenta consigo misma—. Claro que de ahora en adelante el que necesite de mi brillante capacidad de percepción tendrá que pagar.

—No obstante, siempre es bonito saber que el Gran Maestro de la Sociedad Arcana es un hombre felizmente casado —comentó Leona con diplomacia.

—Muy cierto. —Thaddeus sonrió levemente—. Eso significa que será capaz de concentrarse mejor en su trabajo. Tiene que ser un trabajo duro intentar que esta Sociedad tradicional entre en la era moderna.

Victoria frunció el entrecejo.

—Se dice que pretende hacer muchos cambios. No faltarán berridos y pataleos.

Caleb Jones apareció detrás de Leona. Escrutaba con mirada arisca a los bailarines, como buscando patrones en los movimientos giratorios del vals.

—Los berridos y pataleos ya han comenzado.

Thaddeus levantó las cejas.

—¿El Consejo se ha opuesto al Departamento de Investigación?

—No —dijo Caleb—. Pero yo sí.

—¿No has aceptado el cargo? —preguntó Thaddeus sorprendido—. Hace un momento Gabe me aseguró que estaba todo arreglado.

—Lo está —dijo Caleb—. Sólo que no habrá Departamento de Investigación.

—Es una verdadera lástima —expresó Leona—. Estaba deseando convertirme otra vez en investigadora privada.

Thaddeus entornó los ojos.

—Tú ya tienes una profesión, trabajas con cristales. Yo seré el que trabaje como agente del nuevo Departamento de Investigación.

Ella le golpeó suavemente el brazo.

—Por supuesto. Nunca dejaré mi trabajo con los cristales. Pero pensaba que una aventura de vez en cuando como una de las agentes del señor Jones podría resultar sumamente estimulante.

—El tema queda sujeto a discusión —dijo Thaddeus.

—¿Sabes una cosa?, cuando gruñes te pareces mucho a un perro —observó ella—. Espero que no evoluciones hacia los ladridos ocasionales.

—A decir verdad, está fuera de discusión —corrigió Caleb. Seguía muy pendiente del baile—. Necesitaré de la ayuda de ambos y de otros miembros de la Sociedad. Necesito gente en la que pueda confiar, y aquí no veo demasiada. Esta maldita conspiración que hemos destapado es más peligrosa de lo que cualquier miembro del Consejo está dispuesto a aceptar. Tenemos que detenerla.

Leona movió la cabeza ligeramente hacia el costado.

—Pero acabas de decir que rechazaste el puesto como jefe del departamento.

—Le dije a Gabe que no ocuparía un cargo para recibir órdenes del Consejo —aclaró Caleb—. La mitad de esos viejos chochos todavía juegan a la alquimia. La otra mitad está obsesionada con el estatus y el poder. No confío en que alguno de ellos tenga como prioridad el futuro de la Sociedad. Gabe está de acuerdo conmigo.

Thaddeus parecía intrigado.

—Somos todo oídos, Caleb. ¿Qué estás planeando?

—Voy a poner mi propia oficina de investigaciones —dijo Caleb—. Gabe y los del Consejo serán mis clientes más importantes. El principal objetivo de mi firma será proteger los secretos de la Sociedad. Pero Jones and Company será independiente. Mis agentes y yo seremos libres de llevar las investigaciones como yo crea conveniente y de tener clientes por nuestra cuenta.

Un brillo de serena satisfacción apareció en los ojos de Thaddeus.

—Parece un buen acuerdo.

—Lo mismo digo —añadió Leona.

Victoria miró a Caleb.

—Supongo que no requerirás los servicios de una casamentera.

Caleb se mostró ligeramente sorprendido.

—Sin duda alguna puedo prever situaciones en las que sería de suma utilidad contar con su intuitivo punto de vista respecto a uno o más individuos. Sí, señora, creo que puedo ofrecerle trabajo.

El rostro de Victoria se iluminó.

—¡Qué emoción!

Súbitamente Caleb apartó la mirada de la pista de baile. Parecía distraído.

—Si me disculpan, debo irme.

Leona observó su expresión malhumorada.

—¿Se encuentra usted bien, señor Jones?

—¿Qué? —Caleb se mostró desconcertado ante la pregunta. Luego su rostro se relajó—. Sí, estoy bien, gracias, señorita Hewitt. He de marcharme porque tengo trabajo pendiente. Le prometí a Gabe que esta noche haría acto de presencia, pero ahora debo regresar a mi laboratorio. Estoy trabajando en las notas de Hulsey. Hay algo en su manera de organizar los experimentos que podría aportar una pista sobre su forma de pensar. Si consigo dilucidar el patrón, podré concebir un plan para localizarle. —Realizó una brusca inclinación de cabeza—. Buenas noches.

Victoria lo siguió con la mirada.

—Extraño comportamiento, incluso tratándose de un Jones.

—Me temo que Caleb se está obsesionando en exceso con los patrones —sugirió Thaddeus.

Leona sonrió.

—Con respecto a mi trabajo a tiempo parcial como investigadora...

—Ya está bien, amor mío, dejemos ese tema. Me niego a arruinar esta velada pensando en todo lo malo que podría ocurrirte en caso de que te vieras involucrada en un nuevo caso. Seguiré tu consejo; pensaré en positivo.

—Me encanta oírte decir eso.

—Al menos por esta noche. Poco a poco. —La cogió del brazo, sus ojos hipnóticos en plena ebullición—. Baila conmigo, amor mío. Eso me bastará para conservar una actitud optimista.

Ella se echó a reír, la felicidad desbordante como la luz y embriagadora como el champán.

—Todo sea con tal de ayudarte a pensar en positivo.

Él respondió a su risa con una mirada lobuna, y la condujo hacia la relumbrante pista de baile.

—Te amo, mi hermosa hechicera —susurró.

—Te amo, Thaddeus. Eres el hombre que siempre he...

Ella no llegó a acabar la frase, consciente de que Thaddeus ya no la escuchaba. De pronto toda su atención se había fijado en el extremo opuesto del salón.

—¿Qué diablos...? —Hizo que ella se detuviera abruptamente en el centro de la pista.

Molesta ante la interrupción de lo que podría haber sido la noche más romántica de toda su vida, Leona desvió la mirada en la misma dirección que Thaddeus.

Una ola de estupor acompañada de murmullos y susurros se propagaba entre la concurrencia. Todas las cabezas se giraban. En el centro de la ola en movimiento sobresalía un caballero alto y de aspecto distinguido, elegantemente ataviado en blanco y negro. Bajo las luces de las arañas su blanca cabellera lanzaba destellos y su alfiler de diamantes centelleaba.

El salón parecía temblar y desplazarse en torno a Leona. Por primera y única vez en su vida ella pensó que iba a desmayarse.

El hombre de cabello plateado se arrimó a la pista de baile y miró a su alrededor, expectante, buscando a alguien. La última pareja de bailarines se quedó estática a la mitad de un giro de vals. Los músicos dejaron de tocar. El silencio se apoderó de la gente.

Leona asió las faldas con ambos puños y echó a correr hacia el recién llegado, zigzagueando a través de la maraña de invitados.

—Tío Edward —gritó—. ¡Estás vivo!

# 54

Ya casi había amanecido. A través de las paredes de cristal del invernadero Leona podía ver la primera luz del alba. Todavía llevaba puesto su espectacular vestido de noche, el satén y la seda que se volvían de un cálido dorado ambarino bajo el alumbrado de gas.

Thaddeus se había quitado la chaqueta de etiqueta negra, aflojado la corbata y abierto el cuello de su camisa plisada. Apoyado distraídamente en el borde de la mesa de trabajo, cogió la botella de brandy que había traído de la biblioteca, sirvió dos vasos y le alcanzó uno a Leona.

—Por el tío Edward —dijo. Levantó el vaso en un pequeño brindis—. Y por sus sorprendentes poderes basados en el pensamiento positivo.

—Sabía que algún día volvería. —Leona bebió un sorbo de brandy, saboreando las alegrías grandes y pequeñas que habían venido con la noche—. Aunque si he de ser sincera, no estaba absolutamente segura de que pudiera devolver el dinero a los inversores.

Thaddeus se echó a reír.

—Cuando la gente se dio cuenta de quién había entrado, yo pensé que se transformarían en una turba incontrolada. Y puedes estar segura de que si Gabe no hubiese intervenido para dominar la situación, el primer baile de primavera de la Sociedad Arcana habría acabado en una revuelta a gran escala. Pero sospecho que todos los que estaban en la fiesta mañana estarán haciendo cola para suplicarle a tu tío que les deje participar en su próximo proyecto de inversión.

Una vez apagada la excitación inicial y tras circular la noticia de que las inversiones en minería, aunque con cierto retraso, habían obtenido beneficios, parecía que todo el mundo en la fiesta quería hablar con Edward. Él había pasado la noche entera entreteniendo a la gente con relatos acerca de las ganancias que prometían las inversiones en América.

Leona sintió un ligero escalofrío.

—Entre tú y yo, no puedo evitar pensar que esta vez fue la suerte y no el pensamiento positivo lo que salvó a tío Edward. Parece ser que todo lo que podía salir mal en América, salió mal. Fue un desastre.

Siendo un devoto del pensamiento positivo como él era, Edward no había hecho hincapié en los detalles ingratos, pero era evidente que los últimos dos años de su vida habían estado cargados de adversidades y peligros. Había mencionado como de paso a un banquero estafador y a una mujer de un encanto y una belleza extraordinarios que finalmente no había resultado ser de confianza. Hallándose en San Francisco, acusado de fraude y desfalco, Edward había tenido que fingir su propia muerte, para así cambiar de nombre y permanecer escondido durante un tiempo hasta que pudiera tramar otro proyecto de inversiones. El segundo proyecto había tenido un éxito impresionante, generando el dinero suficiente para compensar a los primeros inversores.

—Bien está lo que bien acaba, como nos gusta decir a los que pensamos en positivo. —Thaddeus dejó la copa y la atrajo hacia sí—. De verdad, mi amor, tienes que aprender a mirar la vida con más optimismo. ¿Qué tiene de bueno detenerse a pensar en todo lo malo?

Ella se echó a reír, dejándose estrechar entre sus brazos.

—Tienes razón. No sé lo que me pasa.

Levantó el rostro reclamando un beso suyo.

El amor se encendió, un aura invisible que ella sabía que abrigaría sus corazones por el resto de sus vidas.